MW01178065

COLLECTION
FOLIO CLASSIQUE

Anton Tchékhov

Récit d'un inconnu

et autres nouvelles

Édition de Roger Grenier

Traduction d'Édouard Parayre revue par Lily Denis

Gallimard

La présente traduction a paru dans la Bibliothèque de la Pléiade.

PRÉFACE

« Ce qui est médiocre, dit un personnage dans Ionytch, *ce n'est pas de ne pas savoir écrire des nouvelles, mais d'en écrire et de ne pas savoir le cacher. »*

Petit clin d'œil ironique d'Anton Tchékhov, qui a publié des centaines de nouvelles… et ne l'a pas caché.

Celles que nous avons choisies pour composer le présent recueil ont été écrites entre 1891 et 1898. Dans cette période relativement tardive, l'inspiration de Tchékhov devient de plus en plus noire. Les héros de ses histoires ne sombrent pas dans le désespoir, ne vivent pas une tragédie. Ils s'enlisent dans l'ennui, la monotonie des jours, l'étouffement de la province, la banalité. Il y a là un paradoxe. Le romanesque repose d'habitude sur la singularité d'un individu. Tchékhov réussit le tour de force de le créer avec des gens ordinaires, semblables à tous les autres, au point qu'eux-mêmes ne comprennent pas à quoi riment les quelques années qu'ils ont passées sur terre, parmi le troupeau humain.

Par exception, la longue nouvelle Récit d'un inconnu *est construite sur un scénario romanesque et comporte des péripéties, des voyages, des coups de théâtre.*

Commencée en septembre 1891 à Moscou, interrompue, elle ne fut achevée qu'en 1892, après bien des hésitations, à peu près en même temps que la célèbre Salle n° 6. *Parlant des deux, leur auteur dit que l'une était « tolérable » et l'autre « exécrable », sans préciser comment il distribuait ces deux qualificatifs.*

Entre le début et la fin de l'écriture de Récit d'un inconnu, *il y avait eu, il est vrai, une grande épidémie de choléra et Tchékhov s'était voué à la lutte contre l'épidémie. Mais il était surtout rendu hésitant par un problème politique. Il écrit à M. N. Albov, le rédacteur en chef du* Messager du Nord, *le 30 septembre 1891 :*

« De sérieuses inquiétudes m'assaillent. La censure le laissera-t-elle passer ? C'est que Le Messager du Nord *est une publication à censure préalable et mon récit, bien qu'il ne prône pas de théories nuisibles, peut déplaire aux censeurs par le choix des personnages. Le récit est placé dans la bouche d'un ancien socialiste : le héros numéro un du récit est le fils d'un ami du ministre de l'Intérieur. Les deux garçons, le socialiste comme le fils de l'ami du ministre, sont gens tranquilles : ils ne font pas de politique ; j'ai pourtant éprouvé quelques craintes et considéré, en tout cas, prématuré d'annoncer au public sa parution prochaine. »*

Il est vrai que la politique n'est pas l'objectif de ce Récit d'un inconnu. *Elle n'est qu'un ressort dramatique : un socialiste s'introduit comme domestique chez le fils d'un personnage important, afin de surprendre les secrets du père, voire saisir une occasion de l'assassiner. Mais une femme survient, et c'est autour d'elle que va se nouer l'histoire. On ne pense plus à la politique. Quand la nouvelle parut, d'ailleurs, les libéraux trouvèrent que ce personnage socialiste était bien tiède et que Tchékhov traitait par-dessus la jambe les problèmes de l'action et du terrorisme.*

Le pseudo-valet et la femme fuient ensemble. Dans leur errance, on trouve un écho du très récent voyage que l'auteur a fait en Occident, en mars et avril 1891 : Venise, Nice, Monte-Carlo…

Il hésita longtemps sur le titre. Le 9 février 1893, il écrit à Lavrov, rédacteur de La Pensée russe, *la revue qui a acheté la nouvelle cinq cents roubles :*

« Récit d'un de mes patients *ne va absolument pas, cela sent l'hôpital.* Un laquais *ne convient pas non plus, ne correspond pas au contenu, est grossier. Qu'imaginer ? 1)* À Pétersbourg ; *2)* Récit d'une de mes connaissances. *Le premier est plat, le second trop long. Ou simplement* Récit d'une connaissance. *Ou encore 3)* Vers 1880. *C'est prétentieux. ; 4)* Sans titre ; *5)* Nouvelle sans nom ; *6)* Récit d'un inconnu. *Ce dernier titre m'a l'air d'aller. En voulez-vous ? Si oui, d'accord.* »

La nouvelle terminée, il n'est pas entièrement satisfait. Le 4 mars 1893, il écrit à son ami Souvorine, le directeur de Temps Nouveau *:*

« Je ne sais ce que vous direz de la fin de ma nouvelle. Il n'y a pas de tension, dirait-on, l'action s'écoule harmonieuse, régulière. J'ai écrit très vite, voilà qui est mauvais. Et sûrement, dans cette rédaction hâtive, j'aurai laissé passer quelque vice qui se remarquera plus tard, quand on ne pourra plus y remédier. Je voulais ajouter un petit épilogue de ma part, en expliquant comment le manuscrit de l'inconnu m'est parvenu ; j'ai bien écrit cet

épilogue, mais je le garde pour le livre, c'est-à-dire pour le moment où cette nouvelle paraîtra en livre séparé. »

Nous ne connaissons pas cet épilogue, à supposer qu'il ait vraiment été écrit.

La deuxième nouvelle du présent recueil, La Peur, *n'est pas le récit d'un inconnu, mais a pour sous-titre : « Récit d'un de mes amis ». La peur, ici, c'est tout simplement la peur de vivre. Dmitri Pétrovitch Siline, quand le narrateur lui demande ce qui l'effraie, lui répond : « Tout. »*

« Je suis, de nature, superficiel et m'intéresse peu à des problèmes comme ceux de l'au-delà, le sort de l'humanité, et au total je m'envole rarement vers les hauteurs célestes. Ce qui m'effraie surtout, c'est le train-train de la vie quotidienne, auquel nul d'entre nous ne peut se soustraire. »

Nombreux sont les personnages de Tchékhov qui avouent ainsi qu'ils ont peur de tout. Laptev, le héros de Trois Années, *par exemple, déclare : « J'ai peur à chaque pas que je fais, comme si on allait me battre. »*

Dans la campagne où vivent confinés les personnages de La Peur, *l'homme pense qu'il a joué dans sa vie « un rôle de crétin » et la femme s'ennuie sans arrêt, au point qu'elle va se jeter à la tête d'un ami de passage. Alors se produit un incident éminemment tchékhovien, par sa dérision. Le mari a oublié sa casquette. Il revient, les surprend, mais s'en va, persuadé comme toujours qu'il ne comprend rien à la vie, et avec, comme toujours, l'air d'avoir peur. Non seulement le narrateur fuit à son tour, mais il ajoute une dernière phrase qui, par son imprécision et son ton indifférent, est d'une cruauté inouïe :*

« On dit qu'ils continuent à vivre ensemble. »

On pourrait commenter longuement ce que cette histoire sous-entend de l'attitude de Tchékhov envers les femmes. Toujours attiré, mais prompt à se dérober.

Les autres nouvelles vont peindre aussi l'enlisement dans l'immense province russe, la monotonie des jours, le temps qui use les âmes et ôte tout sens à l'existence. Mais il y a une exception, le très court récit qui a pour titre L'Étudiant. *Un étudiant en théologie, Ivan Velikopolski, raconte à deux femmes simples la nuit où Pierre a renié Jésus trois fois. Puisque ce récit est encore capable d'émouvoir des êtres d'aujourd'hui, c'est que la vie a un sens qui s'est perpétué sans interruption depuis le temps du jardin des Oliviers, une vie pleine de promesses. On reste étonné que cette nouvelle ait pour auteur Tchékhov l'incroyant, détourné de la religion parce que, dans son enfance, son père le battait pour l'envoyer chanter à l'église et baiser la main des popes. On se souvient de ce que disait Tolstoï : « Convertir Gorki serait encore possible, mais pas Tchékhov, un agnostique fini. » On est étonné aussi par une déclaration de Tchékhov à Ivan Bounine. Évoquant devant son jeune ami la façon dont les critiques le cataloguent : « un geignard celui-là », il proteste :*

« Suis-je donc un geignard ? Un "homme morne", un homme "au sang froid" comme l'affirment les critiques ? Suis-je pessimiste ? De tous mes récits, c'est L'Étudiant *que je préfère. »*

Mais Bounine précise qu'il lance par-dessus son lorgnon un regard malicieux. Au demeurant, dans cette nouvelle par laquelle Tchékhov prétend donner une preuve de son optimisme, il est écrit que la pauvreté, la faim, l'ignorance, l'angoisse, « toutes ces horreurs avaient existé, existaient et existeraient, et que dans mille années, la vie ne serait pas devenue meilleure ».

Après l'étudiant, Le Professeur de lettres. *La genèse de cette nouvelle est singulière. Elle s'est appelée d'abord* Les Médiocres. *On nous raconte l'amour et le mariage de deux jeunes provinciaux, puis l'idylle vole en éclats. Mais Tchékhov commet l'erreur de lire cette histoire à des amis. « Tous m'ont imploré : fais-leur grâce. Je leur ai fait grâce. C'est pourquoi le récit a pris un tour si aigre. » Il le rebaptise* Le Professeur de lettres. *Cette fois le mariage ne vole pas en éclats, mais le mari étouffe dans la vie conjugale. La banalité le rend presque fou. Ce professeur semble fait pour illustrer ce sarcasme, ou ce conseil, des* Carnets *:*

« Si vous craignez la solitude, ne vous mariez pas. »

L'étudiant, le professeur, et maintenant l'institutrice. C'est elle l'héroïne de En tombereau. *Une femme s'ajoute à la galerie des vaincus de la vie. Il suffit de la suivre pendant son voyage en charrette, alors qu'elle revient de la ville où il faut qu'elle aille toucher son traitement.*

En tombereau, *cette histoire de la steppe, a été écrite à la Pension Russe, à Nice, où Tchékhov a séjourné d'octobre 1897 au 14 avril 1898, bien que la soupe aux choux servie en abondance dans cet établissement fût peu favorable à l'inspiration littéraire. Il est à remarquer que lorsque le journal* Cosmopolis *lui demande un récit inspiré de la vie niçoise, il répond :*

« Je ne peux écrire un tel récit qu'en Russie, d'après mes souvenirs. Je ne peux écrire que d'après des souvenirs, je n'ai jamais écrit directement d'après nature. »

Il faut noter aussi que, pendant son séjour à Nice, un

événement majeur vient le distraire de son travail littéraire. C'est l'affaire Dreyfus. Tchékhov se passionne pour l'attitude et le courage de Zola. Et il rompt avec son vieil ami Souvorine, le directeur de Temps Nouveau, *dont l'attitude anti-dreyfusarde et les attaques contre l'auteur de* J'accuse *l'écœurent.*

C'est donc à Nice qu'il trouve l'inspiration pour l'institutrice et quelques autres histoires bien russes, comme Le Petchénègue.

La fiction, pour celui qui écrit comme pour celui qui lit, est faite pour consoler de la réalité. L'institutrice de la nouvelle est peinte avec beaucoup de sympathie, alors que Tchékhov n'en peut plus de patronner les écoles de Taleje et de Tchirkovo, proches de sa propriété de Mélikhovo, où il affronte les récriminations des institutrices, dès qu'il leur manque un tableau noir ou du bois de chauffage. « Je ne peux tout de même pas leur écrire vingt fois pour la même chose », se plaint-il.

C'est à Nice aussi que probablement il commence à imaginer ou à écrire Les Groseilliers. *On peut y voir une allusion dans une lettre du 27 décembre 1897 à Lika Mizinova, sa chère mouette :*

« Tout va bien. Les oranges sont mûres et ici il n'y a pas de groseilles à maquereau. »

Tchékhov aime bien un procédé narratif qui a été assez souvent employé par les auteurs de nouvelles. Il y a une assemblée d'amis, une veillée, un compartiment de chemin de fer, et quelqu'un se met à raconter une histoire. Il en use dans Les Groseilliers, *ainsi que dans deux autres importantes nouvelles écrites au même moment, en 1898 :* L'Homme à l'étui *et* De l'amour. *Dans les trois, d'ailleurs, on retrouve les mêmes person-*

nages, le professeur Bourkine et le vétérinaire Ivan Ivanytch. Chacun à son tour prend le rôle du narrateur : Bourkine pour L'Homme à l'étui, *Ivan Ivanytch pour* Les Groseilliers. *Dans* Les Groseilliers, *ils font halte chez un propriétaire terrien, Aliokhine, qui deviendra le troisième narrateur, dans* De l'amour. *Un long préambule nous décrit cet hôte, tellement négligé et sale que, un peu honteux, il invite ses hôtes de passage à prendre avec lui un bain dans la rivière. Par contraste, Pélagueïa, sa femme de chambre, est une beauté qu'on ne se lasse pas de contempler. (La propriété des Smaguine, près de Sorochintsy, dans le gouvernement de Poltava, de vieux amis de Tchékhov, a peut-être servi de modèle.) Une fois bien installés, Ivan Ivanytch va enfin pouvoir raconter une histoire, celle de son frère. Nous voici de nouveau dans la dérision. Ce frère n'a eu qu'une ambition : posséder une propriété dans laquelle pousseraient des groseilliers. Il y parvient, au terme de sa vie. Il est devenu un barine, mais plus sûrement un porc, ignorant l'existence des malheureux, et qui ne sait que répéter, à chaque groseille qu'il introduit dans sa bouche : « Que c'est bon ! »*

Dans ses Notes, *Tchékhov avait imaginé une fin plus cruelle. Le personnage a un cancer à l'estomac, et il ne peut plus manger de groseilles.*

Quand il a évoqué le désir de son frère de partir à la campagne, le narrateur a ajouté :

« On prétend qu'un homme n'a besoin que de trois archines *de terre. »*

Ce « on », c'est Tolstoï. Il affirme cela dans un conte ayant pour titre : De combien de terre l'homme a-t-il besoin ? *Dans* Les Groseilliers, *le narrateur, ou plutôt Tchékhov, réplique :*

« Mais trois archines, c'est la part d'un cadavre, non d'un homme. »

Suit une tirade nettement anti-tolstoïenne, sur l'égoïsme de ceux qui se retirent à la campagne et dont la conclusion est :

« Ce qu'il faut à l'homme, ce n'est ni trois arpents de terre, ni un domaine, mais la Terre et la nature tout entières, pour que puissent se manifester sans entraves toutes les qualités et toutes les singularités d'un esprit libre. »

C'est peut-être pourquoi, la même année, il écrit Ionytch *qui se passe au fin fond de la plaine. Cette nouvelle montre plus que n'importe quelle autre comment la province russe vous détruit. Ici, elle transforme un jeune médecin idéaliste en spéculateur bedonnant. Ionytch va s'encroûter irrémédiablement. Le fait même qu'on ne l'appelle plus docteur Startsev, mais par son patronyme, Ionytch, prouve qu'il est admis dans cette petite ville, mais n'est guère respecté. En contrepoint, Ekatérina, celle dont il tombe amoureux au début, jeune fille malicieuse, pianiste brillante qui, comme tant d'héroïnes tchékhoviennes, crie : « À Moscou ! À Moscou ! », va s'éteindre elle aussi. On aurait dû s'en douter, car elle a une forte poitrine, ce qui est toujours de mauvais augure chez Tchékhov. Quand Ekatérina revient au pays, après avoir mesuré les limites de ses talents de pianiste, elle est prête à accepter l'amour de Ionytch. Mais l'amour est mort. Chacun est passé à côté du bonheur.*

Sous le titre de Dans la ville de S., *Iossip Kheïfits, le plus tchékhovien des cinéastes russes, a tourné une belle adaptation de* Ionytch. *On ne s'en étonnera pas. Kheïfits est l'auteur de l'admirable film inspiré de* La Dame au petit chien.

Le lecteur trouvera peut-être ces nouvelles bien sombres. Pourtant, dans la relation de ces destins malheureux, il y a toujours une note d'humour, quand ce n'est pas un trait franchement comique. Tchékhov s'en explique dans une lettre de Nice, le 6 octobre 1897, à la femme de lettres Lydia Avilova :

« Vous vous plaignez que mes héros soient sombres ! Hélas ! je n'en suis point coupable. Cela se produit involontairement, et quand j'écris, je n'ai pas l'impression d'écrire de manière sombre, en tout cas, en travaillant, je suis toujours de bonne humeur. On a remarqué que les gens sombres, les mélancoliques écrivent toujours gaiement, et que les gens heureux de vivre justement inspirent de l'ennui par leurs œuvres. Moi, je suis un homme heureux de vivre, du moins, j'ai passé les trente premières années de ma vie à vivre selon mon bon plaisir. »

ROGER GRENIER

Récit d'un inconnu

I

Pour des motifs qu'il n'y a pas lieu d'exposer maintenant en détail, j'avais dû m'engager comme valet de chambre chez un fonctionnaire de Pétersbourg nommé Orlov. Il avait environ trente-cinq ans et répondait aux noms de Guéorgui Ivanytch.

J'étais entré au service d'Orlov à cause de son père, un homme d'État célèbre que je considérais comme un ennemi sérieux de ma cause. Je comptais, par les conversations que j'entendrais chez le fils, les papiers et les notes que je trouverais sur son bureau, connaître en détail les plans et les intentions du père.

Habituellement vers onze heures du matin, la sonnerie électrique retentissait dans ma chambre, m'apprenant que mon maître était réveillé. Quand j'entrais chez lui, ses vêtements brossés et ses chaussures cirées à la main, je le trouvais assis sur son lit, l'air non pas ensommeillé mais plutôt las d'avoir trop dormi, le regard fixe, ne manifestant aucune satisfaction d'être éveillé. Je l'aidais à s'habiller et il se laissait faire à contrecœur, en silence, sans remarquer ma présence ; puis, les cheveux encore humides, fleurant le parfum frais, il allait boire son café dans la salle à manger. Il le prenait assis à table, en parcourant les journaux ; Polia, la femme de chambre, et moi, nous nous tenions respectueusement près de la porte et le regardions. Deux adultes devaient en regarder avec la plus grande attention un troisième en train de boire son café et de grignoter des biscuits secs. C'est, selon toute probabilité, ridicule et bizarre, mais je ne voyais rien d'humiliant à me tenir debout près de la porte, bien que je fusse aussi noble et aussi instruit qu'Orlov.

C'est alors que je commençai à souffrir de tuberculose et, avec elle, de quelque chose de plus sérieux encore, peut-être. Fut-ce sous l'effet de la maladie ou d'un changement naissant et encore inconscient de ma conception du monde, je ne sais, mais un désir passionné, irritant, chaque jour plus fort, d'une vie ordinaire, banale, s'était emparé de moi. J'avais faim de quiétude morale, de santé, de grand air, de bonne nourriture. Je devins rêveur et, comme tout rêveur, je ne savais ce dont j'avais besoin au juste. Tantôt je voulais entrer au couvent pour y rester des jours entiers près d'une fenêtre à regarder les arbres et les champs ; tantôt je me voyais achetant cinq déciatines[1] de terre et menant la vie de propriétaire terrien ; tantôt je me promettais de me consacrer à la science et de devenir sans faute professeur de

Faculté en province. Je suis un ancien lieutenant de vaisseau ; je rêvais de la mer, de notre escadre, de la corvette sur laquelle j'avais fait le tour du monde. Je voulais éprouver, une fois encore, la sensation inexprimable qui vous saisit, lorsque, vous promenant dans une forêt des Tropiques ou contemplant le coucher du soleil sur le golfe du Bengale, vous mourez d'extase et ressentez en même temps le mal du pays. Je rêvais de montagnes, de femmes, de musique, et, avec la curiosité d'un enfant, je scrutais les visages, j'écoutais les voix. Et quand, debout près de la porte, je regardais Orlov boire son café, je me sentais non pas un valet de chambre, mais un homme que tout dans l'univers intéresse, même un Orlov.

Il avait le type pétersbourgeois : épaules étroites, buste long, tempes creuses, yeux d'une couleur indéterminée, sur la tête, les joues et les lèvres une maigre végétation de teinte terne. Il avait le visage soigné, usé et déplaisant. Particulièrement déplaisant lorsqu'il réfléchissait ou qu'il dormait. Une apparence ordinaire n'a pas à être décrite ; en outre Pétersbourg n'est pas l'Espagne, on n'y attache pas beaucoup d'importance, même en amour, à l'allure d'un homme, et seuls en ont besoin les valets et les cochers, que l'on aime imposants. J'ai parlé de sa figure et de ses cheveux uniquement parce qu'il y avait dans sa personne une particularité qui mérite d'être signalée : quand il prenait un journal ou un livre, quels qu'ils fussent, ou quand il rencontrait quelqu'un, qui que ce fût, ses yeux souriaient avec ironie et sa figure arborait une expression de raillerie légère, bonhomme. Chaque fois qu'il allait se mettre à lire ou écouter quelqu'un, il s'armait d'ironie, comme un sauvage de son bouclier. C'était une ironie habituelle, foncière, et, dans les derniers temps, elle apparaissait sur ses traits vraisemblablement sans le moindre concours de sa volonté, comme un simple réflexe. Mais nous parlerons de cela plus tard.

À midi passé, son air ironique sur la figure, il prenait sa serviette bourrée de documents et se rendait à son bureau. Il ne déjeunait pas chez lui et rentrait après huit heures. J'allumais la lampe et les bougies de son cabinet de travail, il s'asseyait dans un fauteuil, allongeait les jambes sur une chaise et, ainsi étalé, se mettait à lire. Presque chaque jour il rapportait ou recevait des libraires des livres nouveaux et, dans ma chambre de domestique, traînait dans les coins et sous le lit une quantité de livres en trois langues — sans compter le russe — qu'il avait lus et jetés au rebut. Il lisait avec une rapidité extraordinaire. « Dis-moi ce que tu lis, et je te dirai qui tu es », le dicton est peut-être vrai, mais il eût été absolument impossible de juger Orlov sur ce qu'il lisait. C'était un vrai gâchis. Philosophie, romans français, manuels d'économie politique, de finance, poètes nouveaux, publications de *L'Arbitre*[1], il lisait tout cela avec la même vitesse et toujours avec la même expression ironique dans le regard.

À dix heures passées, il s'habillait avec soin, portant souvent l'habit, très rarement son uniforme de gentilhomme de la chambre, et sortait. Il rentrait vers le matin.

Nous vivions dans la paix et la tranquillité, sans que jamais le moindre malentendu vienne les troubler. D'ordinaire, il ne remarquait pas ma présence et, quand il m'adressait la parole, son visage perdait son expression ironique — je n'étais sans doute pas un homme à ses yeux.

Je ne l'ai vu en colère qu'une seule fois. Un jour, c'était une semaine après mon entrée à son service, il revint d'un déjeuner vers neuf heures, son visage était capricieux et las. Tandis que je le suivais dans son cabinet de travail pour allumer les bougies, il me dit :

« Qu'est-ce qui sent mauvais comme ça dans l'appartement ?

— Mais, cela ne sent pas, répondis-je.

— Et moi je te dis que ça sent mauvais, répéta-t-il avec irritation.

— J'ouvre les vasistas tous les jours.

— Ne discute pas, abruti ! » hurla-t-il.

Blessé, j'allais répliquer, et Dieu sait comment cela se serait terminé si Polia, qui connaissait son maître mieux que moi, n'était intervenue.

« Mais c'est vrai, cela sent affreusement mauvais ! dit-elle en levant les sourcils. D'où cela vient-il ? Stépane, ouvre les vasistas du salon et allume le feu de la cheminée. »

Elle se mit à pousser des « oh » et des « ah », s'affaira, parcourut l'appartement dans un froufrou de jupe et des chuintements de vaporisateur. Orlov était toujours de mauvaise humeur ; assis à son bureau, il écrivait d'une plume rapide et se contenait visiblement pour ne pas laisser éclater sa colère. Au bout de quelques lignes, il renifla d'un air furieux, déchira sa lettre puis la recommença.

« Le diable les emporte ! maugréa-t-il. Ils voudraient que j'aie une mémoire d'éléphant ! »

La lettre fut enfin terminée ; il se leva et me dit :

« Fais-toi conduire rue Znamenskaïa et remets cette lettre en main propre à Mme Krasnovskaïa. Mais demande avant au concierge si son mari, c'est-à-dire M. Krasnovski, est rentré. S'il est rentré, reviens sans remettre la lettre. Attends ! Au cas où elle te demanderait s'il y a quelqu'un chez moi, tu lui diras qu'il y a depuis huit heures deux messieurs en train d'écrire. »

Je me rendis rue Znamenskaïa. Le concierge me dit que Monsieur n'était pas encore rentré, et je montai au second. Un laquais, grand, gros, basané, avec des favoris noirs, m'ouvrit la porte du vestibule et, du ton endormi, mou et grossier que seul un laquais prend pour parler à un autre laquais, me demanda ce que je voulais. Je n'avais pas eu le temps de répondre qu'une dame en robe noire sortit du salon. Elle me regarda en plissant les paupières.

« Mme Krasnovskaïa est-elle là ? demandai-je.

— C'est moi, dit la dame.

— Voici une lettre de Guéorgui Ivanytch. »

Elle la décacheta d'un geste impatient et se mit à la lire en la tenant à deux mains, étalant ainsi sous mes yeux ses bagues et ses diamants. J'examinai sa figure blanche aux lignes douces, son menton proéminent, ses longs cils noirs. Je lui donnai vingt-cinq ans au plus.

« Présentez mes salutations et mes remerciements à votre maître, dit-elle quand elle eut achevé sa lecture. Y a-t-il quelqu'un chez Guéorgui Ivanytch ? me demanda-t-elle d'un ton doux, heureux, comme honteuse de sa défiance.

— Deux messieurs, répondis-je. Ils écrivent.

— Présentez mes salutations et mes remerciements à votre maître », répéta-t-elle et, la tête inclinée sur le côté, elle s'éloigna sans bruit en relisant la lettre.

Je fréquentais peu les femmes à cette époque et cette dame, un instant aperçue, m'avait fait une forte impression. Tout en rentrant à pied à la maison, je revoyais son visage, je sentais son parfum délicat, je rêvais. Quand je rentrai, Orlov était déjà sorti.

II

Donc, nos rapports étaient calmes et paisibles, néanmoins le côté ignoble et humiliant du métier de valet de chambre que je redoutais tant au moment de le choisir existait en effet et se faisait sentir chaque jour. Je ne m'entendais pas avec Polia. C'était une créature grassouillette, gâtée par la vie, qui vénérait Orlov parce qu'il était le maître et me méprisait parce que j'étais valet. Du point de vue d'un véritable valet ou d'un cuisinier, elle ne manquait probablement pas de charmes : des joues rouges, un nez retroussé, des paupières plissées et une rondeur de formes qui tournait déjà à l'embonpoint. Elle se mettait de la poudre, se faisait les sourcils, se passait du rouge aux lèvres, se serrait dans un corset, portait une tournure et un bracelet de piécettes. Elle marchait à petits pas, en sautillant, elle ondulait ou, comme on dit, tortillait des épaules et de la croupe. Le froufrou de sa jupe, les craquements de son corset, le tintement de son bracelet et cette odeur vulgaire de rouge à lèvres, de vinaigre de toilette et de parfums volés à son maître me donnaient le matin, quand nous faisions ensemble le ménage, le sentiment de me livrer avec elle à quelque chose d'ignoble.

Est-ce parce que je ne participais pas à ses vols, ou que je ne manifestais nul désir de devenir son amant, ce qui, sans doute, la vexait, ou peut-être parce qu'elle sentait en moi un être différent d'elle, toujours est-il qu'elle m'avait détesté dès le premier jour. Mon incompétence, le fait que je n'avais pas l'air d'un domestique et ma maladie lui semblaient pitoyables et éveillaient en elle un sentiment de dégoût. J'avais à cette époque de violents accès de toux qui, parfois, l'empêchaient de dormir parce que ma chambre n'était séparée de la sienne que par une cloison de bois, et chaque matin elle me disait :

« Tu m'as encore empêchée de dormir. Tu devrais être à l'hôpital et non en condition. »

Elle était si sincèrement convaincue que je n'étais

pas un être humain, mais quelque chose d'incommensurablement plus bas qu'elle, qu'à l'instar des matrones romaines qui ne rougissaient pas de prendre leur bain en présence de leurs esclaves, il lui arrivait de se promener devant moi en chemise.

Un jour, pendant le déjeuner (on nous apportait tous les jours de la soupe et un rôti de l'auberge), comme j'étais d'excellente humeur, d'humeur méditative, je lui demandai :

« Polia, vous croyez en Dieu ?

— Quelle question !

— Alors vous croyez, poursuivis-je, qu'il y aura un Jugement dernier et que nous rendrons compte à Dieu de toutes nos mauvaises actions ? »

Elle ne répondit rien et se contenta d'une grimace de mépris ; et ce jour-là, en regardant ses yeux froids et repus, je compris que pour cette nature tout d'une pièce, complètement achevée, il n'existait ni Dieu, ni conscience, ni lois, et que si j'avais eu à tuer, à mettre le feu ou à voler, je n'aurais pu trouver, à prix d'argent, meilleur complice.

Ce cadre de vie inaccoutumé, joint au fait que je n'avais pas l'habitude d'être tutoyé et de mentir continuellement (il fallait dire « Monsieur n'est pas là » quand il y était), me rendirent pénible ma première semaine chez Orlov. Ma livrée me faisait l'effet d'une cuirasse. Puis je m'y habituai. Comme un véritable valet je servais à table, faisais les chambres, allais à pied ou en fiacre m'acquitter de commissions de toute sorte. Quand Orlov n'avait pas envie d'aller retrouver Mme Krasnovskaïa ou quand il oubliait qu'il lui avait promis de venir, je me rendais rue Znamenskaïa, remettais un mot en main propre et mentais. Et, au total, il ne se produisait rien de ce que j'avais escompté en me faisant valet de chambre ; chaque jour de ma nouvelle existence se révélait perdu et pour moi et pour mon affaire, car Orlov ne parlait jamais de son père, ses invités non plus, et je ne savais de l'activité du célèbre homme d'État que ce qu'il m'arrivait d'apprendre, comme autrefois, par les journaux et par ma correspondance avec des camarades. Les centaines de notes et de papiers que je trouvais dans son cabinet de travail et que je lisais n'avaient aucun rapport, même lointain, avec ce que je cherchais. Orlov se désintéressait complètement de la retentissante activité de son père et donnait l'impression de n'en avoir jamais entendu parler ou d'être orphelin depuis longtemps.

III

Le jeudi nous avions des hôtes à dîner.

Je commandais un rosbif au restaurant et téléphonais chez Elisséïev de nous envoyer du caviar, du fromage, des huîtres, etc. J'achetais des cartes à jouer. Polia préparait dès le matin les services à thé et les couverts. À dire vrai, cette petite activité mettait un peu de variété dans notre existence désœuvrée et le jeudi était pour nous le jour le plus intéressant.

Nous n'avions que trois convives. Le plus notable et le plus intéressant, je crois, était un nommé Pékarski, un grand homme maigre de quarante-cinq ans environ, au long nez busqué, à la grande barbe noire et au crâne chauve. Il avait de grands yeux proéminents et un air sérieux, méditatif, de philosophe grec. Il travaillait dans une compagnie de chemin de fer et dans une banque, était conseiller juridique d'une importante administration publique et entretenait des relations d'affaires avec de nombreux particuliers à titre de curateur, de liquidateur, etc. Il avait un tout petit rang dans la hiérarchie sociale et s'intitulait modestement avocat, mais jouissait d'une influence énorme. Il suffisait de présenter sa carte de visite ou un mot de lui pour être reçu sans attendre par une célébrité médicale, un directeur de chemin de fer ou un haut fonctionnaire ; on disait que, protégé par lui, on pouvait obtenir un emploi même de quatrième classe et faire étouffer n'importe quelle affaire. On le considérait comme très intelligent, mais d'une intelligence particulière, étrange. Il pouvait, en un clin d'œil, multiplier de tête 213 par 293 et convertir des livres sterling en marks sans crayon ni barème, connaissait à fond les chemins de fer et les finances, et rien de ce qui touche l'administration n'avait de secret pour lui ; au civil, c'était, disait-on, un très habile avocat avec lequel il était malaisé de se mesurer. Mais cet esprit extraordinaire était incapable de comprendre toute une série de choses accessibles même à certains imbéciles. Ainsi il était incapable de comprendre pourquoi les gens s'ennuient, pleurent, se suicident, assassinent même, prennent feu et flamme pour des faits et des événements qui ne les concernent pas personnellement, pourquoi ils rient en lisant Gogol ou Saltykov-Chtchédrine... Tout l'abstrait, tout ce qui s'estompait dans le domaine de la pensée et du sentiment était pour lui aussi incompréhensible et fastidieux que la musique pour qui n'a pas d'oreille. Il ne considérait les hommes que du point de vue affaires et les classait en capables et incapables. Il ignorait tout autre mode de classification. La probité et l'honorabilité n'étaient pour lui que des signes de capacité. Faire la noce, jouer aux cartes, se débaucher, c'était permis, à condition de ne pas porter préjudice aux affaires. Croire en Dieu n'était pas un signe d'intelligence, mais il fallait protéger la religion car le peuple avait besoin d'un principe canalisateur, sans quoi il ne travaillerait pas. Les punitions n'étaient nécessaires que pour l'exemple. Il n'y avait aucune raison d'aller passer l'été à la campagne, en ville on était aussi bien. Et ainsi de suite. Il était veuf et sans enfants, mais avait le train de vie d'une famille nombreuse et dépensait trois mille roubles par an pour se loger.

Le second convive, Koukouchkine, un jeune conseiller d'État actuel[1], était un homme de petite taille qui se distinguait par le contraste suprêmement désagréable de son gros corps obèse et de sa petite figure émaciée. Il avait la bouche en cœur et ses petites moustaches taillées semblaient rapportées. Il faisait songer à un lézard. Il n'entrait pas dans la pièce : il s'y glissait à petits pas, son corps ondulait, sa bouche laissait fuser un petit rire, et ce faisant découvrait ses dents. Il était chargé de missions particulières auprès d'un haut personnage et ne faisait rien, bien qu'il reçût de gros émoluments, surtout en été, quand on inventait pour lui des missions de toute sorte. Il était arriviste, non jusqu'à la moelle des os, mais plus avant encore, jusqu'à la dernière goutte de sang, et, avec cela, un arriviste de petite envergure, nullement sûr de lui, qui n'assurait sa carrière qu'en demandant l'aumône. Pour obtenir une décoration étrangère ou pour lire son nom dans le journal parmi ceux des grands personnages présents à un *Requiem* ou à un *Te Deum*, il était prêt à faire n'importe quelle bassesse, à quémander, à flatter, à promettre. Par lâcheté, il flattait Orlov et Pékarski, qu'il tenait pour des hommes puissants, il nous flattait, Polia et moi, parce que nous étions au service d'un homme influent. Chaque fois que je lui enlevais sa pelisse, il me demandait avec son petit rire : « Tu es marié, Stépane ? », puis il me débitait des banalités scabreuses, signe d'une attention spéciale pour ma personne. Il flattait les faiblesses d'Orlov, sa dissolution, son goût de la bonne chère, pour lui plaire il jouait les persifleurs méchants et les impies, critiquait avec lui ceux devant qui, ailleurs, il affichait servilement la dévotion. Quand, à table, on parlait des femmes et de l'amour, il jouait les viveurs raffinés et difficiles. D'ailleurs il est à remarquer que les viveurs de Pétersbourg aiment à se flatter de goûts sortant de l'ordinaire. Tel jeune conseiller d'État actuel se contente fort bien des caresses de sa cuisinière ou de quelque malheureuse fille qui hante la perspective Nevski, mais, à l'entendre, il est atteint de tous les vices de l'Orient et de l'Occident, il est membre honoraire d'une bonne dizaine de sociétés secrètes et prohibées et il est déjà fiché par la police. Koukouchkine mentait sur son propre compte sans aucune pudeur, mais on ne peut pas dire que les gens demeuraient incrédules, ils faisaient plutôt la sourde oreille à ses contes à dormir debout.

Le troisième convive était Grouzine, le fils d'un vénérable savant ayant rang de général. Grouzine avait le même âge qu'Orlov, de longs cheveux blonds, des yeux de myope et des lunettes d'or. Je me rappelle ses longs doigts pâles de pianiste ; d'ailleurs, toute sa personne avait quelque chose du musicien, du virtuose. Dans les orchestres, les hommes ainsi faits sont premiers violons. Il toussait, souffrait de migraines, et, au demeurant, paraissait maladif et débile. Chez lui, on devait sans doute le déshabiller et l'habiller comme un enfant. Il sortait de la Faculté de droit et avait d'abord été employé au ministère de la Justice, puis il avait été muté au Sénat, en était parti et avait obtenu, par protection, une place au ministère des Domaines, qu'il n'avait pas tardé à quitter. À l'époque dont je parle, il était chef de bureau dans le service d'Orlov, mais il parlait de bientôt retourner au ministère de la Justice. Il prenait avec une rare légèreté d'esprit son service et ses changements de fonction, et, lorsqu'on parlait sérieusement devant lui de rang, de décorations, de traitement, il souriait avec bonhomie et répétait l'aphorisme de Proutkov[1] : « Ce n'est qu'au service de l'État qu'on apprend la vérité ! » Il avait une petite femme ridée, très jalouse, et cinq enfants maigriots ; il trompait sa femme, n'aimait ses enfants que lorsqu'il les voyait, au reste se montrait assez indifférent sur le chapitre familial et en plaisantait. Il vivait à crédit, et sa famille pareillement, empruntant n'importe où et à n'importe qui, quand l'occasion s'en présentait, sans excepter ni ses supérieurs ni les huissiers. C'était une nature malléable, indolente jusqu'à la plus complète indifférence vis-à-vis de soi-même, suivant le fil de l'eau sans savoir où ni pourquoi. Il allait où on le menait. Si on le menait dans un bouge, il y allait, si l'on posait une bouteille de vin devant lui, il buvait, si l'on n'en posait pas, il ne buvait pas ; si l'on maugréait contre les femmes en sa présence, il maugréait contre la sienne, assurant qu'elle lui avait gâché la vie, si l'on en disait du bien, il en disait aussi et affirmait avec sincérité : « Je l'aime beaucoup, la pauvre. » Il n'avait pas de pelisse et portait en toute saison un plaid qui sentait la chambre d'enfants. Quand je le voyais au cours du dîner, l'air pensif, faire des boulettes de mie de pain et boire beaucoup de vin rouge, j'étais, chose étrange, presque certain qu'il y avait en lui quelque chose qu'il devait sentir confusément, mais que les frivolités et trivialités l'empêchaient de comprendre et d'apprécier. Il faisait un peu de musique. Quelquefois il s'asseyait au piano, plaquait deux ou trois accords et chantait à mi-voix :

Que m'apportera cette aurore[1] ?

mais aussitôt, comme pris d'effroi, il se levait et s'éloignait de l'instrument.

Les convives arrivaient d'ordinaire vers dix heures. Ils jouaient aux cartes dans le bureau d'Orlov, Polia et moi servions le thé. Alors seulement je pouvais, comme il faut, pénétrer les charmes du métier de laquais. Rester debout près de la porte pendant quatre ou cinq heures, veiller à ce qu'il n'y ait pas de verre vide, changer les cendriers, se précipiter pour ramasser un morceau de craie ou une carte, mais surtout rester debout, attendre, demeurer attentif, n'avoir le droit ni de parler, ni de tousser, ni de sourire, c'est, je vous le certifie, plus pénible que le plus pénible travail de paysan. Il m'est arrivé d'être de quart quatre heures de suite, autrefois, en plein hiver, par la tempête. Je trouve que c'est incomparablement moins dur.

Ils jouaient jusqu'à deux, parfois trois heures du matin, puis passaient en s'étirant dans la salle à manger pour souper ou, comme disait Orlov, s'offrir un petit en-cas. Pendant le souper, ils causaient. La conversation s'engageait ordinairement ainsi : Orlov, l'œil rieur, se mettait à parler de quelqu'un de leur connaissance, d'un livre qu'il venait de lire, d'une nomination nouvelle ou d'un projet nouveau ; le flatteur Koukouchkine se mettait à l'unisson et ainsi commençait un concert absolument odieux à mon humeur d'alors. L'ironie d'Orlov et de ses amis ne connaissait pas de bornes et n'épargnait rien ni personne. S'ils parlaient de religion, c'était avec ironie, de philosophie, du sens et des buts de l'existence, c'était avec ironie, si l'un d'eux soulevait la question du peuple, c'était avec ironie. Il existe à Pétersbourg une race particulière de gens spécialement occupés à tourner en ridicule toutes les manifestations de la vie ; ils ne peuvent même pas passer devant un miséreux ou un suicidé sans débiter des trivialités. Mais Orlov et ses amis ne plaisantaient pas, ne tournaient pas les choses en ridicule, ils ironisaient. Ils disaient que Dieu n'existe pas et qu'avec la mort la personne humaine disparaissait à jamais ; qu'il n'y avait d'immortels qu'à l'Académie française. Il n'y avait pas de vrai bien et il ne pouvait y en avoir, en effet son existence dépendait de la perfection humaine, or cette dernière était une absurdité logique. La Russie était un pays aussi ennuyeux et misérable que la Perse. L'intelligentsia était désespérante ; de l'avis de Pékarski, elle était, dans son immense majorité, composée d'incapables et de bons à rien. Le peuple était ravagé par l'alcool, la paresse, le vol, il dégénérait. Nous n'avions pas de science, notre littérature était informe, notre commerce fondé sur la filouterie :

« Qui ne trompe pas ne vend pas. » Et tout à l'avenant, tout était objet de raillerie.

Le vin rendait la fin du repas plus gaie et on passait aux propos gaillards. On riait de la vie de famille de Grouzine, des conquêtes de Koukouchkine, de Pékarski dont le carnet de dépenses comportait, laissait-il entendre, une page intitulée : *charités*; et une autre : *besoins physiologiques.* On disait qu'il n'y avait pas de femmes fidèles; qu'il n'y avait pas de femme dont on ne pût, avec une certaine expérience, obtenir les faveurs sans sortir du salon, son mari étant à côté, dans son bureau. Les adolescentes étaient dépravées et déjà au courant de tout. Orlov conservait une lettre d'une lycéenne de quatorze ans ; à sa sortie de classe elle avait « raccroché un officier sur la perspective Nevski » ; il l'aurait emmenée chez lui et ne l'aurait laissée partir qu'à une heure tardive, et elle s'était hâtée de l'écrire à une amie pour lui faire partager son ravissement. On disait que la pureté des mœurs n'avait jamais existé et que si elle n'existait pas, c'est sans doute qu'elle était inutile ; l'humanité s'en était fort bien passée jusque-là. Le dommage causé par ce qu'on appelle le vice était indubitablement exagéré. Un cas de perversion prévu par notre code pénal n'avait pas empêché Diogène d'être un philosophe et un maître entouré de disciples; César et Cicéron, tout en étant des débauchés, étaient de grands hommes. Caton l'Ancien avait épousé une gamine et n'en avait pas moins continué à passer pour un abstinent et un gardien rigoureux des bonnes mœurs.

À trois ou quatre heures les convives se séparaient ou se rendaient ensemble dans les faubourgs ou rue des Officiers chez une certaine Varvara. Moi, je me retirais dans l'appartement des domestiques et mettais longtemps à m'endormir tant j'avais mal à la tête et tant je toussais.

IV

Trois semaines environ après mon entrée au service d'Orlov, un dimanche matin, je me souviens, on sonna. Il n'était pas encore onze heures et Orlov dormait. J'allai ouvrir. Figurez-vous mon étonnement : sur le palier il y avait une dame avec une voilette.

« Guéorgui Ivanytch est levé ? » demanda-t-elle.

À la voix je reconnus Mme Krasnovskaïa à qui je portais des lettres rue Znamenskaïa. Je ne me souviens plus si j'eus la présence d'esprit de lui répondre — son apparition m'avait troublé. Et d'ailleurs elle n'avait que faire de ma réponse. En un clin d'œil elle s'était glissée devant moi et, emplissant le vestibule de son parfum dont je me souviens très bien aujourd'hui encore, était entrée dans l'appartement, où le bruit de ses pas s'évanouit. D'une demi-heure au moins on n'entendit plus rien. Puis un nouveau coup de sonnette retentit. Cette fois c'était une jeune fille toute pimpante, sans doute une femme de chambre de riche maison, et notre concierge qui, tous deux hors d'haleine, apportaient deux valises et une malle en osier.

« C'est pour Mme Krasnovskaïa », dit la jeune fille.

Et elle partit sans ajouter un mot. Tout cela était mystérieux et provoquait chez Polia, toujours béate d'admiration devant les frasques des maîtres, un sourire malin ; elle semblait vouloir dire : « Voilà comme nous sommes ! » et ne marchait que sur la pointe des pieds. Enfin, des pas résonnèrent ; Mme Krasnovskaïa entra dans le vestibule d'un pas rapide et, m'apercevant à la porte de ma chambre, me dit :

« Stépane, allez habiller Guéorgui Ivanytch. »

Quand j'entrai dans sa chambre, ses vêtements et ses chaussures à la main, je le trouvai assis sur son lit, les pieds pendant sur la peau d'ours. Toute sa personne exprimait le trouble. Il ne me remarqua pas et ne se soucia pas de mon opinion de valet ; visiblement il était désorienté et confus devant lui-même, devant son « œil intérieur ». Il s'habilla, se lava, puis se brossa et se peigna en silence, sans se presser, comme pour se donner le temps de réfléchir à sa situation et de s'y reconnaître, et son dos lui-même disait qu'il était troublé et mécontent de lui.

Ils prirent leur petit déjeuner ensemble. Mme Krasnovskaïa se servit et servit Orlov, puis elle mit les coudes sur la table et rit.

« Je n'y crois pas encore, dit-elle. Quand on fait un long voyage et qu'on arrive à l'hôtel, on ne croit pas encore qu'on n'a plus à bouger. C'est agréable de respirer à son aise. »

Avec l'expression d'une enfant qui a envie de s'amuser, elle respira à son aise et rit à nouveau.

« Excusez-moi, dit Orlov, avec un coup de menton dans la direction de ses journaux. J'ai l'invincible habitude de lire en prenant mon café. Mais je sais faire deux choses à la fois : lire et écouter.

— Lisez, lisez… Vous garderez vos habitudes et votre liberté. Mais pourquoi cet air de carême ? Vous êtes toujours comme ça le matin ou c'est seulement aujourd'hui ? Vous n'êtes pas content ?

— Au contraire. Mais je suis, je l'avoue, un peu abasourdi.

— Pourquoi ? Vous avez eu le temps de vous préparer à mon invasion. Je vous en menaçais chaque jour.

— Oui, mais je ne m'attendais pas à ce que vous mettiez votre menace à exécution précisément aujourd'hui.

— Moi non plus, mais cela vaut mieux, mon ami. Il faut arracher d'un coup la dent malade, et c'est fini.

— Oui, bien sûr.

— Ah, mon cher ! dit-elle en fermant les yeux à demi. Tout est bien qui finit bien, mais avant que cela finît bien, que de peine ! Si je ris, n'en tirez pas conséquence ; je suis contente, heureuse, mais j'ai plus envie de pleurer que de rire. Hier j'ai eu à soutenir une vraie bataille, poursuivit-elle en français. Dieu seul sait combien cela m'a été pénible. Mais je ris parce que je n'en crois pas mes yeux. Il me semble que je suis assise à côté de vous en train de prendre le café, non pas en réalité, mais dans un rêve. »

Puis, toujours en français, elle raconta qu'elle avait quitté son mari la veille, et ses yeux tantôt se remplissaient de larmes, tantôt riaient et regardaient Orlov avec admiration. Elle raconta que son mari avait des soupçons depuis longtemps, mais évitait les explications, qu'ils avaient de fréquentes querelles et que, d'ordinaire, au plus fort de la dispute, il se taisait brusquement et passait dans son cabinet pour éviter de dévoiler ses soupçons dans un accès de colère et lui donner l'occasion d'entamer elle-même ces explications. Elle se sentait coupable, misérable, incapable de franchir ce pas hardi, grave, aussi se haïssait-elle chaque jour davantage et son mari avec, et souffrait-elle les tourments de l'enfer. Mais hier, pendant la querelle, quand il s'était écrié d'une voix éplorée : « Quand est-ce que tout cela finira, mon Dieu ? » et était passé dans son cabinet, elle lui avait couru après, comme un chat après une souris, et, l'empêchant de refermer derrière lui, elle lui avait crié qu'elle le haïssait de toute son âme. Il l'avait alors laissée entrer, elle lui avait dit tout ce qu'elle avait sur le cœur et lui avait avoué qu'elle en aimait un autre, que cet autre était son mari véritable, légitime, et qu'elle considérait comme un devoir d'aller habiter chez lui le jour même, en dépit de tout, quand bien même on tirerait sur elle à boulets rouges.

« Vous avez la veine romantique », l'interrompit Orlov, sans quitter son journal des yeux.

Elle rit et continua son récit, sans toucher à son café. Elle avait les joues en feu, ce qui la troublait un peu, et elle jetait par moments des regards gênés sur Polia et sur moi. La suite de son récit m'apprit que son mari lui avait répondu par des reproches, des menaces et finalement par des larmes et il aurait été plus exact de dire que c'était lui et non pas elle qui avait soutenu la bataille.

« Oui, mon ami, tant que mes nerfs m'ont soutenue, tout a été, racontait-elle, mais quand la nuit est venue, j'ai perdu courage. Vous ne croyez pas en Dieu, *Georges*, mais moi j'y crois un peu et je crains le divin châtiment. Dieu nous demande patience, grandeur d'âme, sacrifice, et moi je refuse d'être patiente et je veux arranger ma vie à ma guise. Est-ce bien ? Et si du point de vue de Dieu, c'était mal ? À deux heures du matin mon mari est entré dans ma chambre et m'a dit : "Vous n'aurez pas l'audace de partir. Je ferai un scandale, je vous ferai ramener par la police." Peu après, je l'aperçois de nouveau sur le seuil de ma porte, pareil à une ombre. "Épargnez-moi. Votre fuite peut me porter préjudice dans mon emploi." Ces mots m'ont fait une impression brutale, j'en suis restée comme pétrifiée, j'ai pensé que c'était le prélude du châtiment, je me suis mise à trembler de peur et à pleurer. Il me semblait que le plafond allait s'effondrer sur ma tête, qu'on allait me traîner au poste à l'instant même, que vous ne m'aimiez plus — bref, Dieu sait quoi ! J'entrerai au couvent, pensais-je, ou je me ferai garde-malade, je renoncerai au bonheur. Mais je me suis souvenue que vous m'aimiez et que je n'avais pas le droit de disposer de moi à votre insu, tout s'est brouillé dans ma tête, j'étais au désespoir, ne sachant que penser ni que faire. Mais le bon soleil s'est levé et j'ai retrouvé ma gaieté. J'ai attendu le matin et je suis venue. Oh, je n'en puis plus, mon ami ! Deux nuits de suite sans dormir ! »

Elle était lasse et énervée. Elle voulait à la fois dormir et parler sans trêve, et rire, et pleurer, et aller déjeuner au restaurant pour mieux sentir sa liberté.

« Tu as un appartement agréable, mais j'ai peur qu'il soit trop petit pour deux, dit-elle en en faisant rapidement le tour après avoir bu son café. Quelle chambre me donneras-tu ? Celle-ci me plaît, parce qu'elle est à côté de ton cabinet de travail. »

Vers deux heures elle changea de robe dans la chambre voisine du bureau, qu'elle appela par la suite sa chambre, et alla déjeuner en ville avec Orlov. Ils y dînèrent également et dans le long intervalle qui séparait les deux repas coururent les magasins. Jusqu'à une heure avancée de la soirée j'ouvris aux commis et aux livreurs qui apportaient toutes sortes d'emplettes. On livra, entre autres, une glace magnifique, une toilette, un lit et un luxueux service à thé dont nous n'avions nul besoin. On apporta toute une batterie de casseroles de cuivre que nous alignâmes sur une planche dans notre cuisine glacée, désolée. Quand nous déballâmes le service à thé, les yeux de Polia se mirent à briller et elle me regarda deux ou trois fois haineusement, avec la crainte que ce soit peut-être moi, et non pas elle, qui volerais le premier une de ces jolies tasses. On livra un bureau de dame, très cher et pas pratique du tout. Visiblement elle avait l'intention de s'installer chez nous à demeure, en maîtresse de maison.

Ils rentrèrent à neuf heures passées. Pleine de l'orgueilleuse conscience d'avoir accompli un acte hardi et extraordinaire, passionnément amoureuse et, à ce qu'il lui semblait, passionnément aimée, alanguie et savourant à l'avance un sommeil profond et heureux, elle s'enivrait de sa nouvelle existence. Dans le débordement de son bonheur elle pressait fortement ses mains l'une contre l'autre, assurait que tout était merveilleux, jurait que son amour serait éternel, et ces serments, la conviction naïve, presque enfantine, qu'on l'aimait aussi et qu'on l'aimerait ainsi, passionnément, éternellement, l'avaient rajeunie de cinq ans. Elle parlait gentiment pour ne rien dire et riait d'elle-même.

« Il n'est pas de plus grand bien que la liberté ! disait-elle, se forçant à des réflexions sérieuses et significatives. Quelle stupidité quand on y pense ! Nous n'attachons aucun prix à notre opinion, même si elle est sensée, et nous tremblons devant celle du moindre sot. J'ai craint l'opinion d'autrui jusqu'à la dernière minute, mais, dès que je n'ai écouté que moi-même et que j'ai résolu de vivre à ma guise, mes yeux se sont ouverts, j'ai vaincu ma sotte crainte, maintenant je suis heureuse et souhaite que tout le monde connaisse ce bonheur. »

Mais aussitôt le fil de ses idées se rompait et elle parlait d'un nouvel appartement, de papiers peints, de chevaux, d'un voyage en Suisse et en Italie. Orlov était fatigué par les allées et venues dans les restaurants et les magasins et continuait à ressentir ce trouble intérieur que j'avais observé le matin. Il souriait, mais plus par politesse que par plaisir, et quand elle disait quelque chose de sérieux, il répondait par un ironique : « Oh oui ! »

« Stépane, trouvez-nous vite un bon chef, me dit-elle.

— Il n'y a pas à se presser pour la cuisine, dit Orlov en me regardant d'un air froid. Il faut d'abord déménager. »

On n'avait jamais fait la cuisine chez lui ni tenu de chevaux parce que, selon sa formule, il n'aimait pas « entretenir la saleté », il ne nous tolérait dans son appartement, Polia et moi, que par nécessité. Le prétendu foyer familial, avec son habituel cortège de joies et de querelles, choquait son goût comme une trivialité ; être enceinte, avoir des enfants, en parler, c'était de mauvais ton, petit-bourgeois. Et j'étais maintenant extrêmement curieux de voir comment ces deux êtres allaient s'accommoder sous le même toit : elle, femme d'intérieur et pot-au-feu, avec ses casseroles de cuivre et ses rêves de bon cuisinier et de chevaux, et lui, qui répétait à ses amis que, dans l'appartement d'un homme comme il faut, propre, il ne doit y avoir, comme sur un navire de guerre, rien de superflu, ni femme, ni enfants, ni torchons, ni ustensiles de cuisine…

V

Je vais maintenant vous raconter ce qui arriva le jeudi suivant. Ce jour-là Orlov et Mme Krasnovskaïa avaient déjeuné chez Contant ou chez Donon. Orlov rentra seul, Mme Krasnovskaïa s'en était allée, comme je le sus plus tard, dans le quartier de Pétersbourg où vivait son ancienne gouvernante, pour y rester le temps que nous aurions nos invités à dîner. Orlov ne voulait pas la laisser voir à ses amis. J'avais compris cela le matin, au moment du café, quand il s'était mis en devoir de la convaincre que, pour sa propre tranquillité, il fallait absolument qu'elle raye les jeudis.

Les convives arrivèrent, comme de coutume, presque en même temps.

« Madame est là aussi ? me souffla Koukouchkine.

— Non », répondis-je.

Il entra, l'œil rusé, luisant, un sourire mystérieux sur les lèvres, en se frottant les mains de froid.

« J'ai bien l'honneur de vous féliciter, dit-il à Orlov, le corps secoué d'un rire flatteur, déférent. Je vous souhaite de croître et multiplier comme les cèdres du Liban. »

Les amis allèrent jusqu'à la chambre à coucher et s'y livrèrent à quelques plaisanteries sur les pantoufles de femme, la descente de lit entre les deux lits et le corsage gris accroché à la tête de l'un d'eux. Ils s'égayaient de ce qu'un homme obstiné, méprisant le côté quotidien de l'amour, fût tombé dans les rets féminins de façon si simple et si banale.

« Tu adoreras ce que tu as moqué, répéta plusieurs fois Koukouchkine qui avait, soit dit en passant, l'habitude prétentieuse et désagréable de faire étalage de citations sacrées. Chut ! chuchota-t-il, mettant un doigt sur les lèvres quand ils entrèrent dans la pièce voisine du bureau. Chut ! C'est ici que Marguerite rêve à son Faust. »

Et il éclata de rire, comme s'il avait dit quelque chose d'extrêmement drôle. Je regardai Grouzine, m'attendant à ce que son âme de musicien ne pût supporter ce rire, mais je me trompais. Son bon visage émacié rayonnait de plaisir. Quand ils commencèrent leur partie de cartes, il dit, en grasseyant et en s'étouffant de rire, que, pour que son bonheur conjugal fût complet, *Georges* n'avait plus qu'à s'acheter une pipe en merisier et une guitare. Pékarski riait d'un rire posé, mais on voyait à son air concentré que la nouvelle histoire d'amour d'Orlov lui déplaisait. Il ne comprenait pas ce qui s'était passé au juste.

« Mais le mari ? demanda-t-il, perplexe, quand ils eurent fait trois robres.

— Je ne sais pas », répondit Orlov.

Pékarski promena ses doigts dans sa longue barbe, se plongea dans ses réflexions et ne prononça plus une parole jusqu'à l'heure du souper. Au moment de passer à table, il dit d'une voix lente en traînant sur chaque mot :

« D'ailleurs, excuse-moi, je ne vous comprends ni l'un ni l'autre. Vous pouviez vous aimer et enfreindre le septième commandement autant qu'il vous plaisait, cela, je le comprends. Oui, je le comprends. Mais pourquoi mettre le mari dans vos secrets ? Était-ce nécessaire ?

— Qu'est-ce que cela peut faire ?

— Heu… repartit Pékarski, songeur. Voilà ce que j'ai à te dire, mon cher ami, poursuivit-il avec une tension d'esprit évidente, si jamais je me remarie et qu'il te vienne l'idée de me faire porter des cornes, arrange-toi pour que je ne m'en aperçoive pas. C'est bien plus honnête de tromper un homme que de gâcher sa vie et sa réputation. Je comprends. Vous pensez tous deux qu'en vivant ensemble ouvertement, vous faites preuve d'une honnêteté et d'un libéralisme hors du commun, mais je ne peux admettre ce… comment dit-on ?… ce romantisme. »

Orlov ne répondit pas. Il était de mauvaise humeur et n'avait pas envie de parler. Pékarski, toujours perplexe, tambourina sur la table, réfléchit et dit :

« Je ne vous comprends quand même pas. Tu n'es pas un étudiant, ni elle une grisette. Vous avez des moyens l'un et l'autre. Tu aurais pu, je suppose, lui louer un appartement.

— Non, je n'aurais pas pu. Lis Tourguéniev.

— Pour quoi faire ? Je l'ai déjà lu.

— Il enseigne, dans ses œuvres, que toute demoiselle possédant un idéal et un esprit honnête doit suivre l'homme qu'elle aime au bout du monde et se mettre au service de ses idées, dit Orlov en plissant ironiquement les paupières. Le bout du monde, c'est une licence poétique : le monde entier et tous les bouts du monde tiennent dans l'appartement de l'homme aimé. C'est pourquoi ne pas partager son appartement avec la femme qui t'aime, c'est lui dénier sa haute mission et ne pas partager ses idéaux non plus. Oui, mon cher, Tourguéniev a écrit cela et à moi maintenant d'avaler la pilule à cause de lui.

— Qu'est-ce que Tourguéniev a à voir là-dedans, je ne le comprends pas, dit Grouzine à mi-voix en haussant les épaules. Vous vous souvenez, *Georges*, que l'auteur de *Trois Rencontres*[1] passe quelque part en Italie à une heure tardive et entend chanter : *Vieni pensando a me segretamente*[2], se mit-il à fredonner. — Bon !

— Mais enfin, elle ne s'est pas installée chez toi de force, dit Pékarski. Tu l'as bien voulu.

— Jamais de la vie ! Non seulement je ne l'ai pas voulu, mais je ne pouvais même pas imaginer que cela arriverait jamais. Quand elle disait qu'elle viendrait habiter chez moi, je croyais que c'était une aimable plaisanterie. »

Le rire fut général.

« Je ne pouvais le vouloir, dit Orlov comme s'il était contraint de se justifier. Je ne suis pas un héros de Tourguéniev, et si j'ai un jour envie de libérer la Bulgarie, je n'aurai pas besoin de la compagnie d'une dame[3]. Je regarde l'amour avant tout comme un besoin physiologique, vil et ennemi de mon âme ; il faut le satisfaire avec discernement ou le repousser complètement, sinon il introduit dans l'existence des éléments aussi impurs que lui-même. Pour qu'il soit un plaisir et non un tourment, je tâche de l'embellir et de l'entourer de quantité d'illusions. Je ne vais pas chez une femme si je ne suis pas convaincu d'avance qu'elle sera belle, séduisante ; et je n'irai pas non plus si je ne me sens pas en train. Ce n'est que dans ces conditions-là que nous réussissons à nous leurrer l'un l'autre et qu'il nous semble que nous nous aimons et que nous sommes heureux. Mais puis-je souhaiter voir des casseroles de cuivre, une chevelure en désordre, être vu moi-même quand je ne suis pas lavé et de mauvaise humeur ? Zinaïda veut, dans la simplicité de son cœur, me faire aimer ce dont je me suis défendu toute ma vie. Elle veut que son appartement sente la cuisine et la vaisselle, il lui faut un déménagement qui fasse du bruit, ses chevaux personnels, elle a besoin de compter mon linge et de veiller sur ma santé ; elle a besoin de se mêler à chaque instant à ma vie personnelle, de surveiller chacun de mes pas et d'avoir en même temps la conviction sincère que je conserve mes habitudes et ma liberté. Elle est persuadée que nous allons bientôt faire un voyage de noces comme de jeunes mariés, c'est-à-dire qu'elle veut être constamment avec moi dans le train et à l'hôtel, alors qu'en voyage, j'aime lire et ne peux supporter de bavarder.

— Essaye de le lui suggérer, dit Pékarski.

— Comment ? Tu crois qu'elle me comprendra ? Penses-tu ! Nos pensées sont si différentes ! À son avis, quitter papa et maman ou son mari pour aller vivre avec l'homme que l'on aime c'est le summum du courage civique, et, au mien, c'est de l'enfantillage. Aimer, se lier avec un homme, c'est, pour elle, commencer une vie nouvelle, mais pour moi cela ne signifie rien. L'amour et l'homme sont la grande affaire de sa vie, et, peut-être, sous ce rapport, est-ce la philosophie de l'inconscient qui agit en elle ; va la convaincre que l'amour est un simple besoin comme de manger et de se vêtir, que le monde ne périra pas parce que maris ou femmes sont mauvais, qu'on peut être un débauché et un séducteur tout en étant un génie et un noble esprit et qu'inversement on peut refuser les plaisirs de l'amour tout en étant un animal borné et méchant. Un homme cultivé d'aujourd'hui, même au bas de l'échelle, par exemple un ouvrier français, dépense chaque jour dix sous pour son repas, cinq sous de vin et de cinq à dix sous pour la femme, mais il consacre entièrement son esprit et ses nerfs à son travail. Ce que Zinaïda consacre à l'amour, ce n'est pas un sou, mais toute son âme. Supposons que je lui fasse cette suggestion, elle va se mettre à hurler en toute sincérité que j'ai fait sa perte, qu'il ne lui reste plus rien dans la vie.

— Alors ne lui dis rien, fit Pékarski, loue-lui un appartement. Voilà tout.

— C'est facile à dire... »

Il y eut quelques instants de silence.

« Mais elle est gentille, dit Koukouchkine. Elle est charmante. Les femmes comme elle s'imaginent qu'elles aimeront éternellement et se donnent avec de grands mots.

— Il faut quand même garder la tête sur les épaules, dit Orlov, il faut réfléchir. Toutes les expériences, qu'on les puise dans la vie courante ou dans les tables de la loi d'innombrables romans ou drames, confirment unanimement que les adultères et les concubinages entre gens de qualité, si grand qu'ait été l'amour au début, ne durent que deux ans, trois au plus. Elle doit le savoir. Aussi tous ces déménagements, ces casseroles et ces espoirs d'amour et d'entente éternels ne sont rien que le désir de se mystifier, et moi avec. Elle est gentille et charmante, qui le conteste ? Mais elle a mis ma vie sens dessus dessous ; ce que je tenais jusqu'alors pour vétille et fadaise, elle me force à l'élever au rang de question sérieuse ; j'adore une idole que je n'ai jamais tenue pour un dieu. Elle est gentille et charmante, mais pourquoi, maintenant, quand je rentre de mon bureau, me sens-je mal à l'aise comme si je m'attendais à trouver chez moi un désagrément, du genre de fumistes qui auraient démoli tous les poêles et fait un tas de décombres ? Bref, ce n'est pas de l'argent que je consacre à l'amour mais une partie de mon repos et de mes nerfs. Ça, c'est mauvais.

— Et elle n'entend pas ce sacripant ! soupira Koukouchkine. Cher monsieur, dit-il avec un geste théâtral, je vous délivrerai de la pénible obligation d'aimer cette charmante créature ! Je vous enlèverai Zinaïda.

— Je vous en laisse libre... » dit négligemment Orlov.

Pendant une demi-minute Koukouchkine rit d'un rire grêle qui secouait tout son corps, puis il reprit :

« Prenez garde, je ne plaisante pas ! N'allez pas jouer les Othello après ! »

Tous se mirent à dire que Koukouchkine était infatigable en amour, irrésistible aux femmes et dangereux aux maris, et que, dans l'autre monde, les diables le feraient griller sur des charbons ardents pour sa vie dépravée. Il ne disait mot, clignait les yeux, et, lorsqu'on avançait des noms de dames connues, levait un petit doigt menaçant — on ne dévoile pas les secrets d'autrui. Tout à coup Orlov regarda l'heure.

Ses invités comprirent et se disposèrent à prendre congé. Je me rappelle que Grouzine, légèrement éméché, mit, ce jour-là, un temps infini à s'habiller. Il enfila son pardessus qui ressemblait à une de ces robes de chambre que l'on taille aux mioches dans les familles pauvres, releva son col et commença une longue histoire ; puis, voyant qu'on ne l'écoutait pas, il jeta sur son épaule son plaid qui sentait la chambre d'enfants et, l'air coupable, suppliant, me demanda de lui trouver son bonnet de fourrure.

« *Georges*, mon ange, dit-il tendrement, mon cher ami, écoutez-moi, allons nous amuser.

— Allez-y, moi je ne peux pas. Je suis maintenant en situation d'homme marié.

— C'est une gentille femme, elle ne se fâchera

pas. Mon cher supérieur, allons-y ! Il fait un temps splendide, une bonne petite tempête de neige, une bonne gelée… Parole d'honneur, il faut vous secouer, car vous êtes d'humeur maussade, bon Dieu… »

Orlov s'étira, bâilla, et regarda Pékarski.

« Tu viendras ? lui demanda-t-il, indécis.

— Je ne sais pas. Peut-être.

— Et si on se soûlait, hein ? Allez, d'accord, je viens, décida Orlov après une brève hésitation. Attendez, je vais prendre de l'argent. »

Il passa dans son bureau ; Grouzine le suivit d'un pas mou, traînant son plaid derrière lui. Une minute plus tard, ils reparurent dans le vestibule. Grouzine, un peu ivre et ravi, froissait dans sa main un billet de dix roubles.

« On fera les comptes demain, dit-il. Elle est gentille, elle ne se fâchera pas… C'est la marraine de ma Lise, je l'aime, la pauvre. Ah, mon cher ! dit-il soudain avec un rire joyeux en appuyant son front contre le dos de Pékarski. Ah, Pékarski, mon bon ! Advocatissimus, il a beau avoir le cœur sec comme un biscuit, ça ne l'empêche pas d'aimer les femmes…

— Ajoutez : les grosses, dit Orlov, en enfilant sa pelisse. Mais partons, j'ai peur de tomber sur elle, en bas.

— *Vieni pensando a me segretamente !* » entonna Grouzine.

Enfin ils partirent. Orlov découcha et ne rentra que le lendemain à l'heure du déjeuner.

VI

Mme Krasnovskaïa avait perdu une montre en or que lui avait offerte autrefois son père. Cette perte l'avait surprise et effrayée. Toute une demi-journée elle parcourut l'appartement, jetant des regards désemparés sur les tables et les appuis des fenêtres, mais la montre avait disparu comme par enchantement.

Peu après, à deux ou trois jours de là, elle oublia, en rentrant, son porte-monnaie dans le vestibule. Par bonheur ce n'était pas moi, mais Polia qui l'avait aidée ce jour-là à ôter son manteau. Quand on s'en avisa, le porte-monnaie n'y était plus.

— C'est étrange ! disait-elle. Je me rappelle bien que je l'ai sorti de ma poche pour payer mon fiacre… puis je l'ai posé là, près de la glace. Voilà qui est fort !

Ce n'était pas moi le voleur, mais j'éprouvai le même sentiment que si j'avais volé et que j'eusse été pris. Les larmes m'en vinrent même aux yeux. Au moment de passer à table, elle dit en français à Orlov :

« Il y a des esprits dans cette maison. J'ai perdu mon porte-monnaie dans le vestibule et je viens de le retrouver sur ma table. Mais les esprits n'ont pas monté ce tour de passe-passe pour mes beaux yeux. Ils ont pris une pièce d'or et vingt roubles pour salaire.

— Tantôt c'est votre montre qui disparaît, tantôt c'est votre argent... dit Orlov. Pourquoi ne m'arrive-t-il jamais rien de pareil ? »

Un instant plus tard, elle avait oublié le tour de passe-passe des esprits et racontait en riant que, la semaine précédente, elle avait commandé du papier à lettres mais avait oublié de donner sa nouvelle adresse et le magasin l'avait envoyé à son ancien domicile, où son mari avait dû régler la note : douze roubles. Soudain elle arrêta son regard sur Polia et l'examina avec insistance. Là-dessus elle rougit et se troubla si fort qu'elle changea de conversation.

Quand je servis le café dans le cabinet de travail, Orlov se tenait debout près de la cheminée, le dos au feu, Mme Krasnovskaïa était assise dans un fauteuil, en face de lui.

« Je ne suis pas de mauvaise humeur du tout, disait-elle en français, mais j'ai réfléchi et je comprends tout. Je peux vous dire l'heure et même le jour où elle m'a volé ma montre. Et la bourse ? Là non plus, il n'y a pas de doute. Oh, dit-elle en riant, tandis qu'elle prenait la tasse que je lui présentais, je comprends maintenant pourquoi je perds si souvent mon mouchoir et mes gants. Tu peux dire ce que tu voudras, demain je rendrai la liberté à cette pie et j'enverrai Stépane chercher ma Sophie. Celle-là ne vole pas et elle n'a pas... l'air aussi repoussant.

— Vous êtes de mauvaise humeur. Demain vous serez disposée autrement et vous comprendrez qu'on ne peut pas congédier quelqu'un sur de simples soupçons.

— Ce ne sont pas des soupçons mais des certitudes, répondit-elle. Tant que j'ai soupçonné ce prolétaire à la triste figure, votre domestique, je n'ai rien dit. C'est blessant, *Georges*, de ne pas me croire.

— Si j'ai sur ce point une opinion différente de la vôtre, cela ne veut pas dire que je ne vous crois pas. Admettons que vous ayez raison, dit Orlov en se tournant vers le feu où il jeta sa cigarette, il ne faut quand même pas se mettre dans tous ses états. D'ailleurs, je l'avoue, je ne m'attendais pas à ce que mon petit ménage vous causât tant de graves soucis et d'émotions. Une pièce d'or a disparu, eh bien, tant pis, prenez-m'en cent, mais changer les usages établis, prendre une inconnue comme femme de chambre, attendre qu'elle se soit habituée, tout cela est long, ennuyeux et pas dans mon caractère. La femme de chambre que nous avons est grosse, à vrai dire, et elle a peut-être un faible pour les gants et les mouchoirs, mais elle est très stylée, obéissante, et ne crie pas quand Koukouchkine la pince.

— Bref, vous ne pouvez pas vous en séparer… Dites-le.

— Vous êtes jalouse ?

— Oui, je suis jalouse ! dit-elle d'un ton résolu.

— Merci.

— Oui, je suis jalouse ! répéta-t-elle et des larmes brillèrent dans ses yeux. Non, ce n'est pas de la jalousie, mais quelque chose de pire… que j'hésite à nommer. » Elle se prit les tempes dans les mains et poursuivit avec emportement : « Vous, les hommes ! il vous arrive d'être si vils. C'est affreux !

— Je ne vois là rien d'affreux !

— Je ne l'ai pas vu, je ne le sais pas, mais on dit que vous, les hommes, vous commencez dès l'enfance avec les femmes de chambre et qu'après, par habitude, vous n'en éprouvez aucun dégoût. Je ne le sais pas, mais j'ai même lu que… *Georges*, tu as raison, bien sûr, dit-elle en s'approchant d'Orlov et en prenant un ton tendre et suppliant, en effet, je suis de mauvaise humeur aujourd'hui. Mais comprends-moi, je ne peux pas faire autrement. Elle me dégoûte et me fait peur. Sa vue m'est pénible.

— Ne peut-on s'élever au-dessus de pareilles mesquineries ? dit Orlov en haussant les épaules d'un air interdit et en s'éloignant de la cheminée. Il n'y a rien de plus simple : ne faites pas attention à elle, elle ne vous dégoûtera pas et vous ne serez pas amenée à faire tout un drame à propos de rien. »

Je sortis du bureau et ignore quelle réponse elle lui fit. Toujours est-il que Polia resta chez nous. Après cela Mme Krasnovskaïa ne s'adressa plus à elle et, visiblement, tâcha de se passer de ses services ; quand Polia lui apportait quelque chose ou même lorsqu'elle passait près d'elle, en faisant tinter son bracelet et froufrouter sa jupe, elle tressaillait.

Je pense que, si Grouzine ou Pékarski avaient demandé à Orlov de congédier Polia, il l'aurait fait sans la moindre hésitation, sans se mettre en peine de donner des explications ; il était accommodant, comme tous les gens indifférents. Mais dans ses relations avec Mme Krasnovskaïa il montrait, même à propos de vétilles, un entêtement qui frisait le despotisme. Je le savais désormais : ce qui plaisait à Mme Krasnovskaïa était sûr de déplaire à Orlov. Lorsque, au retour d'un magasin, elle s'empressait de faire parade, devant lui, de ses vêtements neufs, il y jetait un rapide coup d'œil et disait froidement que, plus il y a de choses superflues dans un appartement, moins il y a d'air. Il lui arrivait, après avoir passé son habit pour sortir et lui avoir dit au revoir, de rester soudain, par entêtement. Il me semblait alors qu'il ne restait chez lui que pour se sentir malheureux.

« Pourquoi restez-vous donc ? lui demandait-elle avec un dépit feint, mais le visage rayonnant de plaisir. Pourquoi ? Vous avez l'habitude de sortir le soir et je ne veux pas que vous changiez vos habitudes à cause de moi. Sortez, je vous prie, si vous ne voulez pas que je me sente responsable.

— Qui vous fait un reproche ? » disait Orlov.

Il s'enfonçait dans un fauteuil de son bureau avec des airs de victime et, une main sur les yeux, prenait un livre. Mais le livre ne tardait pas à lui glisser des doigts, il se tournait lourdement dans son fauteuil et se protégeait à nouveau les yeux comme s'il eût fait soleil. Maintenant il était fâché de ne pas être sorti.

« On peut entrer ? disait-elle en franchissant d'un pas hésitant le seuil du bureau. Vous lisez ?

Je m'ennuyais et je suis venue pour un instant... vous dire un petit bonjour. »

Je me rappelle qu'un soir elle entra ainsi, hésitante et importune, et qu'elle s'assit sur le tapis, aux pieds d'Orlov ; à ses gestes timides, doux, on voyait qu'elle ne comprenait pas son humeur et qu'elle avait peur.

« Vous êtes toujours en train de lire... commença-t-elle d'un air câlin, en cherchant visiblement à le flatter. Savez-vous le secret de votre réussite, *Georges* ? Vous êtes très instruit et très intelligent. Quel est ce livre ? »

Orlov lui répondit. Il s'écoula quelques minutes de silence qui me parurent très longues. Je me trouvais au salon, d'où je les observais tous les deux et j'avais peur de me mettre à tousser.

« Je voulais vous dire quelque chose... dit-elle à mi-voix, et elle se mit à rire. Je le dis ? Vous allez vous moquer et appeler cela de la présomption. Voyez-vous, j'ai une envie folle de croire que vous êtes resté à la maison pour moi... pour que nous passions cette soirée ensemble. C'est ça ? Puis-je le penser ?

— Pensez-le, dit Orlov, la main au-dessus des yeux. L'homme vraiment heureux est celui qui pense non seulement à ce qui existe, mais même à ce qui n'existe pas.

— Vous venez de faire une longue phrase que je n'ai pas très bien comprise. Vous voulez dire que les gens heureux vivent en imagination ? Oui, c'est vrai. J'aime m'installer le soir dans votre cabinet de travail et m'envoler en pensée loin, bien loin… C'est parfois agréable de rêver. Rêvons tout haut, *Georges* !

— Je n'ai pas fait mes études dans un pensionnat pour jeunes filles, je n'ai pas pratiqué cette science-là.

— Vous êtes de mauvaise humeur ? demanda-t-elle en lui prenant la main. Pourquoi, dites-moi ? Quand vous êtes ainsi, j'ai peur. Je n'arrive pas à comprendre si vous avez mal à la tête ou si vous êtes fâché contre moi… »

Il s'écoula encore quelques longues minutes de silence.

« Pourquoi avez-vous changé ? demanda-t-elle doucement. Pourquoi n'êtes-vous plus aussi tendre et aussi gai que rue Znamenskaïa ? Cela fait presque un mois que je suis chez vous et j'ai l'impression que nous n'avons pas encore commencé à vivre et que nous n'avons encore parlé de rien comme il convient. Vous me répondez chaque fois par des plaisanteries, ou dans la manière froide et prolixe d'un professeur. Même vos plaisanteries ont quelque chose de glacé… Pourquoi ne me parlez-vous plus sérieusement ?

— Je parle toujours sérieusement.

— Eh bien, parlons. Au nom du ciel, *Georges*… Voulez-vous ?

— Parler. Mais de quoi ?

— Parlons de notre vie, de l'avenir… dit-elle rêveusement. J'échafaude sans cesse des plans, et c'est si bon ! *Georges*, je commence par une question : quand donnerez-vous votre démission ?

— Pour quoi faire ? demanda Orlov en abaissant la main.

— Avec vos idées, on ne peut rester dans l'administration. Vous n'y êtes pas à votre place.

— Mes idées ? dit-il. Mes idées ? Par conviction et par nature, je suis un banal fonctionnaire, un héros de Saltykov-Chtchédrine. Vous me prenez pour un autre, j'ose vous l'affirmer.

— Vous plaisantez encore, *Georges* !

— Pas du tout. Mon emploi ne me satisfait pas, peut-être, mais il me convient quand même mieux que toute autre chose. J'y ai mes habitudes, j'y trouve des gens comme moi ; je n'y suis pas de trop, en tout cas, et je m'y supporte.

— Vous détestez votre bureau et il vous dégoûte.

— Ah ? Si je donne ma démission, que je me mette à rêver tout haut et à me laisser emporter dans un autre monde, croyez-vous que ce monde me sera moins odieux que mon bureau ?

— Pour me contredire, vous êtes prêt à vous calomnier, dit-elle, vexée, et elle se leva. Je regrette d'avoir entamé cette conversation.

— Pourquoi vous fâchez-vous ? Je ne me fâche pas, moi, parce que vous n'avez pas d'occupation. Chacun vit à sa guise.

— Est-ce que vous vivez à la vôtre ? Est-ce que vous êtes libre ? Rédiger, toute sa vie durant, des papiers contraires à vos opinions, poursuivit-elle en joignant les mains de désespoir, avoir des supérieurs, leur souhaiter la bonne année, puis jouer aux cartes, encore aux cartes, toujours aux cartes, et surtout être au service d'un ordre de choses qui ne peut pas vous plaire, non, *Georges*, non ! Ne plaisantez pas aussi grossièrement. C'est horrible. Vous êtes un homme d'idées, vous devez n'être au service que des idées.

— Vraiment, vous me prenez pour un autre, soupira Orlov.

— Dites simplement que vous ne voulez pas parler avec moi. Je vous suis odieuse, voilà tout, dit-elle en larmes.

— Écoutez, ma chère, dit-il d'un ton doctoral, en se redressant dans son fauteuil. Vous m'avez fait la grâce de dire vous-même que je suis intelligent et cultivé, mais instruire un homme instruit, c'est lui faire dommage. Toutes les idées, petites et grandes, auxquelles vous pensez en m'appelant homme d'idées, je les connais bien. Si donc je leur préfère mon bureau et les cartes, c'est que je dois avoir des raisons pour cela. Et d'une. Deuxièmement, autant que je sache, vous n'avez jamais été fonctionnaire et vous ne pouvez tirer vos jugements sur le service de l'État que de plaisanteries et de mauvaises lectures. Aussi devrions-nous convenir une fois pour toutes de ne parler ni de ce que nous connaissons depuis longtemps ni de ce qui sort du domaine de notre compétence.

— Pourquoi me parlez-vous ainsi ? repartit-elle en se reculant comme épouvantée. Pourquoi ? *Georges*, reprenez vos esprits, au nom du ciel ! »

Sa voix trembla et se brisa ; elle voulait sans doute retenir ses larmes, mais soudain elle éclata en sanglots.

« *Georges*, mon chéri, je suis perdue ! dit-elle en

français et elle se laissa glisser vivement aux pieds d'Orlov en posant la tête sur ses genoux. Je suis à bout, je suis brisée, je n'en puis plus... Dans mon enfance une belle-mère exécrable, perverse, puis mon mari, puis vous... vous... À mon amour insensé vous répondez par l'ironie et la froideur... Et cette affreuse, cette insolente femme de chambre ! poursuivit-elle en sanglotant. Oui, oui, je vois : je ne suis pour vous ni une épouse, ni une amie, mais une femme que vous ne respectez pas parce qu'elle est devenue votre maîtresse... Je me tuerai ! »

Je ne m'attendais pas à ce que ces paroles et ces pleurs lui fissent une si forte impression. Il rougit, s'agita dans son fauteuil et l'ironie peinte sur son visage céda la place à une peur hébétée, enfantine.

« Ma chérie, vous ne m'avez pas compris, je vous le jure, bredouilla-t-il, déconcerté, en caressant ses cheveux et ses épaules. Pardonnez-moi, je vous en supplie. J'ai eu tort et... je me déteste.

— Je vous blesse par mes plaintes et mes gémissements... Vous êtes un homme honnête, généreux... un être rare, je le reconnais à chaque instant, mais l'angoisse m'a torturée ces jours-ci... »

Elle l'étreignit d'un geste convulsif et l'embrassa sur la joue.

« Mais ne pleurez plus, je vous en prie, dit-il.

— Non, non... J'ai assez pleuré, je me sens mieux.

— Pour ce qui est de la femme de chambre,

elle ne sera plus ici demain, dit-il, continuant à s'agiter dans son fauteuil.

— Non, il faut qu'elle reste, *Georges*, vous entendez. Je ne la redoute plus... Il faut être au-dessus de ces mesquineries et ne pas penser de bêtises. Vous avez raison ! Vous êtes un homme rare... extraordinaire ! »

Elle cessa vite de pleurer. Les cils encore humides de larmes, assise sur les genoux d'Orlov, elle lui racontait à mi-voix quelque chose de touchant, on aurait dit un souvenir d'enfance et de jeunesse, elle lui caressait le visage, l'embrassait et examinait attentivement ses bagues et les breloques de sa chaîne de montre. Elle se laissait entraîner par son récit, par la présence de l'homme aimé, et, sans doute parce que ses larmes avaient purifié et rafraîchi son âme, sa voix avait pris une intonation extraordinairement pure et sincère. Orlov jouait avec ses cheveux châtains et lui baisait les mains, les effleurant sans bruit de ses lèvres.

Puis ils prirent le thé dans le cabinet de travail et elle lut quelques lettres à haute voix. Ils allèrent se coucher vers minuit.

Cette nuit-là je ressentis de vives douleurs au côté et ne parvins ni à me réchauffer ni à m'endormir avant le matin. J'entendis Orlov passer de la chambre à coucher dans son cabinet. Au bout d'une heure, il sonna. La douleur et la fatigue m'avaient fait oublier toutes les règles et les convenances en usage et je me rendis chez lui en chemise de nuit et pieds nus. Debout à la porte, en robe de chambre et bonnet de nuit, il m'attendait.

« Quand on t'appelle, tu dois venir habillé, dit-il d'un ton sévère. Remplace les bougies. »

Je voulus m'excuser, mais je fus pris d'une quinte violente et, pour ne pas tomber, je m'agrippai d'une main au chambranle.

« Vous êtes malade ? » me demanda-t-il.

C'était la première fois, je crois, depuis que nous nous connaissions, qu'il me disait vous. Dieu sait pourquoi. Sans doute, dans ma chemise de nuit et avec mon visage défiguré par la toux, je jouais mal mon rôle et ne ressemblais guère à un valet de chambre.

« Si vous êtes malade, pourquoi vous placez-vous ? dit-il.

— Pour ne pas mourir de faim, répondis-je.

— Que tout cela est abominable, au fond ! » dit-il à mi-voix en s'approchant de son bureau.

Après avoir jeté ma redingote sur mes épaules, je mis des bougies neuves dans les bougeoirs et les allumai ; pendant ce temps, assis près de son bureau, les jambes allongées sur un fauteuil, il coupa un livre.

Je le laissai plongé dans la lecture et le livre ne lui glissa pas des mains comme chaque soir.

VII

À présent que j'écris ces lignes, la crainte, qui m'a été inculquée dès l'enfance, de paraître sentimental et ridicule retient ma main ; quand je veux être caressant et dire des choses tendres, je ne sais pas être sincère. C'est précisément cette crainte et le manque d'habitude qui m'empêchent d'exprimer en toute clarté ce qui s'est passé alors dans mon âme.

Je n'étais pas amoureux de Mme Krasnovskaïa mais dans le sentiment humain tout ordinaire que j'éprouvais pour elle, il y avait bien plus de jeunesse, de fraîcheur et de joie que dans l'amour d'Orlov.

Le matin, tandis que je m'activais avec la brosse à chaussures ou le balai, j'attendais, le cœur défaillant, l'instant où j'entendrais enfin sa voix et ses pas. Rester là à la contempler pendant qu'elle prenait son café, puis son petit déjeuner, lui présenter sa fourrure dans le vestibule, enfiler ses caoutchoucs à ses petits pieds tandis qu'elle s'appuyait sur mon épaule, attendre ensuite que le concierge me sonnât pour aller la recevoir à la porte, rose, froide, poudrée de neige, entendre ses brusques exclamations à propos du froid ou d'un cocher de fiacre, si vous saviez l'importance que cela avait pour moi ! Je voulais aimer, avoir une famille, je voulais que ma future femme eût justement ce visage, cette voix. Je faisais des rêves en servant à table, dans la rue quand on m'envoyait faire une commission, pendant la nuit quand je ne dormais pas. Orlov rejetait avec dégoût les chiffons de femme, les enfants, la cuisine, les casseroles de cuivre, moi, je recueillais tout cela et le dorlotais avec précaution dans mes songes, je l'aimais, je le demandais au sort et je voyais en rêve une femme, une chambre d'enfants, des sentiers dans un jardin, une petite maison…

Je savais que, si j'en tombais amoureux, je ne saurais escompter le miracle de la réciprocité, mais cette considération ne m'inquiétait pas. Dans mon sentiment réservé, calme, pareil à un attachement ordinaire, il n'y avait ni jalousie, ni même envie à l'égard d'Orlov, parce que je comprenais que le bonheur, pour un malade comme moi, n'était possible qu'en rêve.

Quand, la nuit, en attendant son *Georges,* elle restait à contempler un livre sans bouger, sans en tourner les pages, ou quand elle tressaillait ou pâlissait parce que Polia traversait la pièce, je souffrais avec elle, et il me venait en tête de débrider au plus tôt ce douloureux abcès, de faire en sorte qu'elle sût tout ce qui se disait aux soupers du jeudi, mais comment faire ? Je la voyais de plus en plus souvent pleurer. Pendant les premières semaines elle avait ri et chantonné, même lorsqu'il était absent, mais dès le second mois un lourd silence, rompu seulement par nos jeudis, s'était instauré dans la maison.

Elle flattait Orlov et, pour obtenir de lui un sourire contraint ou un baiser, elle se mettait à genoux devant lui, le caressait comme fait un petit chien. En passant devant la glace, même quand elle avait le cœur gros, elle ne pouvait s'empêcher de se jeter un coup d'œil et d'arranger ses cheveux. Je trouvais étrange qu'elle continuât à s'intéresser à son habillement et à s'enthousiasmer de ses emplettes. Cela ne s'accordait pas avec son réel chagrin. Elle suivait la mode et se faisait faire de coûteuses toilettes. Pour qui et pour quoi ? Je me rappelle en particulier une robe de quatre cents roubles. Payer quatre cents roubles une robe superflue, inutile, quand nos ouvrières reçoivent, pour un labeur de galérienne, vingt kopeks par jour, non nourries, et quand on donne aux dentellières de Venise ou de Bruxelles cinquante centimes par jour, en escomptant que la débauche leur procurera le reste ! Je trouvais étrange qu'elle n'en eût pas conscience, cela me fâchait. Mais il lui suffisait de sortir pour que je lui pardonne tout, que j'explique tout, et que j'attende le moment où le concierge me sonnerait.

Elle me traitait comme un domestique, un être inférieur. On peut caresser un chien sans le remarquer ; on me donnait des ordres, on me posait des questions, mais sans remarquer ma présence. Mes maîtres estimaient inconvenant de me parler plus qu'il n'est admis ; si, pendant que je servais à table, je m'étais mêlé à la conversation ou si j'avais ri, on m'aurait sûrement pris pour un fou et on m'aurait donné mon compte. Néanmoins Mme Krasnovskaïa me témoignait de la bienveillance. Quand elle m'envoyait faire une commission, qu'elle m'expliquait l'usage d'une lampe neuve ou quelque chose dans ce genre, son visage était clair, bon, affable plus qu'à l'ordinaire, et elle me regardait bien en face. En outre, à chaque fois j'avais l'impression qu'elle se souvenait avec reconnaissance que je lui avais porté des lettres rue Znamenskaïa. Quand elle sonnait, Polia, qui me considérait comme le favori de notre maîtresse et me détestait pour cette raison, me disait avec un sourire venimeux :

« Vas-y, c'est ta conquête qui te sonne. »

Mme Krasnovskaïa me traitait comme un inférieur et ne se doutait pas que si quelqu'un se sentait humilié dans la maison, ce n'était pas elle seule. Elle ne savait pas que moi, le valet, je souffrais pour elle et que je me demandais vingt fois par jour ce qui l'attendait et comment tout cela finirait. La situation empirait sensiblement chaque jour. Depuis le soir où ils avaient parlé de son métier, Orlov, qui n'aimait pas les larmes, redoutait et évitait visiblement les conversations ; quand elle se mettait à discuter ou à supplier ou s'apprêtait à pleurer, il se retirait dans son cabinet ou s'en allait sous quelque prétexte honorable. Il couchait de plus en plus rarement à la maison et y déjeunait plus rarement encore ; les jeudis, il était le premier à demander à ses amis de l'emmener quelque part. Elle rêvait comme avant à sa cuisine, à son nouvel appartement, à son voyage à l'étranger, mais ses rêves restaient des rêves... On apportait le déjeuner du restaurant, Orlov avait prié qu'on ne soulevât plus la question de l'appartement avant leur retour de l'étranger. Quant au voyage, il disait qu'on ne pouvait pas partir avant qu'il eût les cheveux longs car on ne pouvait hanter les hôtels et servir une idée sans cheveux longs.

Pour couronner le tout, Koukouchkine se mit à venir chez nous le soir, en l'absence d'Orlov. Sa conduite n'avait rien de particulier, mais je ne pouvais oublier ce qu'il avait dit au sujet de l'enlèvement de Mme Krasnovskaïa. On lui servait du thé et du vin rouge, il laissait fuser son petit rire et, voulant dire quelque chose d'agréable, il soutenait que l'union libre est à tous points de vue supérieure au mariage religieux et qu'au fond, tous les gens convenables devraient venir rendre visite à Mme Krasnovskaïa et la saluer très bas.

VIII

Les fêtes de Noël se déroulèrent dans l'ennui, avec l'appréhension confuse de quelque malheur. La veille du jour de l'an, en prenant son café du matin, Orlov annonça soudain que ses chefs l'envoyaient, muni de pouvoirs spéciaux, auprès du sénateur en inspection dans une province.

« Je n'ai pas envie d'y aller, mais pas moyen de trouver une excuse ! dit-il avec dépit. Il faut y aller, il n'y a rien à faire. »

À cette nouvelle les yeux de Mme Krasnovskaïa rougirent instantanément.

« Ce sera long ? demanda-t-elle.

— Quatre ou cinq jours.

— J'avoue que je suis contente de te voir partir, dit-elle après un instant de réflexion. Ça te distraira. Tu trouveras une amourette, en voyage, et tu me la raconteras ensuite. »

Elle profitait de toutes les occasions pour donner à entendre à Orlov qu'elle ne le gênait en rien et qu'il pouvait disposer de lui à son gré, mais cette politique ingénue, cousue de fil blanc, ne trompait personne et rappelait seulement à Orlov, une fois de plus, qu'il n'était pas libre.

« Je partirai ce soir », dit-il, et il se mit à lire les journaux.

Elle voulait l'accompagner à la gare, mais il l'en dissuada, disant qu'il ne partait pas en Amérique ni pour cinq ans, mais pour cinq jours en tout, et même moins.

Vers huit heures, ils se dirent au revoir. Il l'enlaça d'un bras et l'embrassa sur le front et sur les lèvres.

« Sois sage, ne t'ennuie pas en mon absence, dit-il d'un ton caressant, cordial, qui me toucha moi-même. Que Dieu te garde ! »

Elle le buvait des yeux pour graver plus profondément dans sa mémoire les traits chéris, puis, d'un geste gracieux, elle lui entoura le cou de ses bras et posa la tête sur sa poitrine.

« Pardonne-moi nos malentendus, dit-elle en français. Un mari et sa femme ne peuvent pas ne pas se disputer, s'ils s'aiment, et moi, je t'aime à la folie. Ne m'oublie pas... Télégraphie-moi souvent et donne-moi des détails. »

Orlov l'embrassa encore une fois puis, sans mot dire, en proie à l'émotion, il s'en alla. Quand le loquet eut claqué derrière lui, il s'arrêta au milieu de l'escalier et regarda vers le haut. J'eus l'impression que s'il en était venu ne fût-ce qu'un son, il serait remonté. Mais tout resta silencieux. Il retendit sa capote et descendit d'un pas hésitant.

Près du perron deux traîneaux attendaient déjà depuis un long moment. Orlov monta dans le premier et moi, avec deux valises, dans l'autre. Il gelait fort et des feux fumaient aux carrefours. Par suite de la vitesse, la bise me pinçait le visage et les mains, j'avais le souffle coupé et, les yeux fermés, je songeais : quelle femme merveilleuse ! Comme elle aime ! Aujourd'hui on ramasse dans les cours jusqu'aux objets inutiles pour les vendre à des fins de bienfaisance, on tient même le verre cassé pour une marchandise loyale, mais un objet précieux et rare comme l'amour d'une femme élégante, jeune, intelligente et sérieuse, se perd absolument pour rien. Un sociologue du temps jadis voyait en toute passion mauvaise une force susceptible d'être, avec de l'habileté, tournée en bien et chez nous une passion même noble, belle, peut naître puis mourir, comme impuissante, sans avoir eu de but précis, incomprise ou avilie. Pourquoi ?

Soudain les traîneaux s'arrêtèrent. J'ouvris les yeux et vis que nous étions rue Serguïevskaïa, près de la grande maison où habitait Pékarski. Orlov descendit de traîneau et disparut par le perron. Quatre ou cinq minutes plus tard le domestique de Pékarski apparut, tête nue, et me cria, furieux contre le froid :

« T'es sourd, quoi ? Renvoie les traîneaux et monte. On t'appelle ! »

N'y comprenant rien, je montai au premier. J'étais déjà venu chez Pékarski, c'est-à-dire que je m'étais trouvé dans le vestibule et avais entrevu le salon, et, chaque fois, au sortir de la rue humide et maussade, j'avais été ébloui par les cadres des tableaux, les bronzes et les meubles de prix. Maintenant, au milieu de cette splendeur, j'aperçus Grouzine, Koukouchkine et, peu après, Orlov.

« Écoute, Stépane, me dit-il en s'approchant. Je vais rester ici jusqu'à vendredi ou samedi. S'il y a des lettres ou des télégrammes, apporte-les-moi ici tous les jours. Bien entendu tu diras à la maison que je suis parti et que j'ai dit de saluer Madame. Au revoir. »

Quand je rentrai, Mme Krasnovskaïa était étendue sur un divan du salon, en train de manger une poire. Une seule bougie était allumée dans le candélabre.

« Vous n'êtes pas arrivés en retard ? me demanda-t-elle.

— Non. Monsieur présente ses salutations à Madame. »

Je me retirai dans ma chambre et me couchai moi aussi. Je n'avais rien à faire et je n'avais pas envie de lire. Je n'étais ni étonné ni indigné et me bornais à tendre mes esprits pour comprendre à quoi pouvait servir cette imposture. Seuls des jouvenceaux trompent ainsi leur maîtresse. Se pouvait-il qu'un homme qui avait tant lu et réfléchi n'ait rien pu inventer de mieux ? J'avoue que j'avais une assez bonne opinion de son intelligence. Je pensais que s'il avait eu besoin de tromper son ministre ou quelque puissant personnage, il y aurait mis beaucoup d'énergie et de savoir-faire, tandis que, pour tromper une femme, il s'était visiblement contenté de la première idée venue ; si la ruse réussissait, tant mieux, si elle échouait, le malheur n'était pas grand, on pouvait inventer un second mensonge aussi simple et aussi rapide, sans se casser la tête.

Quand à minuit, à l'étage du dessus, on se mit à remuer les chaises et crier « hourra » pour saluer le nouvel an, Mme Krasnovskaïa me sonna de la pièce voisine du cabinet de travail. Amollie d'être restée si longtemps étendue, elle était assise à son bureau et écrivait sur un bout de papier.

« J'ai un télégramme à expédier, me dit-elle avec un sourire. Courez à la gare et demandez qu'on l'envoie immédiatement. »

Tandis que je sortais, je lus : « Bonne et heureuse année. Télégraphie vite, m'ennuie horriblement. Toute une éternité écoulée. Regrette ne pouvoir envoyer mille baisers et cœur par télégramme. Sois heureux, ma joie. Zina. »

J'expédiai ce télégramme et remis le récépissé le lendemain.

IX

Le pis était qu'Orlov avait inconsidérément mis Polia dans le secret, en lui ordonnant d'apporter des chemises rue Serguïevskaïa. Après quoi elle s'était mise à regarder sa maîtresse avec une joie maligne et une haine que je trouvais inconcevables et elle ne cessait de renâcler de plaisir dans sa chambre et dans le vestibule.

« Elle a fait son temps, il faut se faire une raison ! disait-elle, ravie. Elle devrait le comprendre elle-même... »

Elle flairait déjà que Mme Krasnovskaïa n'en avait plus pour longtemps à rester chez nous, et, pour ne pas laisser passer l'occasion, elle faisait main basse sur tout ce qui se présentait : flacons, épingles d'écaille, mouchoirs, chaussures. Le lendemain du jour de l'an, Mme Krasnovskaïa m'appela dans sa chambre et me confia à mi-voix que sa robe noire avait disparu. Puis elle alla de pièce en pièce, pâle, effrayée et indignée, se parlant à elle-même :

« Ah çà ! Ah çà ! C'est d'une audace inouïe ! »

Au déjeuner elle voulut se servir elle-même du potage, mais elle ne le put : ses mains tremblaient. Et ses lèvres aussi. Elle regardait le potage et les petits pâtés d'un regard impuissant, attendant que son tremblement passât ; soudain, n'y tenant plus, elle regarda Polia.

« Vous pouvez vous en aller, Polia, dit-elle. Stépane suffira.

— Ça ne fait rien, je resterai, répondit Polia.

— Vous n'avez pas à rester ici. Allez-vous-en une fois pour toutes ! continua-t-elle en se levant, en proie à une vive émotion. Vous pouvez chercher une autre place. Allez-vous-en tout de suite !

— Je ne peux partir sans un ordre de Monsieur. C'est Monsieur qui m'a engagée. Ce sera selon les ordres de Monsieur.

— Moi aussi je vous donne des ordres ! Je

suis la maîtresse ici ! dit Mme Krasnovskaïa en rougissant.

— Vous êtes peut-être la maîtresse, mais seul Monsieur peut me congédier. C'est Monsieur qui m'a engagée.

— Vous n'aurez pas l'audace de rester ici une minute de plus ! cria Madame en frappant son assiette de son couteau. Vous êtes une voleuse, vous entendez ? »

Elle jeta sa serviette sur la table et quitta rapidement la salle à manger, l'air pitoyable, douloureux. Polia sortit aussi en sanglotant et se lamentant à voix haute. Le potage et la gelinotte refroidirent. Et tout ce luxe de restaurant, étalé sur la table, me parut misérable, lié à une volerie, comme Polia. C'étaient les deux petits pâtés de viande sur une assiette qui avaient l'air le plus piteux et le plus criminel. « On nous rapportera au restaurant, semblaient-ils dire, et demain on nous resservira à quelque fonctionnaire ou à quelque cantatrice célèbre. »

« Une grande dame, tu penses, entendis-je dans la chambre de Polia. Si je voulais, il y a longtemps que je serais une dame comme ça, mais j'ai de la pudeur ! On verra laquelle de nous deux s'en ira la première ! Oui ! »

Mme Krasnovskaïa sonna. Assise dans un coin de sa chambre, elle semblait en pénitence.

« Il n'est pas arrivé de télégramme ? demanda-t-elle.

— Non.

— Allez voir le concierge, il en a peut-être un.

Et ne vous en allez pas, me dit-elle tandis que je m'éloignais. J'ai peur de rester seule. »

Puis je dus, presque toutes les heures, descendre chez le concierge m'enquérir des télégrammes. Quels affreux moments, je dois l'avouer ! Pour ne pas voir Polia, Mme Krasnovskaïa prenait ses repas et son thé dans sa chambre, y dormait sur un canapé court, avec une séparation au milieu et faisait elle-même son lit. Pendant les premiers jours, ce fut moi qui portais les télégrammes, mais, ne recevant pas de réponse, elle cessa de se fier à moi et se rendit personnellement à la poste. De la voir ainsi, je me mis à attendre, moi aussi, un télégramme avec impatience. J'espérais qu'il inventerait un mensonge, que, par exemple, il lui ferait envoyer un télégramme de quelque gare. S'il s'était trop plongé dans le jeu, pensais-je, ou s'il s'était laissé séduire par une autre, assurément Grouzine et Koukouchkine nous rappelleraient à son souvenir. Mais nous attendions en vain. Quatre ou cinq fois par jour, j'entrais chez elle pour lui dire la vérité, mais elle avait l'air d'une chèvre, les épaules affaissées, remuant les lèvres, et je repartais sans avoir dit un mot. La compassion et la pitié m'ôtaient tout courage. Polia, comme si de rien n'était, gaie et contente, faisait le cabinet de son maître, la chambre à coucher, fouillait les armoires et heurtait la vaisselle, chantonnait et toussait en passant devant la porte de Mme Krasnovskaïa. Il lui plaisait qu'on se cachât d'elle. Le soir elle allait on ne savait où, sonnait à deux ou trois heures du matin et je devais aller lui ouvrir et entendre ses remarques sur ma toux. Aussitôt après retentissait une deuxième sonnerie, je courais vers la pièce voisine du cabinet de travail d'où Mme Krasnovskaïa, passant la tête par la porte, me demandait : « Qui a sonné ? » Et elle regardait mes mains pour voir si je ne tenais pas un télégramme.

Lorsque, enfin, le samedi, on sonna en bas et qu'une voix familière retentit dans l'escalier, elle ressentit tant de joie qu'elle éclata en sanglots : elle se précipita à sa rencontre, le serra dans ses bras, lui baisa la poitrine, les manches, prononça des mots sans suite. Le concierge monta les valises, on entendit la voix joyeuse de Polia. On aurait dit que quelqu'un arrivait en vacances !

« Pourquoi ne m'as-tu pas télégraphié ? disait Mme Krasnovskaïa, haletante de joie. Pourquoi ? J'étais à la torture, c'est à peine si j'ai pu survivre… Oh, mon Dieu !

— C'est bien simple ! Le sénateur et moi nous sommes allés dès le premier jour à Moscou et je n'ai pas reçu tes télégrammes, répondit Orlov. Après déjeuner, ma chérie, je t'expliquerai tout en détail, maintenant je vais dormir, dormir, dormir… Le voyage en train m'a rompu. »

On voyait qu'il n'avait pas dormi de la nuit : il avait sans doute joué aux cartes et beaucoup bu. Elle l'aida à se mettre au lit et tout le monde, jusqu'au soir, marcha sur la pointe des pieds. Le repas se passa très bien, mais quand ils allèrent prendre le café dans le cabinet, les explications commencèrent. Elle se mit à parler très vite et à mi-voix, elle s'exprimait en français, et son débit rappelait le murmure d'un ruisseau, puis on entendit un profond soupir et la voix d'Orlov.

« Mon Dieu ! dit-il en français. N'y a-t-il donc pas de nouvelle plus fraîche que cette éternelle rengaine sur les méfaits de la femme de chambre ?

— Mais, mon chéri, elle m'a volé et dit des grossièretés !

— Mais pourquoi ne me vole-t-elle pas, moi, et ne me dit-elle pas de grossièretés ? Pourquoi est-ce que je ne remarque jamais ni les femmes de chambre, ni les concierges, ni les valets ? Ma chérie, vous faites simplement des caprices et ne voulez pas avoir de caractère… Je pense même que vous devez être enceinte. Quand je vous ai proposé de la renvoyer, vous avez exigé qu'elle restât, et maintenant vous voulez que je la chasse. Mais moi aussi, dans ces cas-là, je m'entête : au caprice, je réponds par le caprice. Vous voulez qu'elle parte, moi je veux qu'elle reste. C'est le seul moyen de guérir vos nerfs.

— Bon, soit, soit, dit-elle, effrayée. Ne parlons plus de cela… Remettons cela à demain. Parle-moi maintenant de Moscou… Qu'est-ce qui s'y passe ? »

X

Le lendemain était le 7 janvier, jour de la Saint-Jean-Baptiste. Après le petit déjeuner Orlov passa son habit et ses décorations pour aller souhaiter sa fête à son père. Il devait partir vers deux heures et, quand il fut prêt, il n'était qu'une heure et demie. Comment employer cette demi-heure ? Il se mit à faire les cent pas dans le salon, en récitant les compliments en vers qu'il avait récités jadis, dans son enfance, à ses parents. Mme Krasnovskaïa, qui s'apprêtait à se rendre chez sa couturière ou dans un magasin, était également là et l'écoutait, un sourire aux lèvres. Je ne sais comment avait commencé leur conversation, mais quand j'apportai les gants d'Orlov, il était debout devant elle et lui disait d'un air capricieux et suppliant :

« Au nom du ciel, au nom de tout ce qu'il y a de sacré, ne parlez pas de ce que tout un chacun sait ! Et quelle fâcheuse faculté ont nos dames, qui se piquent d'intelligence et de pensée, de parler avec des airs profonds et avec fougue de ce qui depuis longtemps agace les lycéens eux-mêmes. Ah, que ne rayez-vous de notre programme conjugal tous ces importants problèmes ! Que vous m'obligeriez !

— Nous, les femmes, nous n'avons même pas le droit d'avoir d'opinion à nous.

— Je vous accorde entière liberté, affichez-vous libérale et citez les auteurs que bon vous semblera, mais faites-moi une concession, ne parlez jamais en ma présence de deux sujets : de la malfaisance de la haute société et des anomalies du mariage. Comprenez-le, à la fin. On vitupère partout la haute société pour l'opposer au monde où vivent les marchands, les popes, les petits-bourgeois et les paysans, les Sidor et autres Nikita. Ces deux mondes-là me répugnent, mais si vous me demandiez de choisir en conscience entre les deux, je choisirais le premier sans hésiter, et ce ne serait pas mensonge et grimace, tous mes goûts en effet me portent de ce côté-là. Notre monde est banal et frivole, mais du moins, vous et moi, nous parlons convenablement le français, nous lisons par-ci, par-là et nous ne nous colletons plus, même au plus fort de nos disputes, tandis que les Sidor, les Nikita et les boutiquiers, c'est des "on s'arrangera toujours", "pour lorss", "va te faire fiche", un total débridement, des mœurs de cabaret, et un complet paganisme.

— C'est le paysan et le marchand qui vous nourrissent.

— Oui. Et après ? C'est une mauvaise recommandation non seulement pour moi, mais pour eux. S'ils me nourrissent et me tirent leur chapeau, c'est qu'ils n'ont ni l'esprit ni l'honnêteté de faire autrement. Je ne blâme ni ne loue personne, je veux dire seulement ceci : la haute société et la basse classe sont toutes deux très bien. De cœur et d'esprit je suis contre toutes les deux, mais mes goûts penchent du côté de la première. En ce qui concerne les anomalies du mariage, poursuivit Orlov en regardant la pendule, il est temps que vous compreniez qu'il n'y a pas d'anomalies, mais des exigences qui n'ont pas encore été précisées. Que demandez-vous au mariage ? Dans l'union légitime et illégitime, dans tous les liens et toutes les formes de vie en commun, bonnes et mauvaises, le fond est le même.

Vous, les dames, vous ne vivez que pour ce fond-là, il est tout pour vous, sans lui votre existence n'aurait aucun sens. Vous n'avez besoin que de lui, et vous le prenez, mais, depuis que vous vous êtes mises à lire roman sur roman, vous avez honte de le prendre, et vous vous jetez d'un bord à l'autre, vous changez d'homme à corps perdu, et, pour justifier ce remue-ménage, vous mettez en avant les anomalies du mariage. Du moment que vous ne pouvez ni ne voulez écarter le fond, votre principal ennemi, votre Satan, du moment que vous continuez à être son esclave, comment voulez-vous en parler sérieusement ? Tout ce que vous pourrez me dire ne sera que billevesées et grimaces. Je ne vous croirai pas. »

J'allai demander au concierge si le fiacre était arrivé et, quand je revins, je les trouvai en train de se disputer. Comme disent les marins, le vent forcissait.

« Je vois que vous voulez, aujourd'hui, m'abasourdir par votre cynisme, disait-elle en allant et venant, en proie à une vive agitation. Je répugne à vous écouter. Je suis pure devant Dieu et devant les hommes et je n'ai pas à me repentir de quoi que ce soit. J'ai quitté mon mari pour vous et j'en suis fière. J'en suis fière, je vous le jure sur mon honneur !

— Alors, c'est parfait.

— Si vous êtes un honnête homme, vous devez, vous aussi, être fier de ma conduite. Elle m'élève et vous élève au-dessus de milliers de gens qui voudraient faire comme moi, mais ne s'y décident pas par pusillanimité ou par suite de calculs mesquins. Mais vous n'êtes pas un honnête homme. Vous avez peur de la liberté et vous raillez un élan honnête de peur que quelque malotru aille vous soupçonner d'être honnête. Vous avez peur de m'introduire auprès de vos connaissances, il n'est pas pour vous pire punition que de vous montrer dans la rue avec moi… Quoi ? Ce n'est pas la vérité ? Pourquoi ne m'avez-vous pas encore présentée à votre père et à votre cousine ? Pourquoi ? Non, j'en ai assez, à la fin ! cria-t-elle en frappant du pied. J'exige ce à quoi j'ai droit. Présentez-moi à votre père !

— Si vous avez besoin de lui, présentez-vous vous-même. Il reçoit le matin de dix heures à dix heures et demie.

— Que vous êtes vil ! dit-elle en se tordant les mains de désespoir. Même si vous n'êtes pas sincère et dites le contraire de ce que vous pensez, on pourrait vous prendre en haine rien que pour cette cruauté-là. Oh, que vous êtes vil !

— Nous tournons en rond sans toucher le fond des choses. Le fond des choses, c'est que vous vous êtes trompée et que vous ne voulez pas en convenir tout haut. Vous vous êtes imaginé que j'étais un héros, que j'avais je ne sais quelles idées et idéaux extraordinaires et, à l'épreuve, il s'est avéré que j'étais un fonctionnaire comme les autres, un joueur de cartes, et que je n'avais pas la moindre passion pour les idées. Je suis le digne rejeton de ce monde pourri que vous avez fui, indignée par sa frivolité et sa platitude. Convenez-en et soyez juste : indignez-vous non contre moi, mais contre vous-même, car c'est vous qui vous êtes trompée, et non moi qui vous ai induite en erreur.

— Oui, je l'avoue, je me suis trompée !

— Très bien. Nous sommes arrivés à dire l'essentiel, Dieu merci. À présent, écoutez encore, s'il vous plaît. Je ne puis m'élever jusqu'à vous, je suis trop corrompu, vous ne pouvez non plus vous ravaler jusqu'à moi, vous avez l'âme trop haute. Il ne reste donc qu'une chose…

— Quoi ? demanda-t-elle vivement, retenant sa respiration et devenant soudain blanche comme un linge.

— Il reste à appeler la logique au secours…

— Guéorgui, pourquoi me martyriser ainsi ? dit-elle soudain en russe, d'une voix brisée. Pourquoi ? Comprenez mes souffrances… »

Orlov, redoutant les larmes, alla se réfugier en hâte dans son cabinet et, je ne sais pourquoi — voulait-il lui causer une douleur superflue ? s'était-il souvenu que cela se pratique en pareil cas ? — il ferma la porte à clé. Elle poussa un cri et s'élança à sa poursuite dans un froufrou de jupe.

« Qu'est-ce que cela veut dire ? demanda-t-elle en frappant à la porte. Qu'est-ce, qu'est-ce que cela veut dire ? répéta-t-elle d'une voix grêle, hachée par l'indignation. Ah, c'est comme ça ! Sachez que je vous déteste, que je vous méprise ! Tout est fini entre nous ! Tout ! »

On entendit des pleurs hystériques et un éclat

de rire. Un petit objet tomba de la table du salon et se brisa. Orlov s'esquiva dans le vestibule par une autre porte et, jetant autour de lui des regards apeurés, enfila rapidement son manteau, mit son haut-de-forme et sortit.

Une demi-heure, une heure s'écoulèrent, elle continuait à pleurer. Je me souvins qu'elle n'avait ni père ni mère ni parents, qu'elle vivait ici entre un homme qui la haïssait et une Polia qui la volait, et sa vie me parut désolée. Sans savoir pourquoi, j'allai la trouver au salon. Cette femme faible, sans défense, aux cheveux magnifiques, qui me paraissait un modèle de délicatesse et d'élégance, souffrait comme une malade, allongée sur une chaise longue, le visage caché, elle tremblait de tous ses membres.

« Madame, voulez-vous que j'aille chercher un docteur ? demandai-je doucement.

— Non, inutile… ce n'est rien, répondit-elle et elle me regarda de ses yeux gonflés de larmes. J'ai un peu mal à la tête… Merci. »

Je sortis. Le soir elle écrivit lettre sur lettre et m'envoya chez Pékarski, puis chez Koukouchkine, puis chez Grouzine et, finalement, où bon me semblerait, pourvu que je trouve Orlov au plus vite et que je lui remette son mot. Chaque fois que je revenais, la lettre à la main, elle me grondait, me suppliait, me glissait de l'argent dans la main comme en plein délire. Elle ne dormit pas de la nuit, resta dans le salon et parla toute seule.

Le lendemain Orlov revint à l'heure du déjeuner et ils se réconcilièrent.

Le jeudi suivant, il se plaignit à ses amis de sa vie insupportable, il fumait beaucoup et disait d'une voix exaspérée :

« Ce n'est pas une existence, mais une véritable torture. Larmes, cris, conversations élevées, demandes de pardon, à nouveau larmes et cris, et, au total, je ne suis plus chez moi, je suis à bout et elle aussi. Va-t-il vraiment falloir vivre ainsi encore un mois, deux peut-être ? Est-ce possible ? C'est que c'est possible !

— Parle-lui, dit Pékarski.

— J'ai essayé, mais je ne peux pas. On peut dire n'importe quelle vérité à un homme adulte, qui raisonne, mais j'ai affaire à un être sans volonté, sans caractère, sans logique. Je ne supporte pas les larmes, elles me désarment. Quand elle pleure, je suis prêt à lui jurer un amour éternel et à pleurer moi-même. »

Pékarski ne comprenait pas, il gratta son large front et dit :

« Vraiment, tu devrais lui louer un appartement à part ! C'est si simple !

— C'est de moi qu'elle a besoin, et non d'un appartement. Et à quoi bon parler ? soupira Orlov. Je n'entends que des discours qui n'en finissent pas, sans voir d'issue à ma situation. Voilà en vérité ce qui s'appelle être coupable sans l'être ! Sans m'être fait brebis, j'ai été mangé par le loup ! Toute ma vie je me suis défendu du rôle de héros, je n'ai jamais pu souffrir les romans de Tourguéniev et soudain, comme par dérision, j'en suis devenu un pour de bon. Je jure mes grands dieux que je n'en suis pas un, j'en apporte les preuves les plus irréfutables, mais on ne me croit pas. Pourquoi ne me croit-on pas ? Peut-être ma figure a-t-elle effectivement quelque chose d'héroïque ?

— Allez inspecter une province, dit Koukouchkine en riant.

— C'est tout ce qui me reste. »

Une semaine après cette conversation, Orlov expliqua qu'on l'envoyait à nouveau auprès du sénateur et, le soir même, il s'en fut avec ses valises chez Pékarski.

XI

Un homme d'une soixantaine d'années, vêtu d'une longue pelisse tombant jusqu'à terre et coiffé d'un bonnet de castor, se tenait sur le seuil. « Guéorgui Ivanytch est-il là ? » demanda-t-il.

Je crus d'abord que c'était un usurier, un des créanciers de Grouzine, qui venaient de temps à autre se faire rembourser de petites sommes par Orlov, mais quand il fut entré dans le vestibule et qu'il eut ouvert sa pelisse, j'aperçus les sourcils épais et les lèvres serrées, volontaires, que j'avais si bien étudiées sur les photographies, et deux rangs d'étoiles sur un uniforme. Je reconnus l'homme : c'était le père d'Orlov, le célèbre homme d'État.

Je lui répondis que Guéorgui Ivanytch n'était pas là. Le vieillard serra fortement les lèvres et, plongé dans la réflexion, jeta un regard de côté, me montrant ainsi son profil sec, édenté.

« Je vais lui écrire un mot, dit-il. Mène-moi à son bureau. »

Il laissa ses caoutchoucs dans le vestibule et, sans quitter sa longue et lourde pelisse, alla dans le cabinet. Il s'assit dans le fauteuil qui se trouvait devant le bureau et réfléchit deux ou trois minutes avant de prendre la plume, mit la main devant les yeux comme pour se protéger du soleil, exactement à la façon de son fils quand il était de mauvaise humeur. Il avait l'air triste, songeur, et cette expression de résignation que je n'ai jamais vue qu'à des vieillards dévots. Je me tenais derrière lui, contemplais son crâne chauve, le creux de sa nuque : il était clair comme le jour que ce vieil homme débile, malade, était maintenant en mon pouvoir. Car il n'y avait personne dans l'appartement, à part lui, mon ennemi, et moi. Il me suffirait d'un petit effort physique, puis je me saisirais de sa montre pour masquer mon véritable mobile, je partirais par l'escalier de service, et j'aurais obtenu un résultat incommensurablement plus grand que je ne pouvais l'espérer quand je m'étais fait valet de chambre. Je me disais qu'il ne se présenterait sans doute jamais d'occasion plus favorable. Mais, au lieu d'agir, je considérais avec une indifférence totale tantôt son crâne chauve, tantôt sa fourrure, et je méditais tranquillement sur les relations de cet homme et son fils unique et sur l'idée que les gens gâtés par la fortune et le pouvoir n'ont probablement pas envie de mourir...

« Il y a longtemps que tu es chez mon fils ?

demanda-t-il en traçant de grosses lettres sur un papier.

— Depuis deux mois, Excellence. »

Il acheva d'écrire et se leva. J'avais encore le temps. Je me disais qu'il fallait faire vite et serrais les poings, tâchant d'extraire de moi-même au moins une goutte de mon ancienne haine. Je me rappelai à moi-même quel ennemi passionné, opiniâtre, infatigable, j'étais tout récemment encore... Mais il est difficile d'enflammer une allumette sur une pierre friable. Le vieux visage triste et l'éclat glacé des décorations ne m'inspiraient que des pensées de pacotille, petites, oiseuses, sur la fragilité des choses terrestres, sur la proximité de la mort...

« Adieu, mon ami ! » dit le vieillard qui remit son chapeau et s'en alla.

Il n'y avait plus de doute possible : un changement s'était opéré en moi, j'étais devenu autre. Pour le vérifier, je fis appel à mes souvenirs, mais, aussitôt, j'éprouvai une peur affreuse, comme si j'avais par mégarde plongé mon regard dans un trou sombre et humide. J'évoquai mes camarades et mes connaissances, et ma première pensée fut que, maintenant, si je rencontrais l'un d'eux, je rougirais et perdrais contenance. Qu'étais-je à présent ? À quoi penser et que faire ? Où aller ? Pourquoi vivais-je ?

Je n'y comprenais rien et ne voyais clairement que ceci : il fallait faire ma valise au plus vite et m'en aller. Avant la visite du vieillard, mon emploi de domestique avait encore un sens, maintenant il devenait ridicule. Mes larmes tombaient dans ma valise ouverte, j'éprouvais une tristesse intolérable, mais quel désir j'avais de vivre ! J'étais prêt à embrasser et inclure dans ma courte existence tout ce qui est accessible à l'homme. J'avais envie de parler, de lire, de manier le marteau dans une grande usine, monter la garde, labourer. J'avais envie d'aller perspective Nevski, à la campagne, en mer, partout où pouvait porter mon imagination. Quand Mme Krasnovskaïa rentra, je me précipitai pour lui ouvrir la porte et l'aidai à ôter son manteau de fourrure avec une tendresse particulière. C'était la dernière fois !

Outre celle du vieil Orlov, nous eûmes ce jour-là deux autres visites. La nuit était déjà tombée quand Grouzine vint à l'improviste chercher des papiers pour Orlov. Il ouvrit le tiroir de son bureau, y prit ce qu'il lui fallait, en fit un rouleau, me dit de le poser près de son chapeau dans le vestibule et alla voir Mme Krasnovskaïa. Elle était étendue sur le divan du salon, les mains sous la tête. Cela faisait cinq ou six jours qu'Orlov était parti en tournée d'inspection et personne ne savait quand il rentrerait, mais elle n'envoyait plus de télégramme et n'en attendait plus. Elle semblait ne pas remarquer la présence de Polia qui était toujours là. « Soit ! » avait l'air de dire son visage impassible et très pâle. Elle voulait désormais, tout comme Orlov, par obstination, se sentir malheureuse ; par manière de provocation envers elle-même et envers tout le monde elle passait des journées entières sur son divan, immobile, ne se souhaitant que le pire et s'attendant seulement au pire. Sans doute imaginait-elle le retour d'Orlov, leurs inévitables querelles, puis sa désaffection, ses trahisons, puis leur rupture, et ces pensées lancinantes lui causaient peut-être du plaisir. Mais qu'aurait-elle dit, si elle avait appris la vérité ?

« Je vous aime bien, ma chère amie, dit Grouzine en la saluant et en lui baisant la main. Vous êtes si bonne ! Et *Georges* est parti en voyage ! dit-il. Ce misérable est parti ! »

Il s'assit en soupirant et lui caressa tendrement le bras.

« Permettez-moi, ma chère amie, de rester une heure avec vous, dit-il. Je n'ai pas envie de rentrer chez moi et il est trop tôt pour aller chez les Birchov. C'est l'anniversaire de Katia. Quelle gentille petite fille ! »

Je lui apportai une tasse de thé et une carafe de cognac. Il but son thé lentement, visiblement sans plaisir, et me demanda timidement en me rendant son verre :

« Vous n'avez rien… à manger, l'ami ? Je n'ai pas encore déjeuné. »

Nous n'avions rien à la maison. J'allai au restaurant et lui apportai un repas ordinaire à un rouble.

« À votre santé, ma chère amie, dit-il à Mme Krasnovskaïa en avalant un petit verre de vodka. Ma petite, votre filleule, vous salue. Elle a les écrouelles, la pauvrette ! Ah, les enfants, les enfants ! soupira-t-il. On a beau dire, chère amie, c'est agréable d'être père. *Georges* ne comprend pas ce sentiment. »

Il vida un nouveau verre. Cet homme, décharné et blême, mangeait avec voracité, la serviette étalée sur la poitrine comme un petit tablier, et, les sourcils levés, nous regardait tour à tour avec des airs d'enfant pris en faute, Mme Krasnovskaïa et moi. J'avais l'impression que si je ne lui avais pas apporté une gelinotte ou du flan, il aurait fondu en larmes. Sa faim apaisée, il retrouva sa gaieté et se mit à parler en riant de la famille Birchov, mais, voyant que ses histoires étaient fastidieuses et que Mme Krasnovskaïa ne se déridait pas, il se tut. L'atmosphère était devenue très ennuyeuse. Maintenant qu'il avait mangé, ils restaient là, à la lueur d'une unique lampe, sans dire un mot : lui, il lui pesait de mentir, elle, elle aurait voulu lui poser une question, mais ne s'y décidait pas. Près d'une demi-heure s'écoula ainsi. Il regarda sa montre.

« Je crois qu'il est l'heure…

— Non, restez… Il faut que nous parlions. »

Il y eut un nouveau silence. Grouzine se mit au piano, effleura une touche, puis se mit à jouer en chantant à mi-voix :

« Que m'apportera cette aurore ? »

mais, à son habitude, il se leva bientôt et secoua la tête :

« Jouez-moi quelque chose, mon ami, lui demanda-t-elle.

— Quoi ? fit-il en haussant les épaules. J'ai tout

oublié. Il y a longtemps que j'ai abandonné le piano. »

Les yeux fixés au plafond, comme s'il cherchait à se souvenir, il interpréta deux morceaux de Tchaïkovski, merveilleusement, avec tant de chaleur, tant d'intelligence ! Il avait son air de tous les jours, ni intelligent ni bête, et je trouvais simplement prodigieux qu'un homme que j'avais l'habitude de voir évoluer dans le cadre de vie le plus bas, le plus immonde, fût capable de sentiments aussi sublimes, aussi inaccessibles, aussi purs.

Les joues de Mme Krasnovskaïa s'empourprèrent et, en proie à une vive émotion, elle se mit à aller et venir dans le salon.

« Attendez, chère amie, si j'arrive à m'en souvenir, je vais vous interpréter une petite chose que j'ai entendu jouer au violoncelle », dit-il.

D'une main d'abord timide et cherchant ses accords, puis sûre d'elle, il joua *La Mort du cygne* de Saint-Saëns. Quand il eut fini, il recommença.

« C'est bien, n'est-ce pas ? » dit-il.

Émue, elle s'arrêta près de lui et lui demanda :

« Dites-moi sincèrement, mon ami, ce que vous pensez de moi.

— Que voulez-vous que je vous dise ? repartit Grouzine en levant les sourcils. Je vous aime beaucoup et ne pense de vous que du bien. Si vous voulez que je vous parle, d'une manière générale, de la question qui vous intéresse, poursuivit-il en frottant sa manche à hauteur du coude et en ridant le front, eh bien, ma chère, voyez-vous... Suivre librement les inclinations de son âme ne fait pas toujours le bonheur des gens de cœur. Pour se sentir libre et heureux en même temps, il me semble qu'il ne faut pas se dissimuler que la vie est cruelle, grossière, d'un conservatisme implacable, et lui rendre la pareille, c'est-à-dire être, comme elle, grossier et implacable dans nos aspirations à la liberté. Voilà ce que je pense.

— Comment le pourrais-je ! dit-elle avec un sourire triste. Je suis lasse à présent, mon ami. Tellement lasse que je ne lèverais pas le petit doigt pour me sauver.

— Alors, entrez au couvent. »

Il avait dit cela en plaisantant, mais ces mots firent briller des larmes dans les yeux de Mme Krasnovskaïa, puis dans les siens.

« Allons, dit-il, il est temps que je m'en aille. Adieu, ma chère amie. Dieu vous garde. »

Il lui baisa les deux mains, les caressa doucement et lui dit qu'il ne manquerait pas de revenir un de ces jours prochains. Tandis qu'il enfilait son pardessus qui ressemblait à une robe de chambre d'enfant, dans le vestibule il fouilla un long moment dans ses poches à la recherche d'un pourboire à me donner, mais ne trouva rien.

« Adieu, l'ami ! » dit-il tristement. Et il sortit.

De ma vie je n'oublierai les dispositions d'esprit dans lesquelles il l'avait laissée. Toujours sous l'emprise de son émotion, elle continuait à arpenter le salon. Elle ne s'était pas recouchée, elle allait et venait, c'était déjà bien. Je voulais profiter de ces dispositions d'esprit pour lui parler à cœur ouvert et partir aussitôt après, mais à peine avais-je eu le temps de reconduire Grouzine que la sonnette tinta. C'était Koukouchkine.

« Guéorgui Ivanytch est-il là ? demanda-t-il. Il est de retour ? Tu me dis que non ? Quel dommage ! En ce cas je vais baiser la main de Madame et je m'en vais. Madame Krasnovskaïa, on peut entrer ? cria-t-il. Je voudrais vous baiser la main. Excusez-moi de venir si tard. »

Il ne resta pas longtemps au salon, dix minutes au plus, mais il me sembla qu'il s'éternisait et ne s'en irait jamais. Je me mordais les lèvres de fureur et de dépit et je la détestais déjà. « Pourquoi ne le chasse-t-elle pas ? » m'indignais-je, bien qu'il fût évident que sa compagnie l'ennuyait.

Quand je lui présentai sa pelisse, il me demanda, en signe de particulière bienveillance, comment je pouvais me passer de femme.

« Mais je pense, dit-il en riant, que tu ne laisses pas échapper les occasions. Tu dois sans doute t'offrir du bon temps avec Polia… Polisson ! »

Malgré mon expérience de la vie, je connaissais mal les gens, alors, et il est fort possible que j'aie souvent donné une importance exagérée à des choses insignifiantes et que l'essentiel m'ait complètement échappé. J'eus l'impression que ce n'était pas pour rien que Koukouchkine riait avec moi et recherchait mes bonnes grâces : n'espérait-il pas que, en domestique que j'étais, j'irais colporter partout, dans les offices et les cuisines, qu'il venait chez nous le soir quand Orlov n'y était pas et qu'il restait tard dans la nuit en compagnie de Mme Krasnovskaïa ? Lorsque mes commérages arriveraient aux oreilles de ses connaissances, il baisserait les yeux d'un air gêné et lèverait un petit doigt menaçant. N'allait-il pas, aujourd'hui même, pendant sa partie de cartes — pensai-je en regardant son petit visage mielleux — se donner des airs, et laisser échapper peut-être qu'il avait déjà soufflé Mme Krasnovskaïa à Orlov ?

La haine qui m'avait tant fait défaut cet après-midi, lors de la visite du vieillard, s'empara alors de moi. Koukouchkine partit enfin et, tandis qu'il s'éloignait en traînant ses galoches de cuir, j'éprouvai une violente envie de lui lancer une bonne bordée d'injures en guise d'adieu, mais je me retins. Quand ses pas se furent évanouis dans l'escalier, je revins dans le vestibule et, sans savoir ce que je faisais, je pris le rouleau de documents oublié par Grouzine et descendis quatre à quatre. Je me précipitai dehors sans manteau et sans bonnet. Il ne faisait pas froid, mais il tombait de gros flocons de neige et le vent soufflait.

« Excellence ! criai-je en le rejoignant. Excellence ! »

Il s'arrêta près d'un réverbère et se retourna, surpris.

« Excellence ! répétai-je essoufflé. Excellence ! »

Et, ne trouvant rien à dire, je le frappai deux fois au visage avec le rouleau. Sans rien comprendre à ce qui lui arrivait et sans même manifester d'étonnement, tant il était abasourdi par mon attitude, il s'adossa au réverbère et se protégea le visage avec les mains. À ce moment passa un médecin-major qui vit que je frappais un homme, mais il se contenta de nous regarder d'un air interdit et continua son chemin.

La honte me prit et je rentrai en courant.

XII

La tête mouillée par la neige et hors d'haleine, je courus dans ma chambre et, aussitôt, quittai ma livrée, mis un veston et un pardessus et portai ma valise dans le vestibule. Fuir ! Mais avant de partir, je m'assis et écrivis en hâte un mot destiné à Orlov :

« Je vous laisse mon faux passeport, commençai-je, et vous prie de le garder en souvenir de moi, faux homme que vous êtes, vous, monsieur le fonctionnaire pétersbourgeois !

« S'introduire dans une maison sous un nom d'emprunt, observer, sous le masque d'un valet de chambre, la vie d'autrui, tout voir et tout entendre pour pouvoir ensuite, spontanément, convaincre les autres de mensonge, tout cela, direz-vous, ressemble à un vol. Oui, mais pour l'instant, je ne me pique pas de noblesse. J'ai supporté des dizaines de vos dîners et de vos déjeuners, où vous disiez et faisiez ce que bon vous semblait et où il me fallait écouter, voir et me taire — je ne veux pas vous en faire cadeau. En outre, s'il n'y a auprès de vous personne qui ose vous dire la vérité sans fard, que du moins Stépane, votre valet, débarbouille votre superbe physionomie. »

Ce début ne me plut pas, mais je ne voulus pas le modifier. Et d'ailleurs, qu'importait ?

Les grandes fenêtres aux rideaux sombres, le lit, ma livrée gisant, froissée, par terre, les traces humides de mes pas, tout paraissait triste et grave. Même le silence avait je ne sais quoi de particulier.

Sans doute parce que j'étais sorti nu-tête et sans caoutchoucs, je fus pris d'un violent accès de fièvre. J'avais le visage en feu, les jambes coupées… Ma tête lourde s'inclinait vers la table et mes idées présentaient cette espèce de dédoublement où il vous semble que chacune d'elles est suivie de son ombre.

« Je suis malade, faible, moralement abattu, continuai-je, je ne puis vous écrire comme je le voudrais. J'ai d'abord voulu vous blesser, vous humilier, mais, maintenant, il me semble que je n'en ai pas le droit. Vous et moi nous sommes tombés, nous ne nous relèverons jamais et quand ma lettre serait éloquente, forte et terrible, elle résonnerait néanmoins comme un coup frappé sur le couvercle d'un cercueil ; frappez tant que vous voudrez, vous ne réveillerez pas le mort ! Aucun effort ne pourra réchauffer votre maudit sang glacé, et cela, vous le savez mieux que moi. Alors, à quoi bon écrire ? Mais ma tête et mon cœur brûlent, j'écris toujours, je suis ému, sans bien savoir pourquoi, comme si cette lettre pouvait encore nous sauver, vous et moi. La fièvre m'empêche de lier mes idées et ma plume court en quelque sorte comme une insensée sur le papier. Cependant la question que je veux vous poser se présente à mon esprit avec la clarté d'une flamme.

« Pourquoi ai-je prématurément perdu mes forces et suis-je tombé ? L'explication en est simple. Pareil au colosse de la Bible, j'ai soulevé sur mes épaules les portes de Gaza pour les hisser au sommet de la montagne[1], mais c'est seulement lorsque je me suis senti épuisé, lorsque ma jeunesse et ma santé se sont à jamais éteintes, que j'ai remarqué que ces portes étaient trop lourdes pour mes épaules et que je m'étais trompé. En outre je ressentais une douleur incessante, cruelle. J'ai enduré la faim, le froid, la maladie, la privation de liberté ; je n'ai jamais connu et ne connais pas le bonheur personnel, je n'ai pas de havre où me réfugier, mes souvenirs sont lourds et ma conscience, souvent, les redoute. Mais vous, pourquoi êtes-vous tombé ? Quelles causes fatidiques, diaboliques ont empêché votre vie de s'épanouir dans sa pleine floraison printanière, pourquoi, avant même d'avoir commencé à vivre, vous êtes-vous hâté de détruire en vous l'image et la ressemblance divines pour vous métamorphoser en un animal craintif qui aboie pour effrayer les autres parce qu'il a peur lui-même. Vous avez peur de la vie, vous en avez peur comme un Asiate qui passe des jours entiers assis sur un coussin à fumer le narguilé. Oui, vous lisez beaucoup, et portez l'habit à l'européenne avec élégance, mais avec quelle délicate sollicitude d'Asiate, de Khan tatar vous vous gardez de la faim, du froid, de l'effort physique, de la souffrance et de l'inquiétude, comme votre âme s'est emmitouflée de bonne heure dans une robe de chambre, quel rôle de poltron vous avez joué devant la vie véritable et la nature, contre qui lutte tout homme bien portant et normal. Quelle ambiance moelleuse, douillette, réchauffante, confortable autour de vous, et quel ennui ! Oui, c'est l'ennui mortel, opaque, l'ennui du reclus, mais vous essayez de vous garder aussi de cet ennemi-là : vous jouez aux cartes huit heures par jour.

« Et votre ironie ? Oh, je la comprends fort bien ! La pensée vivante, libre, alerte, est curieuse et dominatrice ; pour un esprit paresseux, oisif, elle est insupportable. Pour l'empêcher de troubler votre repos, à l'instar de milliers de vos contemporains, vous vous êtes empressé, dès votre jeunesse, de l'enserrer dans des cadres ; vous vous êtes armé d'ironie contre la vie — ou appelez cela comme vous voudrez — et votre pensée entravée, effrayée, n'ose plus franchir la barrière que vous lui avez imposée, et lorsque vous vous gaussez des idées qui vous sont, dites-vous, *toutes* connues, vous ressemblez à un déserteur qui fuit ignominieusement le champ de bataille et qui, pour étouffer sa honte, raille la guerre et la bravoure. Le cynisme étouffe la douleur. Dans un roman de Dostoïevski un vieillard piétine le portrait de sa fille bien-aimée parce qu'il est en faute devant elle[1]. Vous, vous vous moquez sordidement et bassement des idées du bien et de la vérité parce que vous n'avez plus la force de revenir à elles. Toute allusion sincère et exacte à votre déchéance vous épouvante et c'est à dessein que vous vous entourez de gens qui savent uniquement flatter vos faiblesses. Et ce n'est pas pour rien, non, ce n'est pas pour rien que vous avez si peur des larmes !

« À ce propos, parlons de votre manière d'être avec les femmes. L'impudence est notre héritage de chair et de sang et nous sommes élevés dans son sein, mais si nous sommes des hommes, c'est bien pour vaincre en nous la bête. Quand vous avez atteint l'âge d'homme et que *toutes* les idées vous sont devenues familières, vous n'avez pas pu ne pas voir la vérité ; vous saviez ce qu'elle était, mais vous ne l'avez pas suivie, vous en avez eu peur et, pour leurrer votre conscience, vous vous êtes persuadé à grand fracas que le coupable, ce n'était pas vous, mais la femme, qu'elle était aussi basse que votre manière d'être avec elle. Vos anecdotes glaciales, scabreuses, votre rire chevalin, vos innombrables théories sur le fond des choses, sur l'imprécision des exigences du mariage, sur les dix sous que l'ouvrier français paie aux filles, vos éternels renvois à la logique des femmes, à leur propension au mensonge, à leur faiblesse, etc., tout cela ne ressemble-t-il pas au désir de plonger la femme, coûte que coûte, dans la boue pour la ramener au niveau de votre manière d'être avec elle ? Vous êtes un homme faible, malheureux, antipathique. »

Au salon, Mme Krasnovskaïa s'était mise au piano ; elle cherchait à retrouver le morceau de Saint-Saëns qu'avait joué Grouzine. J'allai me jeter sur mon lit, mais me souvenant qu'il était temps de partir, je m'obligeai à me lever et, la tête lourde, brûlante, revins au bureau.

« Mais voici la question, continuai-je. Pourquoi sommes-nous épuisés ? Pourquoi nous qui sommes, au début, si passionnés, si hardis, si généreux, si pleins de confiance, faisons-nous une faillite si totale vers trente ou trente-cinq ans ? Pourquoi l'un s'en va-t-il de la poitrine, pourquoi l'autre se tire-t-il une balle dans la tête, pourquoi le troisième cherche-t-il l'oubli dans la vodka, les cartes, pourquoi un quatrième, pour étouffer sa peur et son angoisse, piétine-t-il cyniquement l'image de sa pure et belle jeunesse ? Pourquoi, une fois tombés, n'essayons-nous plus de nous relever et, ayant perdu l'un, ne cherchons-nous pas l'autre ? Pourquoi ?

« Le larron, sur la croix, a su retrouver la joie de vivre et une espérance hardie, réalisable, bien qu'il ne lui restât peut-être qu'une heure à vivre. Vous avez encore de longues années à vivre, moi, je ne mourrai sans doute pas aussi vite qu'il le semble. Alors, si, par miracle, le présent se révélait être un songe, un horrible cauchemar, et si nous nous réveillions renouvelés, purs, forts, fiers de notre vérité ?... Des rêves délicieux m'enflamment et l'émotion me coupe presque la respiration. J'ai une envie folle de vivre, je voudrais que notre vie fût sainte, haute, triomphale comme la voûte céleste. Vivons ! Le soleil ne se lève pas deux fois dans la même journée, la vie ne nous est pas donnée deux fois — accrochez-vous solidement à ce qui vous reste de vie et sauvez-le... »

Je n'écrivis plus rien. J'avais beaucoup d'idées dans la tête mais elles se dispersaient et je ne parvenais pas à les coucher sur le papier. Je signai ma lettre de mes nom, prénoms et qualité sans l'avoir achevée et allai dans le cabinet de travail d'Orlov. Il y faisait noir. Je cherchai le bureau à tâtons et y posai ma lettre. Je dus sans doute heurter un meuble dans l'obscurité et faire du bruit.

« Qui est là ? » fit au salon une voix inquiète.

Et aussitôt, la pendule placée sur la table sonna une heure du matin de son timbre très doux.

XIII

Je restai une bonne demi-minute à griffer la porte dans le noir, cherchant le loquet à tâtons, puis j'ouvris lentement et entrai au salon. Mme Krasnovskaïa, couchée sur le canapé, me regarda venir, appuyée sur un coude. Ne me décidant pas à parler, je passai lentement devant elle. Elle me suivit du regard. Je restai un instant dans la salle de réception, repassai devant elle, et elle m'observa attentivement, avec étonnement et même avec crainte. Enfin je m'arrêtai et me forçai à dire :

« Il ne reviendra pas ! »

Elle se leva vivement et me regarda sans comprendre.

« Il ne reviendra pas ! répétai-je et mon cœur se mit à battre horriblement. Il ne reviendra pas parce qu'il n'a pas quitté Pétersbourg. Il est chez Pékarski. »

Elle comprit et me crut — je le vis à sa pâleur subite et à la façon dont elle joignit soudain les mains sur la poitrine dans un geste d'effroi et de prière. En un clin d'œil elle revécut tout le récent passé, elle comprit et aperçut la vérité avec une impitoyable lucidité. Mais en même temps elle se souvint que j'étais un valet, un être inférieur… Un gueux aux cheveux ébouriffés, au visage rouge de fièvre, ivre peut-être, vêtu d'un pardessus commun, se mêlait grossièrement de sa vie intime et cela la blessa. Elle me dit sévèrement :

« On ne vous demande rien. Sortez.

— Je vous en prie, croyez-moi ! dis-je avec élan, en tendant les mains vers elle. Je ne suis pas un domestique, je suis de condition libre autant que vous ! »

Je me nommai et vite, vite, pour qu'elle ne m'interrompît pas ou ne se sauvât pas dans sa chambre, je lui expliquai qui j'étais et pourquoi j'étais dans cette maison. Cette nouvelle découverte la frappa plus violemment que la première. Avant, elle avait tout de même espéré que le valet mentait, ou se trompait, ou disait des bêtises, mais après ma confession, il ne lui restait aucun doute. À l'expression de ses yeux où se lisait le malheur et de ses traits brusquement enlaidis parce qu'ils avaient vieilli et perdu leur douceur, je vis qu'elle avait une peine atroce, que j'avais eu tort d'engager cette conversation mais, emporté par la fougue, je continuai :

« Le sénateur et l'inspection ont été inventés pour vous tromper. En janvier, tout comme maintenant, il n'est allé nulle part, il était chez Pékarski, je le voyais chaque jour et participais à son mensonge. On trouvait que vous étiez un fardeau, on haïssait votre présence, on riait de vous… Si vous aviez pu les entendre, lui et ses amis, se moquer de vous et de votre amour, vous ne seriez pas restée une minute de plus. Sauvez-vous d'ici ! Sauvez-vous !

— Eh bien ? dit-elle d'une voix tremblante en se passant la main sur les cheveux. En bien ? Soit. »

Ses yeux étaient pleins de larmes, ses lèvres tremblaient, toute sa figure était d'une pâleur prodigieuse et respirait la colère. Le mensonge grossier, mesquin, d'Orlov l'indignait, lui paraissait méprisable, ridicule ; elle souriait, et je n'aimais pas ce sourire.

« Eh bien ? répéta-t-elle, en se passant à nouveau la main dans les cheveux. Soit. Il s'imagine que je vais mourir d'humiliation mais moi… ça me fait rire. Il a tort de se cacher. » Elle s'éloigna du piano et dit, en haussant les épaules : « Il a tort… Il aurait été plus simple de s'expliquer que d'aller se cacher chez les autres et d'errer de maison en maison. Je ne suis pas aveugle, il y a longtemps que je vois tout… et si j'attendais son retour, c'était pour avoir une explication définitive. »

Puis elle s'assit dans un fauteuil, près de la table, et, la tête appuyée sur le bras du canapé, se mit à pleurer amèrement. Il n'y avait qu'une bougie allumée sur le candélabre et près du fauteuil où elle était assise il faisait sombre, mais je voyais sa tête et ses épaules frémir et ses cheveux s'échapper et lui couvrir le cou, le visage, les mains… Ces pleurs silencieux, réguliers, ces pleurs de femme, exempts de toute hystérie, exprimaient l'offense, la fierté humiliée, le dépit et le sentiment d'une situation sans issue, sans espoir, que l'on ne saurait redresser et à laquelle on ne saurait se faire. Dans mon âme agitée, tourmentée, ils éveillèrent un écho ; j'avais déjà oublié ma maladie et tout au monde, j'allais et venais dans le salon et bredouillais, désemparé :

« Quelle vie est-ce là ?… Il n'est pas possible de vivre ainsi ! C'est une folie, un crime, ce n'est pas une vie !

— Quelle humiliation ! disait-elle à travers ses larmes. Partager ma vie… me faire des sourires au moment où ma présence lui pesait, où je lui semblais ridicule… Oh, quelle humiliation ! »

Elle releva la tête, et me regardant de ses yeux gonflés à travers ses cheveux mouillés de larmes qui la gênaient pour voir et qu'elle arrangea, elle me demanda :

« Ils se moquaient de moi ?

— Ces gens-là se moquaient et de vous et de votre amour, et de Tourguéniev que vous aviez, paraît-il, dévoré avec passion. Si nous mourions tous deux, à l'instant même, de désespoir, cela les ferait rire de même. Ils inventeraient une histoire drôle et la raconteraient à votre enterrement. Mais pourquoi parler d'eux ? dis-je avec impatience. Il faut partir d'ici. Je ne peux pas y rester une minute de plus. »

Elle se remit à pleurer, j'allai me mettre près du piano et m'assis.

« Qu'attendons-nous ? demandai-je tristement. Il est plus de deux heures.

— Je n'attends rien, répondit-elle. Je suis perdue.

— Pourquoi parler ainsi ? Cherchons plutôt ensemble ce qu'il faut faire. Ni vous ni moi, nous ne pouvons plus rester ici… Où avez-vous l'intention d'aller ? »

Soudain un coup de sonnette retentit dans le vestibule. Mon cœur se serra. N'était-ce pas Orlov, auquel Koukouchkine se serait plaint ? Quelle contenance prendrais-je en face de lui ? J'allai ouvrir. C'était Polia. Elle entra, secoua dans le vestibule la neige de sa pèlerine et, sans m'avoir dit un mot, gagna sa chambre. Quand je revins au salon, Mme Krasnovskaïa, pâle comme une morte, debout au milieu de la pièce, guettait mon retour avec des yeux immenses.

« Qui était-ce ? demanda-t-elle à mi-voix.

— Polia », répondis-je.

Elle se passa la main sur les cheveux et ferma les yeux d'épuisement.

« Je vais partir tout de suite, dit-elle. Ayez la bonté de me conduire dans le quartier de Pétersbourg. Quelle heure est-il ?

— Trois heures moins le quart. »

XIV

Lorsqu'un peu plus tard nous sortîmes de la maison, les rues étaient noires et désertes. Il tombait une neige fondante et un vent humide nous fouettait le visage. C'était, je me souviens, au début de mars, le dégel était commencé, et depuis quelques jours les cochers avaient repris leurs voitures. Impressionnée par l'escalier de service, le froid, l'obscurité de la nuit et le concierge en houppelande qui, avant de nous ouvrir, nous avait demandé qui nous étions, Mme Krasnovskaïa était à bout de forces et découragée. Une fois que nous eûmes pris place dans le cabriolet dont nous relevâmes la capote, tremblant de tous ses membres, les mots se bousculant sur ses lèvres, elle m'exprima sa reconnaissance.

« Je ne doute pas de vos bonnes dispositions, seulement j'ai honte de vous déranger… murmura-t-elle. Oh, je comprends… Quand Grouzine est venu me voir, tout à l'heure, j'ai senti qu'il mentait et me cachait quelque chose. Eh bien, soit ! Mais je suis quand même confuse que vous vous dérangiez ainsi. »

Elle avait encore des doutes. Pour les dissiper définitivement, je fis passer le cocher par la rue Serguïevskaïa ; je le fis arrêter devant la maison de Pékarski, je descendis de voiture et je sonnai. Quand le concierge ouvrit, je demandai d'une voix forte, pour qu'elle pût entendre, si Guéorgui Ivanytch était là.

« Oui, répondit le concierge. Il est rentré il y a une demi-heure. Il doit déjà dormir. Que lui veux-tu ? »

Mme Krasnovskaïa ne put y tenir et pencha la tête par la portière.

« Il y a longtemps que Guéorgui Ivanytch habite ici ? demanda-t-elle.

— Plus de quinze jours.

— Et il n'est allé nulle part ?

— Non, répondit le concierge, qui me regarda avec étonnement.

— Dis-lui demain matin de bonne heure que sa sœur de Varsovie est arrivée. Adieu. »

Puis nous continuâmes notre chemin. Le cabriolet n'avait pas de tablier, la neige tombait sur nous à gros flocons et le vent, surtout pendant la traversée de la Néva, nous pénétra jusqu'aux os. Il me sembla que nous roulions depuis longtemps déjà, que depuis longtemps nous souffrions, et que depuis longtemps j'entendais sa respiration saccadée. Dans une vision fugitive, dans cette sorte de demi-rêve qui précède le sommeil, je jetai un regard en arrière sur ma vie étrange, absurde, et, sans bien savoir pourquoi, je me rappelai un mélodrame, *Les Gueux de Paris*, que j'avais vu deux fois dans mon enfance. Et lorsque, pour me libérer de ce demi-rêve, je regardai de dessous la capote et aperçus l'aurore, toutes les images de mon passé, toutes mes pensées brumeuses se fondirent soudain en l'idée nette, solide, que Mme Krasnovskaïa et moi, nous étions irrévocablement perdus. J'en étais convaincu comme si le ciel bleu et froid en eût contenu la prophétie, mais, un instant après, je pensais déjà à autre chose et croyais autre chose.

« Que vais-je faire maintenant ? dit-elle d'une voix enrouée par le froid et l'humidité. Où aller ? Que faire ? Grouzine m'a dit : "Entrez au couvent." Oh, j'y serais bien allée. J'aurais changé de vêtements, de visage, de cœur, de pensées... de tout, de tout, et je m'y serais cachée à jamais. Mais on ne m'y admettra pas. Je suis enceinte.

— Nous partirons demain tous deux pour l'étranger, dis-je.

— Impossible. Mon mari ne m'autorisera pas à demander mon passeport.

— Je vous ferai sortir sans papiers. »

La voiture fit halte devant une maison en bois à un étage, peinte en sombre. Je sonnai. Me prenant des mains sa valise d'osier, petite et légère — le seul bagage que nous ayons emporté — elle eut un sourire contraint et dit :

« Ce sont mes bijoux. »

Mais elle était si faible qu'elle n'avait pas la force de les porter. On mit un long moment à nous ouvrir. Au troisième ou au quatrième coup de sonnette, une lumière parut aux fenêtres et on entendit des pas, une toux, des chuchotements : puis le pêne de la serrure claqua et une grosse femme au visage rouge, apeuré, apparut sur le seuil. À quelques pas derrière elle, se tenait une petite vieille émaciée, aux cheveux gris coupés court, vêtue d'une camisole blanche, une bougie à la main. Mme Krasnovskaïa se précipita dans le vestibule et se jeta à son cou.

« Nina, je suis trompée ! s'écria-t-elle en sanglotant. Je suis grossièrement, bassement trompée ! »

Je remis la valise en osier à la grosse femme. La porte se referma mais j'entendais toujours les sanglots et les cris : « Nina ! » Je remontai en voiture et donnai l'ordre au cocher d'aller sans se presser perspective Nevski. Il me fallait réfléchir à l'endroit où je passerais la nuit, moi aussi.

Le lendemain, vers le soir, j'allai chez Mme Krasnovskaïa. Elle était très changée. Sur son visage pâle, aux traits affreusement tirés, il n'y avait plus trace de larmes et son expression était tout autre. Était-ce l'effet du cadre nouveau, nullement luxueux, où je la voyais, du changement survenu dans nos relations ou, peut-être, de l'empreinte dont l'avait marquée son violent chagrin, elle me sembla moins élégante, moins bien habillée ; sa silhouette s'était amenuisée, je remarquai, dans ses gestes, sa démarche, son visage, une nervosité, une brusquerie excessives, comme si elle eût été pressée, et il ne restait rien de sa douceur d'antan, même dans son sourire. Je portais maintenant un complet de bonne coupe que je m'étais acheté dans la journée. Elle commença d'abord par jeter un coup d'œil à ce vêtement, au chapeau que je tenais à la main, puis elle arrêta sur mon visage un regard impatient, scrutateur, comme si elle l'eût étudié.

« Votre métamorphose me semble encore un miracle, dit-elle. Excusez-moi de vous regarder avec tant de curiosité. C'est que vous êtes un homme extraordinaire. »

Je lui racontai une fois encore qui j'étais et pourquoi je vivais chez Orlov, mais plus longuement et plus en détail que la veille. Elle m'écouta avec une grande attention et, sans me laisser achever, me dit :

« Tout est fini là-bas. Je n'ai pu y tenir, voyez-vous, et j'ai écrit. Voici la réponse. »

Sur la feuille qu'elle me tendit, la main d'Orlov avait tracé : « Je n'ai pas l'intention de me justifier. Mais convenez-en : c'est vous qui vous êtes trompée et non moi qui vous ai trompée. Je vous souhaite d'être heureuse et vous prie d'oublier au plus vite celui qui signe avec un profond respect : G. O.

« P.-S. Je vous fais porter vos affaires. »

Les malles et les valises en osier qu'il avait fait porter se trouvaient déjà au salon et, parmi elles, il y avait aussi ma pauvre valise.

« C'est donc que… » dit-elle, mais elle n'acheva pas.

Nous nous tûmes. Elle prit le billet le tint une ou deux minutes devant ses yeux ; à ce moment, sa figure prit l'expression hautaine, méprisante et fière, dure, qu'elle avait eue la veille au début de notre explication ; des larmes lui montèrent aux yeux, non des larmes de timidité, d'amertume, mais des larmes de fierté, de colère.

« Écoutez, dit-elle en se levant d'un mouvement brusque et en s'approchant de la fenêtre pour me cacher son visage. Voici ce que j'ai décidé : demain je pars avec vous à l'étranger.

— Très bien. Je suis prêt à partir aujourd'hui même.

— Enrôlez-moi dans vos rangs. Vous avez lu Balzac ? demanda-t-elle en se retournant soudain. À la fin de son roman *Le Père Goriot*, le héros regarde Paris du haut d'une colline, lui lance d'un air menaçant : “À nous deux, maintenant !” et commence là-dessus une vie nouvelle. Eh bien, moi, quand, de mon wagon, je verrai Pétersbourg pour la dernière fois, je lui dirai : “À nous deux, maintenant !” »

Cela dit, elle sourit de sa plaisanterie cependant qu'un frisson la secouait des pieds à la tête.

XV

À Venise je commençai par avoir une pleurésie. J'avais dû prendre froid le soir, dans la gondole qui nous avait conduits de la gare à l'*Hôtel Bauer*. Je fus obligé de m'aliter dès le premier jour et de rester couché deux semaines. Chaque matin, Mme Krasnovskaïa venait prendre le café avec moi, puis elle me lisait des livres français ou russes que nous avions achetés en quantité à Vienne. Ces livres, ou bien je les avais lus depuis longtemps, ou ils ne m'intéressaient pas, mais une voix charmante et pleine de bonté résonnait à mes oreilles de sorte qu'au fond, leur contenu se ramenait pour moi à une seule chose : je n'étais pas seul. Elle allait se promener, puis revenait, dans sa robe gris clair, avec son chapeau de paille léger, toute joyeuse, réchauffée par le soleil printanier, s'asseyait près de mon lit et, le visage penché près du mien, me parlait de Venise ou me faisait la lecture — et je me sentais bien.

La nuit j'avais froid, j'avais mal et je m'ennuyais, mais le jour, je m'enivrais de l'existence, il n'y a pas d'expression plus juste. Les rayons de soleil brûlants qui entraient par les fenêtres ouvertes et la porte-fenêtre du balcon, les cris des gens en bas, le clapotis des rames, le tintement des cloches, le grondement du canon à midi et le sentiment d'une liberté entière, totale, faisaient en moi des miracles ; je me sentais de puissantes, de larges ailes qui m'emportaient Dieu sait où. Et quel ravissement, quelle joie par instants, à la pensée qu'une autre vie cheminait à côté de la mienne, que j'étais le serviteur, le gardien, l'ami, le compagnon indispensable d'un être beau et riche, mais faible, offensé, esseulé ! Même la maladie a du charme quand on sait qu'il y a des gens qui attendent votre guérison comme une fête. Un jour, je l'entendis s'entretenir à voix basse avec le médecin derrière ma porte, puis elle entra, les yeux rougis par les larmes ; c'était mauvais signe, mais j'en fus touché et j'éprouvai un soulagement moral extraordinaire.

Mais voici qu'on me permit enfin d'aller sur le balcon. Le soleil et une légère brise marine dorlotaient et caressaient mon corps malade. Je regardais en bas les gondoles, de vieilles connaissances, glisser sur l'eau avec la grâce d'une femme, voguant avec souplesse et majesté comme si elles eussent été vivantes et eu conscience de toute la splendeur de cette civilisation originale, enchanteresse. Cela sentait la mer. Quelque part résonnaient des instruments à cordes et l'on chantait à deux voix. Comme on était bien ! Quelle différence avec cette nuit de Pétersbourg où tombait cette neige fondante qui nous avait si rudement cinglé le visage ! Là-bas, juste en face, au-delà du canal, on apercevait la grève, et, à l'horizon, au large, le soleil miroitait sur l'eau, si vivement qu'on en avait mal aux yeux. Quelque chose m'attirait là-bas vers cette mer si bonne où je me sentais chez moi et à qui j'avais donné toute ma jeunesse. J'avais envie de vivre ! De vivre, rien de plus !

Au bout de deux semaines, je commençai à pouvoir sortir à ma guise. J'aimais m'asseoir au soleil, écouter les gondoliers sans les comprendre et contempler des heures entières la maison où vécut, dit-on, Desdémone, une naïve et mélancolique maisonnette d'expression virginale, légère comme une dentelle, si légère qu'on pourrait, semble-t-il, la déplacer d'une seule main. Je restais de longs moments près de la tombe de Canova[1], sans pouvoir détacher mon regard de son lion affligé. Au palais des Doges j'étais attiré vers l'emplacement, badigeonné de noir, du portrait du malheureux Marino Falier[2]. Il est bien d'être artiste, poète, dramaturge, pensai-je, mais si cela m'est refusé, qu'au moins je me plonge dans le mysticisme ! Ah, si à cette tranquillité sereine et à cette satisfaction dont mon âme est pleine pouvait s'ajouter un embryon de foi…

Le soir, nous dégustions des huîtres, nous buvions du vin, nous faisions une promenade en gondole. Je me souviens : notre gondole noire se balançait doucement sur place, on entendait à peine le clapotis de l'eau sous sa coque. Çà et là frissonnaient à la surface de l'eau, par milliers, les reflets des étoiles et des lumières de la rive. Non loin de nous, dans une gondole décorée de lampions de couleur qui se miraient dans les flots, des gens chantaient. Le son des guitares, des violons, des mandolines, les voix d'hommes et de femmes résonnaient dans l'obscurité et Mme Krasnovskaïa, pâle, sérieuse, presque austère, était assise près de moi, les lèvres serrées, les mains jointes. Elle était pensive, son visage était totalement immobile, elle ne m'entendait pas. Ce visage, cette attitude, ce regard fixe, inexpressif, ces souvenirs incroyablement tristes, affreux et froids comme la neige, et ces gondoles autour de moi, ces lumières, cette musique, ces chansons avec ce cri plein de force et de passion : « T'am-mo !… T'am-mo… » quels contrastes offre la vie ! Quand elle était ainsi assise, les mains jointes, immobile comme une pierre, douloureuse, il me semblait que nous étions tous deux les personnages d'un roman dans le goût ancien, intitulé *L'Infortunée, La Délaissée*, ou quelque chose dans ce genre. Tous deux, nous étions, elle infortunée, abandonnée, moi un ami fidèle, dévoué, un rêveur et, si l'on veut, un inutile, un raté, incapable d'autre chose que de tousser, de rêver et, peut-être, de se sacrifier... mais à qui et à quoi mon sacrifice pouvait-il être utile, à présent ? Et qu'avais-je à sacrifier, je vous le demande ?

Après la promenade du soir, nous prenions le thé dans sa chambre et bavardions. Nous n'avions pas peur de toucher aux vieilles plaies encore saignantes, au contraire, j'éprouvais même un obscur plaisir à lui raconter ma vie chez Orlov ou à faire ouvertement allusion à des relations que je connaissais bien et qui n'auraient pu m'être cachées.

« Par instants, je vous haïssais, disais-je. Quand il faisait ses caprices, qu'il vous témoignait sa bienveillance ou qu'il vous mentait, j'étais stupéfait que vous ne vous en aperceviez pas, que vous ne compreniez pas : tout était si clair. Vous lui baisiez les mains, vous vous mettiez à genoux, vous le flattiez...

— Quand je... lui baisais les mains et que je me mettais à genoux, je l'aimais... répondait-elle en rougissant.

— Était-il donc si difficile à percer à jour ? Le beau sphinx ! Le sphinx était gentilhomme à la cour ! Je ne vous reproche rien, Dieu m'en garde, poursuivais-je, sentant que je frisais la grossièreté et que je manquais de savoir-vivre et de la délicatesse indispensable quand on effleure l'âme d'autrui ; avant de l'avoir rencontrée je ne me connaissais pas ce défaut. Mais comment ne l'avez-vous pas démasqué ? répétais-je, sur un ton déjà plus doux et moins amer.

— Vous voulez dire que mon passé vous inspire du mépris et vous avez raison, disait-elle, en proie à une vive émotion. Vous appartenez à une catégorie de gens qu'on ne peut mesurer à l'aune ordinaire, vos exigences morales se distinguent par une rigueur exceptionnelle et, je le comprends, il vous est impossible de pardonner ; je vous comprends et si, parfois, je vous contredis, cela ne veut pas dire que j'ai, sur les choses, un point de vue différent du vôtre ; je répète mes absurdités de naguère simplement parce que je n'ai pas encore usé mes vieux vêtements et mes vieux préjugés. Moi-même je hais et je méprise mon passé, Orlov et mon amour… Quel amour était-ce ? Tout cela me paraît même risible, à présent, disait-elle en s'approchant de la fenêtre et en regardant le canal. Toutes ces amours ne font qu'obscurcir la conscience et égarer l'esprit. Le sens de la vie ne réside que dans une seule chose : la lutte. Il faut écraser sous son talon la hideuse tête du reptile, et crac ! Voilà le sens de la vie. Il n'est que là, ou alors elle n'en a pas. »

Je lui racontais de longues histoires de mon passé et je lui décrivais mes aventures, effectivement étonnantes. Mais du changement qui s'était opéré en moi, je ne soufflais mot. Elle m'écoutait chaque fois avec une grande attention et, aux moments intéressants, se tordait les mains comme de regret de n'avoir pas encore vécu de pareilles aventures, de pareilles affres, de pareilles joies, mais, soudain, elle devenait songeuse, rentrait en elle-même et je voyais à son expression qu'elle ne m'écoutait plus.

Je fermais les fenêtres qui donnaient sur le canal et je lui demandais s'il fallait faire allumer du feu.

« Non, inutile. Je n'ai pas froid, disait-elle avec un sourire indolent, c'est simplement que je n'ai pas la moindre force. Voyez-vous, j'ai l'impression que mon esprit s'est énormément ouvert ces derniers temps. J'ai maintenant des idées qui passent l'ordinaire, profondément originales. Quand, par exemple, je pense au passé, à ma vie d'alors… aux gens en général, tout cela se fond en une seule image, celle de la seconde femme de mon père. C'était une femme grossière, effrontée, sans cœur, fausse, dépravée et, de surcroît, morphinomane. Mon père, un homme faible et sans caractère, avait épousé ma mère pour sa dot et l'avait poussée jusqu'à la consomption, mais sa deuxième femme, ma marâtre, il l'aimait passionnément, à la folie… Ce que j'ai pu supporter ! Mais à quoi bon en parler ? Ainsi donc, tout, disais-je, se fond en une seule image… Et je suis fâchée que ma marâtre soit morte. J'aimerais la rencontrer aujourd'hui !…

— Pourquoi ?

— Comme ça, je ne sais pas… répondait-elle en riant et en secouant gracieusement la tête. Bonne nuit. Guérissez. Dès que vous irez bien, nous nous occuperons de nos affaires… Il est temps. »

Au moment où, lui ayant déjà dit au revoir, je saisissais la poignée de la porte, elle me disait :

« Qu'en pensez-vous ? Polia est toujours chez lui ?

— Probablement. »

Et je regagnais ma chambre. Un mois passa ainsi. Par un après-midi maussade, tandis que nous regardions en silence, de ma fenêtre, les nuages s'avancer de la mer et les eaux du canal prendre une teinte bleu sombre, que nous attendions la pluie imminente, une étroite et dense bande de pluie, pareille à un ruban de gaze, vint voiler la plage, et soudain, tous deux, nous sentîmes que nous nous ennuyions. Ce même jour nous partions pour Florence.

XVI

Ce qui suit arriva à Nice, alors que nous étions déjà en automne. Un soir que j'entrai chez elle, je la trouvai assise dans un fauteuil, les jambes croisées, voûtée, affaissée sur elle-même, la figure dans les mains, pleurant amèrement, à gros sanglots, ses longs cheveux défaits lui retombant sur les genoux. L'impression merveilleuse, étonnante, que venait de me faire la mer et dont je voulais lui faire part disparut tout d'un coup de mon esprit et mon cœur se serra de douleur.

« Qu'y a-t-il ? lui demandai-je ; elle écarta une de ses mains de son visage et me fit signe de m'en aller. Voyons, qu'y a-t-il ? répétai-je et, pour la première fois depuis que je la connaissais, je lui baisai la main.

— Non, non, rien ! dit-elle d'une voix brève.

Mais rien, rien… Allez-vous-en… vous voyez bien que je ne suis pas habillée. »

Je sortis, affreusement troublé. La compassion venait d'empoisonner la paix, la quiétude morale où je me trouvais depuis si longtemps. J'eus une envie folle de me jeter à ses pieds, de la supplier de ne pas pleurer en solitaire et de me faire partager sa peine ; le bruit régulier de la mer se mit à gronder à mes oreilles comme une prophétie lugubre et je vis de nouvelles larmes, de nouveaux chagrins, de nouvelles pertes en perspective. « Pourquoi, pourquoi pleure-t-elle ? » me demandais-je, en me remémorant son visage et son regard douloureux. Je me souvins qu'elle était enceinte. Elle essayait de cacher son état aux autres et à elle-même. Chez elle elle portait des blouses amples ou des chemisiers exagérément plissés sur le devant ; quand elle sortait, elle se sanglait si fort dans son corset que, deux fois, au cours de nos promenades, elle s'évanouit. Elle ne me parlait jamais de sa grossesse et un jour que je glissai dans la conversation qu'elle ferait bien d'aller consulter un médecin, elle devint toute rouge et ne répondit rien.

Un peu plus tard, je rentrai dans sa chambre, elle était déjà habillée et coiffée.

« Allons, allons ! dis-je, la voyant à nouveau prête à pleurer. Venez plutôt à la mer, nous bavarderons.

— Je ne peux pas parler. Pardonnez-moi, je suis, pour le moment, d'humeur à rester seule. Et, s'il vous plaît, une autre fois, avant d'entrer, frappez au préalable. »

Ce « au préalable » sonna d'une façon particulièrement peu féminine. Je sortis. Je retrouvais mon maudit état d'âme de Pétersbourg, tous mes rêves se resserraient et se recroquevillaient comme des feuilles brûlées par la chaleur. Je sentis que j'étais seul à nouveau, qu'il n'y avait pas d'intimité entre nous. Je n'étais pour elle rien de plus que la toile d'araignée qui pendait à ce palmier, accrochée par le hasard et que le vent emporterait au loin. J'allai me promener dans le square où avait lieu un concert, j'entrai au casino; j'y vis des femmes très élégantes, violemment parfumées; chacune me dévisageait et semblait me dire : « Tu es seul, tant mieux… » Puis je sortis sur la terrasse et contemplai longuement la mer. Au loin, à l'horizon, pas une voile, à gauche, dans une brume couleur de lilas, des montagnes, des jardins, des tours, des maisons, sur tout cela le soleil jouait, mais tout m'était étranger, indifférent, une sorte de fouillis…

XVII

Comme auparavant elle venait, le matin, partager mon petit déjeuner; mais nous ne prenions plus nos repas ensemble; elle n'avait pas faim, disait-elle, et se contentait de café, de thé et de toutes sortes de riens comme des oranges ou des sucreries.

Nos conversations du soir avaient cessé, elles aussi. Je ne sais pourquoi. Depuis que je l'avais trouvée en larmes elle avait adopté avec moi une attitude dégagée, quelquefois désinvolte, ironique même, et me disait — idée bizarre — « monsieur ». Ce qui lui paraissait auparavant terrifiant, étonnant, héroïque, et provoquait en elle envie et enthousiasme ne la touchait plus du tout et, d'habitude, après m'avoir écouté, elle s'étirait un peu et disait :

« *Oui, il y eut bataille à Poltava, monsieur, il y eut bataille*[1]. »

Parfois, je demeurais des jours entiers sans la rencontrer. Parfois, je frappais timidement, comme un coupable, à sa porte — pas de réponse ; je frappais à nouveau — silence... Je restais devant la porte et prêtais l'oreille ; à ce moment, une femme de chambre passait et me déclarait froidement : « Madame est sortie. » Après quoi, je faisais les cent pas dans le couloir de l'hôtel, interminablement... Des Anglais, des dames à la poitrine rebondie, des garçons en habit... Et tandis que je contemplais sans fin le long tapis rayé qui s'étalait d'un bout à l'autre du couloir, il me venait à l'esprit que je jouais dans la vie de cette femme un rôle étrange, probablement faux, et qu'il était désormais au-dessus de mes forces d'en changer ; je courais dans ma chambre, je me laissais tomber sur mon lit et je réfléchissais, je réfléchissais, sans arriver à rien trouver, ne voyant clairement qu'une chose : c'est que je voulais vivre et que, plus sa figure devenait laide, sèche et dure, plus elle me devenait chère et plus je ressentais vivement, douloureusement, le lien qui nous unissait. Peu importait que tu m'appelasses « monsieur », peu importait cet air dégagé, dédaigneux, tout ce que tu voudrais, mais ne me quitte pas, mon trésor. Désormais, la solitude m'épouvantait.

Puis je ressortais dans le couloir, l'oreille aux aguets, inquiet… Je ne déjeunais pas, je ne remarquais pas que le soir tombait. Enfin, vers onze heures, j'entendais ses pas et elle se montrait au tournant de l'escalier.

« Vous vous promenez ? me demandait-elle en passant devant moi. Vous feriez mieux d'aller dehors… Bonne nuit !

— Nous ne nous reverrons pas aujourd'hui ?

— Il est déjà tard, il me semble. Au fait, ce sera comme vous voudrez.

— Où êtes-vous allée, dites-moi ? demandais-je en entrant dans sa chambre.

— Où ? À Monte-Carlo. » Elle sortait de sa poche une dizaine de louis d'or et disait : « Voyez, monsieur. J'ai gagné. À la roulette.

— Vous n'allez pas vous mettre à jouer !

— Pourquoi ? J'y retourne demain. »

Je l'imaginais avec sa figure laide, maladive, dans son état de grossesse, la taille comprimée dans son corset, debout devant une table de jeu au milieu d'une foule de cocottes et de vieilles folles qui se collaient à l'or comme les mouches au miel, je me redisais qu'elle se rendait à Monte-Carlo en cachette…

« Je ne vous crois pas, lui dis-je un jour. Vous n'iriez pas là-bas.

— Soyez sans inquiétude. Je ne pourrais pas perdre gros.

— Il s'agit bien des pertes ! répondis-je avec dépit. Ne vous vient-il pas à l'idée, quand vous jouez là-bas, que l'éclat de l'or, toutes ces femmes, vieilles et jeunes, que les croupiers, l'atmosphère, que tout cela est une basse et abominable dérision du labeur de l'ouvrier, de sa sueur, de son sang ?

— Que voulez-vous faire ici, sinon jouer ? demanda-t-elle. Quant au labeur de l'ouvrier, à sa sueur et à son sang, remisez votre éloquence jusqu'à la prochaine fois, et maintenant que vous avez commencé, laissez-moi continuer, laissez-moi vous poser carrément la question : que voulez-vous que je fasse ici à présent, que voulez-vous que j'y fasse plus tard ?

— Ce que je veux que vous fassiez ? dis-je en haussant les épaules. On ne répond pas d'emblée à une question pareille.

— Je vous demande de me répondre en toute conscience, Vladimir Ivanytch, dit-elle, prenant un air irrité. Si je me suis décidée à vous poser cette question, ce n'est pas pour entendre des lieux communs. Je vous demande, poursuivit-elle en frappant de la main sur la table comme pour battre la mesure, ce que je dois faire ici. Et pas seulement à Nice, mais en général. »

Je ne soufflai mot et regardai la mer par la fenêtre. Mon cœur se mit à battre violemment.

« Vladimir Ivanytch, dit-elle à voix basse, la respiration saccadée, — il lui en coûtait de parler, — Vladimir Ivanytch, si vous-même vous ne croyez pas en votre cause, si vous n'avez plus l'intention de vous en occuper, pourquoi... pourquoi m'avez-vous fait quitter Pétersbourg ? Pourquoi m'avez-vous fait des promesses et avez-vous éveillé en moi de folles espérances ? Vos convictions ont changé, vous êtes devenu un autre homme, personne ne vous en fait grief, nous ne sommes pas toujours maîtres de nos convictions, mais... mais, Vladimir Ivanytch, au nom du ciel, pourquoi manquer à ce point de sincérité ? poursuivit-elle à voix basse en se rapprochant de moi. J'ai passé ces derniers mois à rêver à voix haute, à me bercer d'illusions, à tirer des plans enthousiastes, à reconstruire ma vie sur un mode nouveau, et vous ? pourquoi ne m'avez-vous pas dit la vérité ? Au contraire, vous gardiez le silence ou m'encouragiez par vos récits et vous vous conduisiez comme si vous étiez en parfaite communion d'idée avec moi ? Pourquoi ? À quoi cela servait-il ?

— Il est difficile d'avouer sa faillite, dis-je en me retournant, mais sans la regarder. Oui, je ne crois plus, je suis las, j'ai perdu courage... Il est dur d'être sincère, affreusement dur, et je n'ai rien dit. Je ne souhaite à personne d'endurer ce que j'ai souffert. »

Je crus que j'allais pleurer et me tus.

« Vladimir Ivanytch, dit-elle en me prenant les deux mains. Vous avez connu bien des chagrins et bien des épreuves, vous en savez plus long que moi ; réfléchissez sérieusement et dites-moi ce que je dois faire. Instruisez-moi. Si vous n'avez plus la force de marcher et de servir de guide aux autres, indiquez-moi au moins la route à suivre. Accordez-moi que je suis un être vivant sensible et raisonnable. Être dans une situation fausse... jouer un rôle absurde... cela m'est pénible. Je ne vous fais pas de reproche, je ne vous accuse pas, je vous adresse seulement une prière. »

On apporta le thé.

« Alors, dit-elle en me tendant mon verre. Que dites-vous ?

— On n'embrasse pas le monde du seuil de sa porte, répondis-je. Et il y a d'autres gens que moi sur terre.

— Eh bien, montrez-les-moi, dit-elle avec vivacité. Je ne vous demande que cela.

— Je veux vous dire autre chose aussi, repris-je. Il n'y a pas qu'une seule arène pour servir une idée. Si l'on s'est trompé, si l'on a perdu la foi sur un terrain, rien ne dit qu'on n'en trouvera pas un autre. Le monde des idées est vaste, inépuisable.

— Le monde des idées ! articula-t-elle, en me regardant en face d'un air railleur. Nous ferions mieux de ne pas en parler... À quoi bon... »

Elle rougit.

« Le monde des idées ! » répéta-t-elle en rejetant sa serviette, et son visage prit une expression d'indignation, de dégoût. « Toutes vos belles idées, je le vois bien, conduisent à un pas inévitable, nécessaire : il faut que je devienne votre maîtresse. Voilà ce qu'il faut. Avancer des idées sans être la maîtresse de l'homme le plus honnête, le plus versé dans les idées qui soit, c'est ne pas les comprendre. Il faut commencer par là... c'est-à-dire par être votre maîtresse, le reste viendra de soi.

— Vous êtes nerveuse, ma chère amie, dis-je.

— Non, je suis sincère ! cria-t-elle, le souffle court. Je suis sincère !

— Vous êtes peut-être sincère, mais vous vous méprenez et je souffre de vous entendre.

— Je me méprends ! dit-elle en éclatant de rire. Passe encore pour un autre, mais que vous disiez cela, monsieur ! Tant pis si je vous parais indélicate, grossière, peu importe : m'aimez-vous ? Vous m'aimez, n'est-ce pas ? »

Je haussai les épaules.

« Oui, haussez les épaules ! reprit-elle d'un ton moqueur. Quand vous étiez malade, j'ai entendu ce que vous disiez dans votre délire, et puis, ces yeux pleins d'adoration que vous me faites, ces soupirs, ces discours bien intentionnés sur les affinités, la parenté spirituelle... Mais surtout, surtout, pourquoi avoir si longtemps dissimulé ? Pourquoi m'avoir caché ce qui était et m'avoir parlé de ce qui n'était pas ? Si vous m'aviez dit, dès le début, quelles étaient au juste ces idées qui vous poussaient à me faire quitter Pétersbourg, je l'aurais su. Je me serais empoisonnée, comme je voulais le faire, et nous ne jouerions pas, aujourd'hui, cette fastidieuse comédie... Et puis, à quoi bon parler ? » Elle eut un geste d'énervement et s'assit.

« Votre ton laisserait croire que vous me soupçonnez d'intentions malhonnêtes, dis-je, prenant la mouche.

— Oh, laissons cela. Qu'allez-vous chercher là ?

Je soupçonne non pas vos intentions, mais le fait que vous n'en avez eu aucune. Sinon je l'aurais connue. Hormis vos idées et votre amour, vous ne possédiez rien. Maintenant vous avez vos idées, votre amour et la perspective que je devienne votre maîtresse. Tel est l'ordre des choses dans la vie et dans les romans… Vous le blâmiez, dit-elle en frappant la table du plat de la main, mais, malgré soi, on est bien obligé de se trouver d'accord avec lui. Ce n'est pas pour rien qu'il méprise toute ces idées.

— Il ne méprise pas les idées, il en a peur, m'écriai-je. C'est un poltron et un menteur !

— Laissons cela. C'est un poltron, un menteur, et il m'a trompée. Et vous ? Excusez ma franchise : qui êtes-vous ? Il m'a trompée et abandonnée à Pétersbourg et vous, vous m'avez trompée et abandonnée ici. Mais lui, au moins, il ne dissimulait pas sa duplicité sous le masque des idées, tandis que vous…

— Au nom du ciel, pourquoi parlez-vous ainsi ? dis-je, épouvanté, me tordant les mains et m'avançant vers elle. Non, madame, non, c'est trop inhumain, on ne se laisse pas aller ainsi au désespoir ! Écoutez-moi, poursuivis-je, me raccrochant à une idée qui venait soudain de m'apparaître confusément à l'esprit et me semblait pouvoir nous sauver tous les deux. Écoutez-moi. J'ai traversé bien des épreuves, dans ma vie, tant d'épreuves qu'à me les rappeler, la tête me tourne, mais à présent je suis fermement convaincu, tant en esprit que par mon âme endolorie, que l'homme ne peut être destiné qu'au néant ou à une unique issue : l'amour du prochain dans l'abnégation totale. Voilà notre voie et notre destinée ! Voilà ma foi ! »

Je voulais poursuivre en parlant de miséricorde, de pardon, mais soudain ma voix sonna faux et je me troublai.

« Je veux vivre ! déclarai-je avec sincérité. Vivre, vivre ! Je désire la paix, la tranquillité, la chaleur, cette mer que voilà, votre présence. Oh ! comme je voudrais vous insuffler à vous aussi cette soif passionnée de l'existence ! Vous venez de parler d'amour, mais votre seule présence, votre voix, l'expression de votre visage me suffiraient... »

Elle rougit et dit d'une voix brève, pour m'empêcher de parler :

« Vous aimez la vie, et moi je la hais. C'est donc que nos voies divergent. »

Elle se versa du thé, mais n'y toucha pas, se retira dans sa chambre et se coucha.

« Je suppose que nous ferions mieux de nous en tenir là, me dit-elle de son lit. Pour moi tout est fini, je ne veux plus rien... À quoi bon parler encore ?

— Non, tout n'est pas fini.

— Oh, laissons cela... Je vous connais ! J'en ai par-dessus la tête... Assez. »

Je restai un instant immobile, fis quelque pas dans la chambre et sortis dans le couloir. Plus tard — la nuit était très avancée — je m'approchai de sa porte et prêtai l'oreille : je l'entendis distinctement pleurer.

Le lendemain matin, en m'apportant mes vêtements, le valet de chambre m'annonça avec un sourire que la dame du treize accouchait. Je m'habillai tant bien que mal et, mourant d'effroi, je courus chez Mme Krasnovskaïa. Il y avait dans son appartement un médecin, une sage-femme et une vieille dame russe, originaire de Kharkov, qui se nommait Daria Mikhaïlovna. Il flottait une odeur d'éther. À peine eus-je franchi le seuil que j'entendis sortir de sa chambre un gémissement bas et plaintif et, comme s'il m'arrivait de Russie sur les ailes du vent, il me rappela Orlov et son ironie, Polia, la Néva, les flocons de neige, puis le cabriolet sans couverture, la prophétie que j'avais lue dans le ciel froid du matin et ce cri désespéré : « Nina ! Nina ! »

« Allez la voir », me dit la dame de Kharkov.

J'entrai chez elle avec le même sentiment que si j'eusse été le père. Elle était couchée les yeux clos, maigre, pâle, sous son bonnet de dentelle blanche. Elle avait, je me souviens, deux expressions : l'une, indifférente, froide, atone, l'autre, à cause du bonnet blanc, était celle d'une enfant perdue. Elle ne m'entendit pas entrer ou, peut-être, m'entendit-elle, mais sans faire attention à moi. Je restai là à la regarder, j'attendais.

Mais, soudain, son visage se crispa de douleur, elle ouvrit les yeux et regarda le plafond comme si elle cherchait à comprendre ce qui lui arrivait... Sa figure prit une expression de dégoût.

« C'est ignoble, murmura-t-elle.

— Madame », appelai-je à mi-voix.

Elle me regarda d'un air indifférent, atone, et

referma les yeux. J'attendis un instant et m'en allai.

Dans la nuit Daria Mikhaïlovna m'annonça que Mme Krasnovskaïa avait mis au monde une petite fille, mais que son état était inquiétant ; puis j'entendis des pas précipités, du bruit. Daria Mikhaïlovna revint et me dit, d'un air désespéré, en se tordant les mains :

« Oh, c'est affreux ! Le docteur la soupçonne de s'être empoisonnée ! Ce que les Russes peuvent manquer de tenue, ici ! »

Et le lendemain à midi, Mme Krasnovskaïa mourut.

XVIII

Deux années s'étaient écoulées. Les circonstances avaient changé, je rentrai à Pétersbourg et pus y vivre désormais sans me cacher. Je n'avais plus peur d'être ou de paraître sentimental et m'étais tout entier laissé aller à l'affection paternelle ou, pour mieux dire, à l'idolâtrie qu'éveillait en moi Sonia, la fille de Mme Krasnovskaïa. Je la faisais manger moi-même, la baignais, la couchais, ne la quittais pas des yeux des nuits entières et criais à l'avance lorsqu'il me semblait que la nourrice allait la laisser tomber. Ma soif d'une vie bourgeoise ordinaire devenait de plus en plus forte et plus exacerbée avec le temps, mais mes vastes rêves s'étaient arrêtés sur la personne de Sonia, comme s'ils avaient enfin trouvé en elle précisément ce qu'il me fallait. J'aimais cette enfant à la folie. Je voyais en elle le prolongement de ma vie et j'avais non pas la simple impression mais le sentiment, presque la croyance, que, lorsque je me serais enfin dépouillé de ce long corps osseux, barbu, je vivrais dans ces yeux bleus, ces cheveux blonds et soyeux et ces menottes roses potelées qui me caressaient le visage et m'enlaçaient le cou si affectueusement.

Son avenir m'effrayait. Son père était Orlov, pour l'état civil elle s'appelait Krasnovski, et le seul homme informé de son existence et qui s'intéressât à elle, c'est-à-dire moi, était au bout du rouleau. Il fallait penser sérieusement à elle.

Le lendemain de mon arrivée à Pétersbourg, je me rendis chez Orlov. Un vieil homme corpulent avec des favoris roux et sans moustache, un Allemand apparemment, m'ouvrit. Polia, qui rangeait le salon, ne me reconnut pas, en revanche Orlov me reconnut immédiatement.

« Ah, monsieur le séditieux ! dit-il en me regardant avec curiosité et en riant. Par quel hasard ? »

Il n'avait pas changé le moins du monde ; c'étaient toujours la même figure soignée, désagréable, la même ironie. Et sur la table, comme autrefois, un livre nouveau et, dedans, un coupe-papier en ivoire. De toute évidence il lisait quand on m'avait annoncé. Il me fit asseoir, m'offrit un cigare et avec la délicatesse particulière des gens parfaitement bien élevés, cachant l'impression déplaisante que produisaient sur lui mon visage et mon corps amaigris, il fit incidemment la remarque

que je n'avais pas changé et qu'il était facile de me reconnaître, quoique j'eusse laissé pousser ma barbe. Nous parlâmes de la pluie et du beau temps, de Paris. Pour se débarrasser au plus vite de la pénible et inévitable question qui nous angoissait, lui et moi, il me demanda :

« Mme Krasnovskaïa est morte ?

— Oui, répondis-je.

— En couches ?

— Oui. Le docteur a bien émis une autre hypothèse, mais… pour vous comme pour moi, il est plus apaisant de penser qu'elle est morte en couches. »

Il soupira par convenance et demeura silencieux. Un ange passa.

« Oui. Ici tout est comme avant, il n'y a pas de changement particulier, dit-il vivement en voyant que j'examinais son cabinet. Mon père est à la retraite, comme vous le savez, moi, je suis toujours à la même place. Vous vous rappelez Pékarski ? Il est toujours le même. Grouzine est mort de la diphtérie l'année dernière… Koukouchkine est en vie et parle assez souvent de vous. À propos, poursuivit-il en baissant les yeux d'un air gêné, quand il a appris qui vous étiez, il s'est mis à raconter partout que vous l'auriez attaqué, que vous aviez voulu le tuer… et qu'il s'en était tiré de justesse. »

Je ne répondis pas.

« Les anciens domestiques n'oublient pas leurs maîtres… C'est très gentil de votre part, dit-il en plaisantant. Mais puis-je vous offrir du vin, ou du café ? Je vais dire d'en faire.

— Non, merci. Je suis venu vous voir pour une affaire d'une extrême importance, Guéorgui Ivanytch.

— Je n'aime pas les affaires importantes, mais je serai heureux de vous rendre service. Que désirez-vous ?

— Voyez-vous, commençai-je non sans émotion, la fille de feu Mme Krasnovskaïa se trouve actuellement avec moi… Jusqu'à ce jour je me suis occupé de l'élever, mais, comme vous le voyez, aujourd'hui ou demain je ne serai plus qu'un souvenir. Je voudrais mourir en sachant que son avenir est assuré. »

Il rougit légèrement, fronça les sourcils et me lança un regard sévère. C'étaient moins les mots d'« affaire importante » que mon allusion à ma disparition, à ma mort, qui lui avaient fait mauvaise impression.

« Oui, il faut y songer, dit-il, en mettant sa main en visière comme pour se protéger du soleil. Je vous remercie. Vous dites que c'est une petite fille ?

— Oui, une petite fille. Une merveilleuse petite fille.

— Oui. Bien sûr ce n'est pas un petit chien, mais un être humain… Il faut y songer sérieusement, cela se conçoit. Je suis prêt à vous apporter mon concours et… et je vous suis très obligé. »

Il se leva, fit quelques pas en se rongeant les ongles et s'arrêta devant un tableau.

« Il faut y songer, dit-il d'une voix sourde, le dos tourné. Je vais aller chez Pékarski aujourd'hui même et lui demander d'aller voir Krasnovski. Je pense que ce dernier ne fera pas trop de difficultés et qu'il acceptera de se charger de l'enfant.

— Mais, pardonnez-moi, je ne vois pas ce que Krasnovski vient faire ici, dis-je en me levant moi aussi et en m'approchant d'un tableau suspendu à l'autre bout de la pièce.

— Mais elle porte son nom, j'espère ! fit Orlov.

— Oui, il se peut qu'il soit, de par la loi, obligé de se charger de l'enfant, je ne sais pas, mais je ne suis pas venu vous parler de lois, Guéorgui Ivanytch.

— Oui, oui, vous avez raison, acquiesça-t-il vivement. Je crois que je dis des bêtises. Mais soyez sans inquiétude. Nous réglerons tout cela à notre satisfaction réciproque. Si ce n'est pas d'une manière, ce sera d'une autre, ou d'une troisième, mais quoi qu'il en soit cette question épineuse recevra une solution. Pékarski arrangera tout. Ayez la bonté de me laisser votre adresse et je vous ferai part sans tarder de la décision que nous aurons prise. Où habitez-vous ? »

Il nota mon adresse, poussa un soupir et dit avec un sourire :

« Quelle affaire, Seigneur, d'être le père d'une petite fille ! Mais Pékarski arrangera tout. C'est un homme qui ne manque pas de jugeote. Vous êtes resté longtemps à Paris ?

— Près de deux mois. »

Il y eut un silence. Orlov, qui craignait sans

doute de me voir reparler de la petite, dit pour détourner mon attention :

« Vous avez sans doute oublié la lettre que vous m'aviez écrite. Mais je la garde. Je comprends les dispositions d'esprit dans lesquelles vous vous trouviez alors et, je l'avoue, cette lettre m'inspire le respect. Un sang maudit, glacé, un Asiate, un rire chevalin, c'est gentil et cela caractérise bien — poursuivit-il avec un sourire ironique. Et l'idée fondamentale me semble proche de la vérité, bien que l'on puisse discuter à l'infini. C'est-à-dire, poursuivit-il avec embarras, que l'on pourrait discuter non pas l'idée elle-même, mais votre façon d'envisager la question, votre tempérament, pour ainsi dire. Oui, ma vie est anormale, corrompue, bonne à rien et c'est la peur qui m'empêche d'en commencer une autre, là, vous avez entièrement raison. Mais que vous preniez cela si à cœur, que vous en soyez si ému, que vous en veniez au désespoir, ce n'est pas raisonnable, et là vous avez entièrement tort.

— Un homme doué de vie ne peut pas ne pas s'émouvoir et ne pas désespérer quand il voit qu'il se perd, et que d'autres, autour de lui, font de même.

— Qui parle de cela ? Je ne prêche nullement l'indifférence, je veux seulement que l'on envisage la vie avec objectivité. Plus on est objectif, moins on risque de se tromper. Il faut aller à la racine et chercher dans tout phénomène la cause essentielle. Nous avons faibli, cédé, et enfin succombé, notre génération n'est faite que de neurasthéniques et de geignards, nous ne savons parler que de fatigue et de surmenage, mais la faute n'en est ni à vous ni à moi : nous sommes trop peu de chose pour que le sort de toute une génération dépende de notre volonté. Il y a à cela, il faut le penser, des causes importantes, générales, ayant, du point de vue biologique, une solide raison d'être. Nous sommes des neurasthéniques, des chiffes molles, des apostats, mais peut-être est-ce nécessaire et utile aux générations futures. Pas un cheveu ne tombe de notre tête hors la volonté du Père céleste, en d'autres termes rien dans la nature ni dans le cycle humain ne se fait gratuitement. Tout est fondé et nécessaire. S'il en est ainsi, à quoi bon tant nous inquiéter et écrire des lettres désespérées ?

— Oui, bien sûr, dis-je après quelques instants de réflexion. J'ai la conviction que, pour les générations futures, les choses seront plus aisées et plus claires ; notre expérience leur servira. Mais on veut vivre indépendamment des générations futures et pas seulement pour elles. La vie n'est donnée qu'une fois et on la veut hardie, sensée, belle. On veut y jouer un rôle qui compte, un rôle indépendant, noble, on veut faire l'histoire pour que ces générations futures ne puissent jamais dire d'aucun de nous : "c'était un être insignifiant", ou pis encore... Je crois en la cohérence finale et en la nécessité de ce qui se passe autour de nous, mais que m'importe cette nécessité, pourquoi laisser perdre mon "moi" ?

— Et que faire ? » soupira Orlov en se levant et

me donnant ainsi à entendre que l'entretien était terminé.

Je pris mon chapeau.

« Nous ne sommes restés qu'une demi-heure ensemble et que de questions nous avons résolues, quand j'y pense ! dit Orlov en me reconduisant dans le vestibule. Alors, je vais m'occuper de cette affaire... Aujourd'hui même je verrai Pékarski. Soyez sans crainte. »

Il resta à attendre que j'eusse mis mon manteau, visiblement satisfait de me voir partir.

« Guéorgui Ivanytch, rendez-moi ma lettre, dis-je.

— À vos ordres. »

Il rentra dans son bureau et revint une minute plus tard avec ma lettre. Je le remerciai et m'en allai.

Le lendemain je reçus un billet de lui. Il me félicitait de l'heureuse solution de la question. Pékarski, m'écrivait-il, connaissait une dame qui tenait une pension, une sorte de jardin d'enfants, où l'on acceptait même les enfants en bas âge. On pouvait se fier entièrement à elle, mais avant de conclure, il convenait d'en parler à Krasnovski, c'était une formalité indispensable. Il me conseillait de m'adresser sans retard à Pékarski et de lui porter l'extrait de naissance de l'enfant, si j'en avais un. « Recevez l'assurance de la sincère considération et du dévouement de votre humble serviteur... »

Je lisais cette lettre, et Sonia, assise sur la table, me regardait attentivement, sans ciller, comme si elle savait que son sort était en train de se décider.

La Peur

Récit d'un de mes amis

Dmitri Pétrovitch Siline avait achevé ses études et était entré dans l'administration à Pétersbourg, mais à trente ans il donna sa démission pour s'occuper d'agriculture. Il n'y réussissait pas mal, mais j'avais néanmoins l'impression qu'il n'était pas à sa place et qu'il aurait bien fait de retourner à Pétersbourg. Lorsque, hâlé, gris de poussière, harassé, il m'accueillait près de son portail ou du perron et qu'ensuite, le souper fini, il luttait contre le sommeil et que sa femme l'emmenait coucher comme un enfant, ou bien lorsque, surmontant son envie de dormir, il se mettait à m'exposer ses bonnes idées de sa voix douce, cordiale, comme suppliante, je ne voyais en lui ni un propriétaire ni un agronome mais un homme harassé, et je percevais clairement que ce dont il avait besoin, ce n'était pas de s'occuper de sa propriété, mais de pouvoir se dire : « La journée est finie, Dieu merci. »

J'aimais aller chez lui et il m'arrivait de passer deux ou trois jours dans sa propriété. J'aimais sa maison, son parc, son grand verger, sa petite rivière et sa philosophie, un peu molle et ampoulée, mais limpide. Sans doute l'aimais-je aussi lui-même, quoique je ne puisse l'affirmer avec certitude, parce que je n'arrive pas encore à voir clair dans mes sentiments d'alors. C'était un homme intelligent, bon, agréable et franc, mais je me rappelle très bien que, lorsqu'il me confiait ses secrets intimes et qualifiait d'amitié nos relations, cela me faisait une impression désagréable et je me sentais mal à l'aise. Dans son amitié pour moi, il y avait quelque chose de gênant, de pesant et j'aurais préféré de bonnes relations banales.

C'est que sa femme, Maria, me plaisait extraordinairement. Je n'en étais pas amoureux, mais son visage, ses yeux, sa voix, sa démarche me plaisaient, elle me manquait quand je restais trop longtemps sans la voir et mon imagination se délectait alors à évoquer, plus volontiers que toute autre, cette femme jeune, belle, distinguée. Je n'avais, en ce qui la concernait, aucune intention précise et ne me berçais d'aucun rêve, mais, sans bien savoir pourquoi, chaque fois que nous restions en tête à tête et que je me rappelais que son mari me tenait pour un ami, je me sentais mal à l'aise.

Quand elle jouait au piano mes morceaux préférés ou me racontait quelque chose d'intéressant, je m'en enchantais et, au même moment, il me venait à l'esprit qu'elle aimait son mari, qu'il était mon ami et qu'elle-même me regardait comme l'ami de son mari ; cela gâtait mon humeur et je devenais terne, gauche et ennuyeux. Elle remarquait ce changement et disait habituellement :

« Vous vous ennuyez sans votre ami. Il faut l'envoyer chercher aux champs. »

Et quand Siline arrivait, elle disait :

« Ah, voici votre ami. Soyez content. »

Cela dura un an et demi.

Un beau dimanche de juillet, n'ayant rien à faire, nous nous rendîmes, Dmitri et moi, au bourg de Klouchino pour y acheter des hors-d'œuvre. Tandis que nous allions de boutique en boutique, le soleil se coucha et le soir tomba, un soir que je n'oublierai probablement jamais de ma vie. Après avoir acheté un fromage qui ressemblait à du savon et un saucisson dur comme la pierre et qui sentait le goudron, nous entrâmes au cabaret demander s'il y avait de la bière. Notre cocher était allé faire ferrer chez le maréchal et nous lui avions dit que nous l'attendrions près de l'église. Nous marchions, nous bavardions, nous plaisantions sur nos achats, et derrière nous marchait en silence, avec des mines mystérieuses de mouchard, un individu qui portait dans notre canton le sobriquet assez étrange de Quarante-Martyrs. Ce Quarante-Martyrs n'était autre que Gavrila Sévérov, ou tout simplement, Gavriouchka, que j'avais eu quelque temps à mon service et que j'avais congédié pour ivrognerie. Il avait également été au service de Siline qui l'avait renvoyé pour le même péché. C'était un ivrogne fieffé et d'ailleurs, sa destinée tout entière avait été titubante et déréglée comme lui-même. Son père était prêtre et sa mère de famille noble, il appartenait donc par la naissance à la classe privilégiée, mais j'avais beau examiner sa figure ravagée par l'alcool, obséquieuse, toujours en sueur, sa barbe rousse déjà blanchissante, son veston pitoyable déchiré et sa chemise rouge flottante, je ne pouvais trouver trace de ce que l'on est convenu d'appeler privilège. Il se prétendait instruit et racontait qu'il avait fait ses études au séminaire mais n'était pas allé jusqu'au bout car on l'avait mis à la porte pour avoir fumé ; puis il avait fait partie de la maîtrise de l'archevêché et était resté deux ans dans un couvent d'où il avait été également mis à la porte, non pour avoir fumé mais cette fois à cause de son « faible ». Il avait parcouru à pied deux provinces, avait présenté je ne sais quelles requêtes au consistoire et à diverses autorités, était passé quatre fois en justice. Embourbé enfin dans notre district, il avait été valet de chambre, garde forestier, piqueur, gardien d'église, avait épousé une cuisinière veuve et de mœurs légères et s'était définitivement enlisé dans sa vie de laquais : il s'était si bien fait à sa boue et à ses cancans qu'il ne parlait plus de sa naissance privilégiée qu'avec quelque incrédulité, comme d'un mythe. Au temps dont il est question, il battait le pavé, se faisait passer pour rebouteux et chasseur, sa femme avait disparu on ne savait où.

En sortant du cabaret, nous gagnâmes l'église et nous assîmes sur le parvis pour attendre notre cocher. Quarante-Martyrs s'arrêta à distance et porta la main devant sa bouche pour tousser respectueusement dedans, quand besoin serait. Il faisait déjà sombre. Une forte odeur d'humidité montait dans le soir, la lune allait se lever. Dans le ciel pur, étoilé, il n'y avait que deux nuages, juste au-dessus de nous ; l'un grand, l'autre un peu plus petit, tous deux solitaires, tels une mère et son enfant, ils s'enfuyaient à la poursuite l'un de l'autre, du côté de l'horizon où s'éteignaient les feux du soir.

« Quelle belle journée ! dit Siline.

— Extraordinaire..., acquiesça Quarante-Martyrs en toussant respectueusement dans sa main. Comment avez-vous eu la bonne idée de venir ici, monsieur Siline ? » demanda-t-il d'une voix insinuante, visiblement désireux d'engager conversation.

Siline ne répondit rien. Quarante-Martyrs poussa un profond soupir et dit doucement, sans nous regarder :

« Je souffre uniquement pour une raison dont je dois rendre compte au Dieu tout-puissant. Bien sûr, je suis un homme perdu et bon à rien, mais je vous le dis en conscience : je n'ai pas une bouchée de pain à me mettre sous la dent et je suis plus malheureux qu'un chien... Excusez-moi, monsieur Siline. »

Siline n'écoutait pas et, les poings sous le menton, réfléchissait. L'église se trouvait à l'extrémité de la grand-rue, sur la rive haute, et à travers la grille de l'enclos, nous voyions la rivière, les prairies inondées en contrebas, sur l'autre rive, et la clarté pourpre d'un brasier auprès duquel se mouvaient des silhouettes noires d'hommes et de chevaux. Au-delà du feu, d'autres lumières : c'était un hameau… On y chantait.

Sur la rivière et de-ci, de-là, dans la prairie, le brouillard montait. Ses traînées, hautes et effilées, denses et blanches comme du lait, flottaient sur la rivière, dissimulant le reflet des étoiles sur l'eau, s'accrochant aux saules. Elles changeaient à tout moment d'aspect, on aurait dit que les unes s'embrassaient, que d'autres se saluaient, que d'autres encore levaient au ciel leurs bras vêtus de larges manches de pope, comme pour prier… Elles amenèrent sans doute Siline à penser aux fantômes et aux morts car il se tourna vers moi et me dit avec un sourire triste :

« Dites-moi, mon cher, pourquoi lorsque nous voulons raconter quelque chose d'effrayant, de mystérieux et de fantastique, en prenons-nous le sujet non dans la vie, mais infailliblement dans le monde des fantômes et des ombres de l'au-delà ?

— Ce qui est effrayant, c'est ce qui est incompréhensible.

— Mais la vie nous est-elle compréhensible ? Dites-moi : la comprenez-vous mieux que l'au-delà ? »

Il s'assit si près de moi que je sentais sa respiration sur ma joue. Dans le crépuscule, son visage blême, maigre, paraissait encore plus blême et sa barbe noire plus noire que de la suie. Il avait un regard triste, franc et quelque peu effrayé comme s'il s'apprêtait à me conter une histoire terrifiante.

Il me regarda dans les yeux et continua de sa voix suppliante comme à l'ordinaire :

« Notre vie et l'au-delà sont pareillement incompréhensibles et effrayants. Celui qui a peur des fantômes doit aussi avoir peur de moi, de ces lumières, du ciel parce que tout cela, à y bien réfléchir, n'est pas moins inintelligible et fantastique que les apparitions de l'autre monde. Hamlet ne se tuait pas parce qu'il redoutait les fantômes qui auraient peut-être hanté son sommeil dans la tombe ; son fameux monologue me plaît mais, pour être franc, il ne m'a jamais ému. Je vous l'avoue comme à un ami, parfois, dans des instants d'angoisse, je me suis représenté l'heure de ma mort, mon imagination créait par milliers les plus sombres fantômes, je parvenais à atteindre à l'exaltation la plus torturante, au cauchemar et cela, je vous l'assure, ne me paraissait pas plus effrayant que la réalité. Cela va de soi, les visions sont effrayantes, mais la vie ne l'est pas moins. Moi, mon cher, la vie, je ne la comprends pas et je la redoute. Je ne sais pas, peut-être que je suis malade, désaxé. Un homme normal, sain, a l'impression qu'il comprend tout ce qu'il voit et entend, mais moi j'ai perdu cette "impression" et de jour en jour je me laisse empoisonner par la peur. Il existe une maladie qui est la peur de l'espace ; eh bien, moi, j'ai peur de la vie. Quand je suis couché dans l'herbe et que je contemple longuement un insecte né de la veille et qui ne comprend rien, j'ai l'impression que sa vie est une suite ininterrompue de terreurs et je me reconnais en lui.

— Qu'est-ce qui vous effraie à proprement parler ? demandai-je.

— Tout. Je suis, de nature, superficiel et m'intéresse peu à des problèmes comme ceux de l'au-delà, le sort de l'humanité, et au total je m'envole rarement vers les hauteurs célestes. Ce qui m'effraie surtout, c'est le train-train de la vie quotidienne, auquel nul d'entre nous ne peut se soustraire. Je suis incapable de discerner ce qui, dans mes actions, est vérité et ce qui est mensonge, et elles me causent du tourment ; j'ai conscience que les conditions de l'existence et mon éducation m'ont enfermé dans un cercle étroit de mensonge, que toute ma vie n'est rien d'autre qu'une préoccupation quotidienne de me tromper moi-même et de tromper les autres sans m'en apercevoir, et je suis effrayé à la pensée que je ne me délivrerai pas de ce mensonge jusqu'à ma mort. Aujourd'hui, je fais une chose, demain je ne comprendrai plus pourquoi je l'ai faite. Je suis entré dans l'administration à Pétersbourg et la peur m'a pris, je suis venu ici faire de l'agriculture et j'y ai pris peur aussi... Je vois que nous ne savons que peu de chose et c'est pourquoi chaque jour nous commettons des erreurs, des injustices, nous calomnions, nous faisons à autrui une vie impossible, nous gaspillons nos forces à des bêtises qui ne nous servent à rien et nous empêchent de vivre, et si je suis en proie à une telle terreur, c'est que je ne comprends pas à quoi et à qui cela est nécessaire. Je ne comprends pas les gens, ils me font peur. J'ai peur de regarder les paysans, je ne sais pas pour quelles hautes fins ils souffrent et pourquoi ils vivent. Si la vie est une jouissance, ils sont superflus, inutiles; si le but et le sens de la vie résident dans le besoin et une ignorance sans issue, désespérée, je ne comprends pas à qui et à quoi est nécessaire ce régime d'inquisition. Je ne comprends rien ni personne. Allez donc comprendre cet individu, dit-il en montrant Quarante-Martyrs. Réfléchissez ! »

Remarquant que nous le regardions tous les deux, Quarante-Martyrs toussa respectueusement dans son poing et dit :

« Chez de bons maîtres j'ai toujours été un fidèle serviteur, mais la cause principale, c'est les spiritueux. Si aujourd'hui on donnait satisfaction au malheureux que je suis et qu'on me trouve une place, je baiserais les icônes. Je n'ai qu'une parole ! »

Le gardien de l'église passa près de nous, nous regarda d'un air surpris et se mit à tirer la corde de la cloche, dont les coups lents et prolongés rompirent brusquement le silence du soir, et sonnèrent dix heures.

« Quand même, il est déjà dix heures, dit Siline. Il est temps de partir. Oui, mon cher, soupira-t-il, si vous saviez comme je redoute mes pensées quotidiennes, banales, qui ne devraient rien contenir d'effrayant. Pour ne pas penser, je me distrais par le travail et tâche de bien me fatiguer pour dormir très fort. Des enfants, une femme, pour les autres c'est chose ordinaire, mais pour moi, que c'est lourd, mon ami ! »

Il se pétrit le visage de ses mains, toussota et se mit à rire.

« Si je pouvais vous expliquer quel rôle de crétin j'ai joué dans la vie ! dit-il. Tout le monde me dit : vous avez une femme gentille, des enfants charmants et vous êtes vous-même un excellent père de famille. On croit que je suis très heureux et on m'envie. Mais, puisqu'on en parle, je vais vous dire un secret : mon heureuse vie de famille n'est qu'un triste malentendu et je la redoute. »

Un sourire contraint enlaidit son visage pâle. Il me prit par la taille et poursuivit à mi-voix :

« Vous êtes sincèrement mon ami, j'ai confiance en vous et vous estime profondément. L'amitié nous est envoyée du ciel pour que nous puissions nous livrer et nous libérer des secrets qui nous oppressent. Permettez-moi d'user de vos dispositions amicales à mon égard et de vous dire toute la vérité. Ma vie de famille, qui vous semble si exquise, est mon principal malheur et ma plus grande source de peur. Je me suis marié bizarrement et bêtement. Il faut vous dire qu'avant mon mariage j'étais amoureux fou de Maria et que je lui ai fait la cour pendant deux ans. Je la demandai cinq fois en mariage et elle me refusa parce que je lui étais totalement indifférent. La sixième fois, quand, fou d'amour, je me traînai à ses pieds et lui demandai sa main comme une aumône, elle accepta... C'est bien ainsi qu'elle me le dit : "Je ne vous aime pas, mais je vous serai fidèle..." J'acceptai cette condition avec enthousiasme. Je comprenais alors ce que cela voulait dire, mais aujourd'hui, je le jure devant Dieu, je ne le comprends pas… "Je ne vous aime pas, mais je vous serai fidèle"! qu'est-ce que cela veut dire? C'est du brouillard, des ténèbres… Moi je l'aime aujourd'hui autant qu'au premier jour de notre mariage, et elle est, je crois, tout aussi indifférente qu'auparavant et sans doute contente quand je m'en vais. Je ne sais pas au juste si elle m'aime ou non, je ne sais pas, je ne sais pas, mais nous vivons sous le même toit, nous nous tutoyons, nous dormons ensemble, nous avons des enfants, une fortune commune… Qu'est-ce que cela signifie? À quoi cela rime-t-il? Y comprenez-vous quelque chose, mon cher? Quelle cruelle épreuve! Comme je ne comprends rien à nos relations, tantôt je la hais, tantôt je me hais moi-même, tantôt je nous hais tous les deux, tout se brouille dans ma tête, je me torture et m'abrutis, et, comme par un fait exprès, elle embellit de jour en jour, elle devient surprenante… À mon avis elle a des cheveux splendides et sait sourire comme aucune autre femme. J'aime et je sais que j'aime sans espoir. Un amour sans espoir pour une femme dont on a déjà deux enfants! Peut-on comprendre cela? N'est-ce pas effrayant? N'est-ce pas plus effrayant que des fantômes? »

De l'humeur dont il était, il aurait pu parler encore très longtemps mais par bonheur la voix du cocher se fit entendre. Nos chevaux étaient là. Nous montâmes en voiture et Quarante-Martyrs, tête nue, nous installa tous deux avec l'air de quelqu'un qui avait longtemps attendu l'occasion de toucher nos précieuses personnes.

« Monsieur Siline, laissez-moi aller chez vous, dit-il en battant vivement des paupières, la tête inclinée sur le côté. Je vous en supplie ! Je meurs de faim !

— Bon, d'accord, dit Siline. Viens, tu resteras trois jours, puis on verra.

— À vos ordres ! dit Quarante-Martyrs tout joyeux. Je viendrai aujourd'hui même. »

Il y avait six verstes à faire pour rentrer. Siline, content de s'être enfin ouvert à un ami, me tint par la taille tout le long du chemin et m'expliqua, non plus avec amertume et frayeur, mais avec gaieté que, si ses affaires de famille s'arrangeaient, il reviendrait à Pétersbourg pour s'occuper de science. L'influence qui avait poussé à la campagne tant de jeunes gens doués était regrettable. Du seigle et du froment, il n'en manquait pas en Russie, mais il manquait totalement des gens cultivés. Il fallait que la jeunesse bien douée, saine, s'intéresse aux sciences, aux arts, à la politique ; agir autrement serait inconsidéré. Il avait plaisir à philosopher et exprimait le regret d'avoir à se séparer de moi le lendemain de grand matin parce qu'il devait aller à une vente de bois.

Moi, je me sentais mal à l'aise et triste, j'avais l'impression de le tromper. Et en même temps cela m'était agréable. Je regardais l'énorme lune pourpre qui se levait et j'imaginais une grande femme blonde, bien faite, au teint mat, toujours bien mise, fleurant un parfum bien à elle, voisin du musc, et j'éprouvais, sans bien savoir pourquoi, de la joie à penser qu'elle n'aimait pas son mari.

Aussitôt rentrés, nous nous mîmes à table. Maria nous servit en riant nos emplettes, et je me disais qu'elle avait réellement des cheveux splendides et qu'elle savait sourire comme aucune autre femme. Je l'épiais, j'aurais voulu lire dans chacun de ses gestes et de ses regards qu'elle n'aimait pas son mari, et je croyais le voir.

Siline ne tarda pas à lutter contre le sommeil. Après le dîner il s'attarda à table avec nous une dizaine de minutes et dit :

« Faites comme vous voudrez, mes amis, mais moi je me lève à trois heures, demain matin. Permettez-moi de vous quitter. »

Il embrassa tendrement sa femme, me donna une poignée de main vigoureuse, pleine de gratitude, et me fit promettre de revenir sans faute la semaine suivante. Pour être sûr de se réveiller, il alla coucher dans le pavillon.

Maria se couchait tard, à la mode de Pétersbourg et ce jour-là j'en éprouvais une joie obscure.

« Alors ? commençai-je quand nous fûmes seuls. Alors, vous aurez la bonté de me jouer quelque chose. »

Je n'avais pas envie d'entendre de musique, mais je ne savais comment engager la conversation. Elle se mit au piano et joua je ne me rappelle plus quoi. J'étais assis près d'elle, contemplais ses mains blanches, potelées et essayais de lire quelque chose sur son visage froid, indifférent. Mais soudain, elle sourit et me regarda.

« Vous vous ennuyez sans votre ami », dit-elle.

Je ris.

« L'amitié trouverait son compte à ce que je vienne ici une fois par mois, et j'y viens plus d'une fois par semaine. »

Là-dessus je me levai et, dans mon émoi, me mis à faire les cent pas. Elle se leva aussi et s'approcha de la cheminée.

« Que voulez-vous dire ? » fit-elle en levant sur moi ses grands yeux limpides.

Je ne répondis pas.

« Vous dites un mensonge, continua-t-elle après avoir réfléchi. Vous ne venez ici que pour Dmitri. Eh bien, j'en suis très heureuse. De nos jours, il est rare de voir une pareille amitié. »

« Hé, hé ! » pensai-je et, ne sachant que dire, je lui demandai :

« Voulez-vous faire un tour dans le parc ?

— Non. »

Je passai sur la terrasse. J'avais comme des fourmis dans la tête et je me sentais glacé d'émotion. J'étais déjà convaincu que notre conversation serait des plus insignifiantes et que nous ne saurions rien nous dire de particulier, mais qu'il ne manquerait pas d'arriver cette nuit-là ce à quoi je n'avais même pas osé rêver. Cette nuit, sans faute, ou jamais.

« Quel beau temps ! dis-je à haute voix.

— Cela m'est absolument égal », fut la réponse.

Je rentrai au salon. Maria était debout près de

la cheminée, comme tout à l'heure, les mains derrière le dos, l'air songeur et regardait de côté.

« Pourquoi cela vous est-il absolument égal ? lui demandai-je.

— Parce que je m'ennuie. Vous vous ennuyez seulement en l'absence de votre ami, mais moi, c'est sans arrêt. D'ailleurs… cela ne vous intéresse pas. »

Je me mis au piano et enchaînai quelques accords en attendant qu'elle parlât.

« Ne vous gênez, pas, je vous en prie, dit-elle avec un regard courroucé et comme prête à fondre en larmes de dépit. Si vous avez envie de dormir, allez vous coucher. Ne vous croyez pas obligé, parce que vous êtes l'ami de Dmitri, de vous ennuyer avec sa femme. Je ne veux pas de sacrifice. Allez-vous-en, je vous en prie. »

Bien entendu, je n'en fis rien. Elle passa sur la terrasse, je restai au salon et pendant cinq minutes feuilletai des cahiers de musique. Puis je sortis, à mon tour. Nous étions debout, côte à côte, dans l'ombre des rideaux ; sous nos pieds, les degrés du perron étaient inondés de clair de lune. Les ombres noires des arbres s'allongeaient sur les parterres de fleurs et le sable jaune des allées.

« Moi aussi, je dois partir demain, dis-je.

— Bien sûr, si mon mari n'est pas à la maison, vous ne pouvez pas rester, articula-t-elle d'une voix railleuse. Je m'imagine comme vous seriez malheureux si vous tombiez amoureux de moi ! Attendez un peu, un de ces jours je me jetterai à votre cou… Rien que pour voir avec quelle terreur vous allez prendre la fuite. Ce sera amusant. »

Ses paroles et son visage pâle étaient pleins de colère, mais ses yeux étaient pleins de l'amour le plus tendre, le plus passionné. Je considérais déjà cette belle créature comme ma propriété personnelle et alors pour la première fois je remarquai qu'elle avait des sourcils d'or, des sourcils merveilleux, comme je n'en avais jamais vu. La pensée que je pouvais à l'instant même l'attirer contre moi, la caresser, toucher sa splendide chevelure, me parut soudain si monstrueuse que je me mis à rire et fermai les yeux.

« Il est tout de même l'heure… Dormez bien, dit-elle.

— Je ne souhaite pas bien dormir, dis-je en riant et en la suivant au salon. Je maudirai cette nuit si je ne puis que bien dormir. »

Tandis que je lui serrais la main et que je l'accompagnais à la porte, je vis à son visage qu'elle me comprenait et était heureuse que je la comprisse aussi.

Je gagnai ma chambre. Sur ma table, près de mes livres, était posée une casquette de Dmitri, et cela me rappela son amitié. Je pris ma canne et descendis dans le parc. Le brouillard montait, et autour des arbres et des buissons qu'ils enveloppaient, erraient ces mêmes fantômes hauts et effilés que j'avais vus, quelques heures plus tôt, sur la rivière. Quel dommage de ne pouvoir converser avec eux.

Dans l'air extraordinairement transparent,

chaque feuille, chaque goutte de rosée se détachait avec netteté. Tout cela me souriait dans le silence, comme à travers un demi-sommeil, et, en passant devant les bancs verts, je me rappelai ces mots de je ne sais plus quelle pièce de Shakespeare : Que le sommeil du clair de lune sur ce banc est doux[1] !

Il y avait un tertre dans le parc. Je le gravis et m'assis. Un sentiment enchanteur m'alanguissait. J'avais la certitude que j'allais enlacer, étreindre son corps splendide, couvrir de baisers ses sourcils d'or, j'avais envie de ne pas y croire, de me taquiner moi-même, et je regrettais qu'elle m'eût si peu tourmenté et se fût si vite rendue.

Mais un pas lourd retentit soudain. Un homme de taille moyenne dans lequel je reconnus aussitôt Quarante-Martyrs apparut dans l'allée. Il s'assit sur un banc et poussa un profond soupir, puis fit trois fois le signe de la croix et s'allongea. Une minute après il se leva et se coucha sur l'autre côté. Les moustiques et l'humidité de la nuit l'empêchaient de dormir.

« Ah ! Quelle vie ! fit-il. Quelle vie malheureuse, amère ! »

En regardant son corps maigre, voûté, en entendant ses lourds soupirs rauques, je me rappelai une autre vie malheureuse, amère, dont j'avais reçu la confession aujourd'hui et, soudain, mon état de béatitude m'emplit de terreur et d'effroi. Je descendis du tertre et regagnai la maison.

« La vie est effrayante, dit-il, pensai-je, alors il n'y a pas à se gêner avec elle, brise-la et prends tout ce que tu peux lui arracher avant qu'elle ne t'écrase. »

Maria était sur la terrasse. Je la pris dans mes bras sans dire un mot et baisai avidement ses sourcils, ses tempes, son cou…

Quand nous fûmes dans ma chambre elle me dit qu'elle m'aimait depuis longtemps, depuis plus d'un an. Elle me jura qu'elle m'aimait, pleura, me supplia de l'emmener. Je la conduisais à tout instant à la fenêtre pour contempler son visage au clair de lune, elle me semblait un beau rêve, et je me hâtais de la serrer bien fort pour croire à la réalité. Il y avait longtemps que je n'avais pas ressenti de pareils transports… Néanmoins, quelque part au tréfonds de mon âme, j'éprouvais un malaise et je n'étais pas dans mon assiette. Il y avait dans son amour pour moi quelque chose de gênant, de pesant, comme dans l'amitié de Siline. C'était un grand amour, un amour sérieux avec larmes et serments, et je ne voulais rien de sérieux, ni larmes, ni serments, ni projets d'avenir. Que cette nuit de lune passât dans notre vie comme un clair météore — et basta !

À trois heures précises elle me quitta et tandis que, debout sur le pas de ma porte, je la suivais du regard, Siline apparut soudain au bout du couloir. Quand elle le croisa, elle tressaillit et s'effaça, et toute sa personne exprima le dégoût. Il eut un sourire bizarre, toussota et entra dans ma chambre.

« J'ai laissé ma casquette ici, hier », dit-il sans me regarder.

Il la trouva et l'enfonça à deux mains sur sa

tête, puis considéra mon visage où se lisait la gêne, mes pantoufles et dit d'une voix altérée, avec quelque chose de bizarre, d'enroué :

« Il est sans doute écrit que de ma vie je ne comprendrai jamais rien. Si vous comprenez quelque chose, alors... mes compliments. Moi, je n'y vois goutte. »

Et il sortit en toussotant. Puis je le vis, par la fenêtre, atteler lui-même devant l'écurie. Ses mains tremblaient, il se dépêchait et regardait la maison de temps à autre par-dessus son épaule ; il avait peur, sans doute. Puis il monta dans son *tarantass* et, avec une expression étrange, comme s'il eût craint d'être poursuivi, fouetta ses chevaux.

Quelques instants plus tard je partis aussi. Le soleil se levait déjà et le brouillard de la veille se serrait timidement contre les buissons et les collines. Sur le siège du cocher était assis Quarante-Martyrs qui avait déjà eu le temps d'aller boire quelque part et débitait des propos d'ivrogne.

« Je suis un homme livre ! criait-il aux chevaux. Hé, mes mignons ! Je suis citoyen notable héréditaire, si vous voulez le savoir ! »

La terreur de Siline, qui ne m'était pas sortie de la tête, m'avait gagné. Je pensais à ce qui était arrivé et n'y comprenais rien. Je regardais les freux et je trouvais étrange et effrayant qu'ils volassent.

« Pourquoi ai-je fait cela ! me demandais-je complètement interdit et désespéré. Pourquoi cela s'est-il passé précisément ainsi et pas autrement ? À qui et à quoi était-il nécessaire qu'elle m'aimât sérieusement et qu'il vînt dans ma chambre chercher sa casquette ? Qu'est-ce que cette casquette venait faire là-dedans ? »

Ce même jour je partis pour Pétersbourg. Je n'ai jamais revu Siline ni sa femme. On dit qu'ils continuent à vivre ensemble.

L'Étudiant

Le temps avait d'abord été beau, calme. Les merles sifflaient et, dans les marais du voisinage, quelque chose de vivant émettait un bourdonnement plaintif, comme si l'on eût soufflé dans une bouteille vide. Une bécasse passa et le coup de fusil qu'on lui tira se répercuta longuement et joyeusement dans l'air printanier. Mais quand le crépuscule descendit sur la forêt, un vent froid et pénétrant se mit à souffler importunément de l'est, et tout se fit silencieux. Les flaques se couvrirent d'aiguilles de glace et la forêt devint inhospitalière, sourde et déserte. Il monta une senteur d'hiver.

Ivan Velikopolski, étudiant à la Faculté de théologie, fils de sacristain, revenant de la chasse à l'affût, avait suivi tout du long un sentier qui bordait une prairie basse. Il avait les doigts gourds et le vent lui brûlait la figure. Il lui semblait que ce rafraîchissement de la température avait détruit partout l'ordre et l'harmonie, que la nature elle-même était saisie d'effroi et que c'était pour cela que les ombres du soir étaient venues plus tôt que de raison. Alentour tout était désert et particulièrement lugubre. Seul scintillait un feu dans le potager des veuves, près de la rivière ; loin alentour, et à l'endroit, à quatre verstes de là, où se trouvait le village, tout était uniformément noyé dans la froide brume du soir. L'étudiant se souvint que, lorsqu'il était parti, sa mère, assise par terre dans le vestibule, pieds nus, était en train d'astiquer le samovar et que son père, couché sur le poêle, toussait ; c'était la semaine sainte, on ne faisait aucune cuisine chez lui et la faim le tenaillait. Maintenant, tout recroquevillé de froid, il songeait que le même vent soufflait à l'époque de Rurik[1], d'Ivan le Terrible et de Pierre le Grand ; qu'à leur époque sévissaient une pauvreté et une faim aussi féroces ; les mêmes toits de chaume crevés, les mêmes ignorances, la même angoisse, le même désert alentour, les mêmes ténèbres, le même sentiment d'oppression : toutes ces horreurs avaient existé, existaient et existeraient, et que dans mille années, la vie ne serait pas devenue meilleure. Et il n'avait pas envie de rentrer.

Le potager des veuves était ainsi appelé parce qu'il était cultivé par deux veuves, la mère et la fille. Leur feu flambait, pétillait, illuminant alentour les terres labourées. Vassilissa, la veuve, une grande et grosse vieille vêtue d'une courte pelisse d'homme, debout près du feu, pensive, regardait les flammes ; sa fille Loukeria, petite, la figure grêlée par la petite vérole, l'air niais, assise par terre, lavait une marmite et des cuillères. Elles venaient sans doute de finir de souper. On entendait des voix d'homme ; c'étaient les ouvriers de l'endroit qui faisaient boire leurs chevaux à la rivière.

« Voilà l'hiver revenu, dit l'étudiant, en s'approchant du feu. Bonjour. »

Vassilissa tressaillit mais, le reconnaissant aussitôt, lui adressa un sourire accueillant.

« Je ne t'avais pas reconnu, Dieu te bénisse, dit-elle. Tu seras riche[1] ! »

Ils parlèrent. Vassilissa, femme d'expérience, ancienne nourrice, puis bonne d'enfants chez les messieurs, s'exprimait en termes délicats, et un sourire doux, posé, ne quittait pas son visage ; sa fille Loukeria, au contraire, une femme qui n'était pas sortie de son village et abrutie de coups par son mari, se contentait de regarder l'étudiant sans dire un mot en plissant les paupières avec une expression étrange, comme celle d'une sourde-muette.

« Par une nuit aussi froide, l'apôtre Pierre est venu comme moi se réchauffer auprès d'un feu, dit l'étudiant en tendant les mains vers la flamme. C'est donc qu'il faisait également froid dans ce temps-là. Ah, quelle affreuse nuit ce fut, bonne vieille ! Une nuit prodigieusement triste, longue ! »

Il regarda les ténèbres alentour, secoua la tête d'un geste nerveux et dit :

« Je suis sûr que tu es allée entendre les Douze Évangiles[2].

— Oui, répondit Vassilissa.

— Si tu te rappelles, pendant la Cène, Pierre dit à Jésus : "Je suis prêt à te suivre et en prison et dans la mort." Alors le Seigneur : "Je te le dis, Pierre, avant que le coq ait chanté tu m'auras renié trois fois." Après la Cène Jésus, saisi d'angoisse mortelle, priait au jardin des Oliviers, et le malheureux Pierre fléchit, il sentit ses forces l'abandonner, ses paupières s'alourdir et ne put vaincre l'envie de dormir. Le sommeil le gagna. Puis, tu le sais, la même nuit, Judas baisa Jésus et le livra à ses bourreaux. On le mena, les mains liées, chez le grand prêtre, en le frappant et Pierre, exténué, torturé d'angoisse et d'inquiétude, tu comprends, n'ayant pas dormi son soûl, pressentant que quelque chose d'affreux allait arriver sur la terre, le suivit... Il aimait Jésus passionnément, à la folie, et voyait, de loin, qu'on le battait... »

Loukeria laissa ses cuillères et regarda fixement l'étudiant.

« On arriva chez le grand prêtre, poursuivit-il. On interrogea Jésus, et pendant ce temps-là des travailleurs allumèrent un feu au milieu de la cour, parce qu'il faisait froid, et s'y chauffèrent. Pierre, debout près du feu, au milieu d'eux, se chauffait, comme je le fais à présent. Une femme, l'apercevant, dit : "Celui-là aussi était avec Jésus", ça voulait dire qu'il fallait l'interroger lui aussi. Et tous les travailleurs rassemblés autour du feu durent sans doute le regarder d'un air soupçonneux et dur, car il se troubla et dit : "Je ne le connais pas." Peu après quelqu'un d'autre reconnut en lui un disciple de Jésus et dit : "Toi aussi, tu es des siens." Mais à nouveau Pierre nia. Et, pour la troisième fois, quelqu'un, s'adressant à lui, lui dit : "Ce n'est pas toi que j'ai vu avec lui dans le jardin ?" Pour la troisième fois Pierre nia. Et, aussitôt après, le coq chanta et Pierre, apercevant Jésus de loin, se souvint de ce qu'il lui avait dit pendant la Cène... Il se souvint, retrouva ses esprits, sortit de la cour et pleura amèrement. Il est dit dans l'Évangile : "Et il sortit et pleura amèrement." Je vois très bien cela : un jardin bien calme, bien noir, et, dans le silence, on entend à peine des sanglots étouffés... »

L'étudiant poussa un soupir et devint pensif. Vassilissa, qui souriait toujours, laissa soudain échapper un sanglot, de grosses larmes roulèrent en abondance sur ses joues et elle se protégea la figure du feu avec sa manche, comme si elle avait eu honte de ses pleurs. Loukeria, le regard toujours fixé sur l'étudiant, rougit et son visage prit une expression pénible, tendue, celle de quelqu'un qui cherche à contenir une vive douleur.

Les ouvriers revenaient de la rivière, et l'un d'eux, à cheval, était déjà tout près, éclairé par la lueur dansante du feu. L'étudiant souhaita la bonne nuit aux veuves et poursuivit son chemin. À nouveau il se retrouva dans les ténèbres et ses doigts s'engourdirent. Il soufflait un vent âpre, c'était vraiment l'hiver qui revenait, et l'on ne se serait pas cru à l'avant-veille de Pâques.

Maintenant l'étudiant pensait à Vassilissa. Si elle s'était mise à pleurer, c'était que tout ce qui était arrivé à Pierre durant l'horrible nuit avait quelque rapport avec elle...

Il se retourna. Le brasier solitaire clignotait paisiblement dans la nuit, il n'y avait plus personne alentour. L'étudiant pensa à nouveau que si Vassilissa avait pleuré et si sa fille s'était montrée troublée, c'était évidemment que ce qu'il venait de raconter, qui s'était passé dix-neuf siècles plus tôt, avait un rapport avec le présent, avec les deux femmes et, sans doute, avec ce village isolé, avec lui-même, avec toute l'humanité. Si la vieille femme avait pleuré, ce n'était pas parce qu'il avait l'art de faire vibrer, par ses récits, la corde sensible, mais parce que Pierre lui était proche et que, de tout son être, elle était intéressée à ce qui s'était passé dans son âme.

Et une vague de joie déferla soudain dans l'âme de l'étudiant, il s'arrêta même une minute pour reprendre sa respiration. Le passé, pensait-il, est lié au présent par une chaîne ininterrompue d'événements qui découlent les uns des autres. Et il lui semblait qu'il venait d'apercevoir les deux bouts de la chaîne : il avait touché l'un, et l'autre avait vibré.

Tandis qu'il franchissait la rivière par le bac et qu'il gravissait la colline, les yeux fixés sur son village natal et sur le couchant où une mince bande pourpre jetait des lueurs froides, il pensait que la vérité et la beauté qui régissaient la vie des hommes là-bas, au jardin des Oliviers et dans la cour du grand prêtre, s'étaient perpétuées sans interruption jusqu'à ce jour et, apparemment, constituaient toujours l'essentiel de la vie humaine et, d'une manière générale, sur la terre ; un sentiment de jeunesse, de santé, de force — il n'avait que vingt-deux ans —, l'attente ineffablement douce du bonheur, d'un bonheur inconnu, mystérieux, l'envahirent peu à peu et la vie lui parut enivrante, merveilleuse, pleine d'une haute signification.

Le Professeur de lettres

I

Les sabots des chevaux résonnèrent sur le plancher : on fit sortir de l'écurie d'abord le comte Nouline, un étalon moreau, puis Vélikane, un étalon blanc, enfin Maïka, sa sœur. C'étaient des bêtes magnifiques, des chevaux de prix. Le vieux Chelestov sella Vélikane et dit à sa fille Macha :

« Allez, Marie Godefroy, en selle. Hop là ! »

Macha était la benjamine de la famille ; elle avait déjà dix-huit ans, mais on continuait à la considérer comme une enfant, c'est pourquoi on l'appelait Manou et Manette. Depuis le passage d'un cirque où elle avait été une spectatrice assidue, tout le monde s'était mis à l'appeler Marie Godefroy.

« Hop là ! » s'écria-t-elle en sautant sur Vélikane.

Sa sœur Varia monta Maïka, Nikitine le comte Nouline, les officiers leurs chevaux personnels et la longue et belle cavalcade, où chatoyaient les tuniques blanches des officiers et les robes noires des amazones, sortit de la cour au pas.

Nikitine avait remarqué que, depuis le moment où ils s'étaient mis en selle et étaient sortis, Macha n'avait fait attention qu'à lui. Elle les regardait lui et le comte Nouline d'un air soucieux et finit par dire :

« Tenez-lui toujours la bride haute. Ne lui laissez pas faire d'écart. Il fait des feintes. »

Et, soit que Vélikane et le comte Nouline fussent grands amis, soit pur hasard, comme la veille et l'avant-veille, elle se trouva toujours à côté de Nikitine. Il regardait son petit corps bien droit, campé sur la fière bête blanche, son fin profil, le haut-de-forme qui ne lui allait pas du tout et la vieillissait, il la regardait avec joie, avec attendrissement, avec enthousiasme, l'écoutait sans bien comprendre ce qu'elle disait et songeait :

« Je me fais le serment, je me jure de ne pas me laisser intimider et de faire ma déclaration aujourd'hui même... »

Il était près de sept heures du soir — l'heure où l'acacia blanc et le lilas embaument si fort que l'air et les arbres eux-mêmes semblent se figer dans leur propre parfum. Au jardin public, le concert était déjà commencé. Les sabots des chevaux résonnaient sur le pavé ; partout l'on entendait rire, parler, claquer les portillons. Les soldats que l'on rencontrait saluaient les officiers, les lycéens Nikitine ; et, apparemment, tous les promeneurs qui se hâtaient au concert étaient ravis de voir passer la cavalcade. Qu'il faisait bon, comme ils étaient doux au regard, les nuages épars dans le ciel, comme elles semblaient humbles et accueillantes, les ombres des peupliers et des acacias, ces ombres qui s'étendaient sur toute la largeur de la rue et atteignaient les balcons et les premiers étages des maisons d'en face.

On sortit de la ville et on mit les chevaux au trot sur la grand-route. Cela ne sentait plus l'acacia et le lilas, on n'entendait plus le concert, cela sentait l'odeur de la terre, les seigles et les blés s'étalaient en nappes vertes, les mulots chicotaient, les freux croassaient. À perte de vue tout était vert, çà et là seulement on apercevait la tache noire d'une melonnière et au loin, sur la gauche, dans un cimetière, des pommiers à la fleur finissante formaient une bande blanche.

On longea les abattoirs, une brasserie, on dépassa une musique militaire qui se hâtait vers le jardin public.

« Polianski a un très beau cheval, je n'en disconviens pas, dit Macha à Nikitine, en lui montrant des yeux l'officier qui chevauchait côte à côte avec Varia, mais il a des défauts. Cette balzane sur son pied droit ne va pas du tout, et voyez, il encense. C'est une habitude qu'on ne lui fera pas passer maintenant, il encensera jusqu'à sa mort. »

Macha était aussi passionnée de chevaux que son père. Elle souffrait de voir un beau cheval entre des mains étrangères et était contente de trouver des défauts aux chevaux des autres. Nikitine, lui, n'entendait rien aux chevaux, il lui était absolument indifférent de tirer la bride ou de la lâcher, de trotter ou de galoper ; il sentait seulement que son assiette manquait de naturel, de souplesse, et que, pour cette raison, les officiers, cavaliers expérimentés, devaient avoir auprès de Macha plus de succès que lui. Et il éprouvait de la jalousie.

Comme on longeait un parc, aux portes de la ville, quelqu'un proposa de s'arrêter pour boire un verre d'eau de Seltz. Ils entrèrent. Le parc était planté uniquement de chênes ; les feuilles s'ouvraient à peine, aussi, à travers les jeunes frondaisons, pouvait-on apercevoir le parc tout entier avec son estrade, ses tables, ses balançoires, les nids de corbeaux, pareils à de grands chapeaux. Les cavaliers et les dames mirent pied à terre près d'une table et commandèrent de l'eau de Seltz. Des personnes de leur connaissance, en promenade au parc, vinrent les saluer. Entre autres un médecin militaire chaussé de hautes bottes et un chef d'orchestre qui attendait ses musiciens. Le major dut prendre Nikitine pour un étudiant car il lui demanda :

« Vous êtes venu pour les vacances ?

— Non, j'habite ici, répondit Nikitine. Je suis professeur au lycée.

— Vraiment ! dit le major étonné. Si jeune et déjà professeur !

— Comment, jeune ? J'ai vingt-six ans, Dieu merci !

— Vous avez bien de la barbe et des moustaches, mais, à première vue, on ne vous donnerait pas plus de vingt-deux ou vingt-trois ans. Que vous avez l'air jeune ! »

« Quelle muflerie ! pensa Nikitine. Lui aussi il me prend pour un blanc-bec ! »

Il lui déplaisait extrêmement que l'on parlât de sa jeunesse, surtout devant les femmes et devant ses élèves. Depuis son arrivée et son entrée en fonctions, il détestait son air de jeunesse. Les lycéens ne le craignaient pas, les personnes âgées l'appelaient jeune homme, les femmes aimaient mieux danser avec lui que d'écouter ses longs discours. Et il aurait donné cher pour paraître dix ans de plus.

En sortant du parc on prit le chemin de la ferme des Chelestov. On s'arrêta à la porte, on appela Prascovie, la femme de l'intendant, et on lui demanda du lait bourru. Personne n'en but, on se contenta d'échanger des regards, de rire, et l'on tourna bride. Quand on repassa devant le parc le concert était commencé ; le soleil avait disparu derrière le cimetière et la moitié du ciel était teintée de la pourpre du soir.

Macha chevauchait encore près de Nikitine. Il voulait lui dire qu'il l'aimait passionnément, mais il avait peur d'être entendu par les officiers et par Varia, et il ne soufflait mot. Macha non plus ne disait rien, Nikitine devinait la raison de son silence et pourquoi elle demeurait à côté de lui, et il était si heureux que la terre, le ciel, les lumières de la ville, la silhouette noire de la brasserie, tout se fondait à ses yeux en quelque chose de très beau et de très tendre et il avait l'impression que le comte Nouline trottait dans l'espace et voulait escalader le ciel pourpre.

On rentra. Le samovar bouillait déjà au jardin et à l'un des bouts de la table, le vieux Chelestov était assis, en compagnie de ses amis, les juges du tribunal d'arrondissement, critiquant tout comme à son habitude.

« C'est un goujat ! disait-il. Un goujat, rien de plus. Oui, un goujat ! »

Depuis que Nikitine était tombé amoureux de Macha, tout lui plaisait chez les Chelestov ; la maison, le jardin, le thé du soir, les chaises cannées, la vieille bonne et même le mot « goujat » que le vieil homme aimait à répéter. Seuls lui déplaisaient le nombre excessif de chiens et de chats et les pigeons d'Égypte qui roucoulaient plaintivement dans une grande volière sous la véranda. Il y avait tant de chiens de garde et d'appartement que, depuis qu'il fréquentait les Chelestov, il n'avait réussi à en reconnaître que deux : Mouchka et Som. Mouchka était une petite chienne pelée au museau hirsute, méchante et gâtée. Elle détestait Nikitine ; chaque fois qu'elle le voyait, elle penchait la tête sur le côté, montrait les dents et se mettait à faire « rrr... gneu-gneu-gneu-gneu rrr... »

Puis elle s'installait sous une chaise. Quand Nikitine voulait la faire partir de dessous la sienne, elle laissait éclater des aboiements perçants, et ses maîtres disaient :

« N'ayez pas peur, elle ne mord pas. C'est une bonne bête. »

Som était un énorme chien noir, haut sur pattes, avec une queue dure comme un bâton. Pendant le repas et le thé il allait et venait d'ordinaire sous la table, distribuant en silence de grands coups de queue aux bottes et aux pieds du meuble. C'était une brave bête sans intelligence, mais Nikitine ne pouvait le souffrir parce qu'il avait l'habitude de poser son museau sur les genoux des convives et de tacher leurs pantalons de bave. Plus d'une fois il avait essayé de cogner sur le grand front de la bête avec un manche de couteau, de lui envoyer des chiquenaudes sur le museau, de lui dire des injures, de se plaindre, mais rien ne sauvait son pantalon des taches.

Après la promenade à cheval, le thé, les confitures, les biscuits et le beurre parurent exquis. On but le premier verre de thé de bon appétit et en silence, mais avant le second une discussion s'éleva. C'était toujours Varia qui les provoquait, au moment du thé et des repas. Elle avait vingt-trois ans, était bien de sa personne, mieux que Macha, passait pour la plus intelligente et la plus instruite de la famille, avait un air sérieux, sévère, comme il sied à une fille aînée qui remplace sa défunte mère. En vertu de ses droits de maîtresse de maison elle recevait ses invités en chemisier d'intérieur, appelait les officiers par leur nom de famille, considérait Macha comme une enfant et lui parlait du ton d'une surveillante. Elle se traitait de vieille fille, ce qui voulait dire qu'elle avait la certitude de se marier.

Elle transformait infailliblement en discussion toute conversation, fût-ce sur la pluie et le beau temps. Elle avait la passion de prendre tout le monde au mot, de convaincre l'interlocuteur de contradiction, de chicaner sur chaque phrase. À peine aviez-vous commencé à lui parler qu'elle vous regardait fixement et vous interrompait soudain : « Permettez, permettez, Pétrov, avant-hier vous avez dit tout le contraire ! »

Ou bien elle souriait d'un air moqueur et disait :

« Eh bien ! je m'aperçois que vous commencez à prêcher les principes de la Troisième section[1]. Mes compliments ! »

Si vous faisiez un bon mot ou un calembour, vous l'entendiez aussitôt déclarer : « C'est vieux ! » ou « C'est plat ! » Si c'était un officier, elle faisait une grimace de mépris et disait : « Plaisanterie de corrrps de garde ! »

Et ce « rrr » était si suggestif que Mouchka lui répondait infailliblement de dessous la chaise : « Rrr... gneu-gneu-gneu... »

Ce jour-là la discussion s'était engagée à propos des examens de lycée dont Nikitine avait parlé.

« Permettez, l'avait interrompu Varia. Vous dites que les élèves ont eu du mal. Mais à qui la faute, permettez-moi de vous le demander ? Par exemple vous avez donné comme sujet de dissertation, en 1re : "Pouchkine psychologue." *Primo,* il ne faut pas donner de sujets aussi difficiles ; *secundo,* où voyez-vous que Pouchkine était psychologue ? Saltykov-Chtchédrine ou, si vous voulez, Dostoïevski, c'est autre chose, mais Pouchkine était un grand poète et rien d'autre.

— Chtchédrine est Chtchédrine et Pouchkine est Pouchkine, répondit Nikitine d'un ton maussade.

— Je sais, au lycée on n'admet pas Chtchédrine, mais là n'est pas la question. Dites-moi, en quoi Pouchkine est psychologue ?

— Il n'est pas psychologue ? Permettez, je vais vous citer des exemples. »

Et il récita plusieurs pages d'*Eugène Onéguine* puis de *Boris Godounov.*

« Je ne vois aucune psychologie là-dedans, soupira Varia. On appelle psychologue un écrivain qui décrit les méandres de l'âme humaine, mais cela, ce sont de beaux vers et rien d'autre.

— Je sais quelle psychologie il vous faut ! repartit Nikitine blessé. Il vous faut que l'on me scie le doigt avec une scie émoussée et que je hurle à pleins poumons, c'est ça, votre psychologie.

— C'est plat ! Mais vous ne m'avez quand même pas démontré en quoi Pouchkine est un psychologue. »

Quand Nikitine avait à combattre ce qui lui semblait être de la routine, de l'étroitesse d'esprit ou autres choses dans ce genre, il ne tenait pas en place, se prenait la tête à deux mains et se mettait à courir à travers la pièce en gémissant. C'est ce qui arriva cette fois-ci ; il bondit, se prit la tête dans les mains, fit le tour de la table en gémissant et se rassit.

Les officiers prirent son parti. Le capitaine en second Polianski essaya de convaincre Varia que Pouchkine était réellement un psychologue et, pour le prouver, cita deux vers de Lermontov ; le lieutenant Guernet dit que si Pouchkine n'avait pas été un psychologue, on ne lui aurait pas élevé un monument à Moscou.

« C'est un acte de goujat ! dit une voix à l'autre bout de la table. Je l'ai bien dit au gouverneur : c'est un acte de goujat, Excellence !

— Je ne discute plus, cria Nikitine. Son règne n'aura pas de fin ! Assez ! Oh, fiche-moi le camp, sale chien ! » cria-t-il à Som qui lui avait mis le museau et la patte sur les genoux.

« Rrrr... gneu-gneu-gneu... » entendit-on sous la chaise.

« Avouez que vous avez tort, cria Varia. Avouez-le ! »

Là-dessus arrivèrent de jeunes visiteuses et la discussion cessa d'elle-même. Tout le monde passa au salon. Varia se mit au piano et joua des airs de danse. On dansa d'abord une valse, puis une polka, puis un quadrille avec farandole que le capitaine en second Polianski fit passer par toutes les pièces de l'appartement, puis à nouveau une valse.

Tandis qu'on dansait, les vieux, assis au salon, fumaient et regardaient la jeunesse. Parmi eux se trouvait Chebaldine, le directeur du crédit municipal, un homme réputé pour son amour de la littérature et de l'art dramatique. Il avait fondé le « Cercle musical et dramatique » de la ville et prenait part lui-même aux spectacles où il ne jouait, d'ailleurs, que les rôles de valets de comédie ou bien scandait *La Pécheresse*[1]. En ville on l'appelait la momie parce qu'il était grand, très maigre, tout en nerf, un air de solennité perpétuellement figé sur le visage et des yeux immobiles au regard voilé. Il avait une passion si sincère pour l'art dramatique qu'il se rasait la moustache et la barbe, ce qui accentuait sa ressemblance avec une momie.

Après la farandole, il s'approcha de Nikitine d'un pas hésitant, comme de biais, toussa et lui dit :

« J'ai eu le plaisir d'entendre la discussion qui a eu lieu pendant le thé. Je partage entièrement votre point de vue. Vous et moi nous avons les mêmes idées et il me serait très agréable de m'entretenir avec vous. Vous avez bien lu la *Dramaturgie de Hambourg* de Lessing[1] ?

— Non. »

Chebaldine, horrifié, fit un grand geste du bras comme s'il s'était brûlé les doigts et s'éloigna sans dire un mot. La silhouette de Chebaldine, sa question et son étonnement avaient paru comiques à Nikitine, qui se dit cependant :

« En effet c'est choquant. Je suis professeur de lettres et je n'ai pas encore lu Lessing. Il faudra que je le lise. »

Avant souper, tous, jeunes et vieux, jouèrent au « destin ». On prit deux jeux de cartes : on distribua le premier et l'on posa l'autre sur la table, cartes fermées.

« Celui qui a cette carte, dit le vieux Chelestov d'une voix solennelle en retournant la première carte du second jeu, doit se rendre immédiatement dans la chambre des enfants et y embrasser la nourrice. »

Le plaisir d'embrasser la nourrice échut à Chebaldine. On l'entoura en grappe, on le conduisit dans la chambre des enfants et, au milieu des rires et des applaudissements, on l'obligea à embrasser la nourrice. Ce fut un vacarme, un concert de cris…

« Moins d'ardeur ! criait Chelestov qui pleurait de rire, moins d'ardeur ! »

Nikitine eut à confesser toute l'assemblée. Il s'assit sur une chaise au milieu du salon. On apporta un châle dont on lui couvrit la tête. La première à venir se confesser fut Varia.

« Je connais vos péchés, dit Nikitine, en apercevant son profil sévère sous les ténèbres du châle. Dites-moi, mademoiselle, pour quel motif vous vous promenez chaque jour avec Polianski ?

Ce n'est pas pur hasard, ce n'est pas pur hasard,
Qu'on la voit si souvent aux côtés d'un hussard.

— C'est plat », dit Varia et elle se retira.

Puis, sous le châle, Nikitine vit briller deux grands yeux immobiles, un charmant profil se dessina dans le noir et il en émana un parfum bien-aimé, familier, qui lui rappela la chambre de Macha.

« Marie Godefroy, dit-il — et il ne reconnut pas sa propre voix, tant elle était tendre et douce — en quoi avez-vous péché ? »

Macha cligna les yeux, lui tira le bout de la langue et s'éloigna. Une minute après, elle était au milieu du salon, battait des mains et criait :

« À table ! À table ! À table ! »

Et tout le monde passa dans la salle à manger.

Au cours du souper Varia souleva une nouvelle discussion, cette fois-ci avec son père. Polianski mangeait d'abondance, buvait du vin rouge et racontait à Nikitine qu'une fois, cet hiver, à la guerre, il avait passé toute la nuit enfoncé dans un marais jusqu'aux genoux ; l'ennemi était tout près, aussi était-il défendu de parler et de fumer, la nuit était froide, noire, il soufflait une bise pénétrante. Tout en l'écoutant, Nikitine regardait Macha du coin de l'œil. Elle le regardait fixement, sans ciller, comme si elle réfléchissait ou était perdue dans une rêverie... C'était pour Nikitine à la fois un plaisir et un supplice.

« Pourquoi me regarde-t-elle ainsi ? se demandait-il, à la torture. C'est gênant. On pourrait s'en apercevoir. Ah, qu'elle est jeune, naïve ! »

Les invités commencèrent à partir à minuit. Quand Nikitine passa la porte cochère, une fenêtre du premier étage claqua, laissant apparaître Macha.

« Serge Vassilitch ! appela-t-elle.

— Qu'y a-t-il ?

— Eh bien... dit Macha, cherchant visiblement quelque chose à dire. Eh bien... Polianski a promis de venir un de ces jours pour nous photographier tous ensemble. Il faudra nous réunir.

— Bon. »

Macha disparut, la fenêtre claqua et, aussitôt, dans la maison, quelqu'un se mit à jouer du piano.

« Ah, quelle maison ! songeait Nikitine en traversant la rue. Une maison où les seuls qui gémissent sont des pigeons d'Égypte et encore, parce qu'ils ne savent pas manifester leur joie autrement ! »

Mais la gaieté ne régnait pas seulement chez les Chelestov. Nikitine n'avait pas fait deux cents pas qu'il entendit les sons d'un piano dans une autre maison. Il avança encore un peu et aperçut près d'une porte cochère un paysan en train de jouer de la balalaïka. Au jardin public l'orchestre entama un pot-pourri de chansons russes...

Nikitine habitait, à cinq cents pas de la maison de Chelestov, un appartement de huit pièces, qu'il louait trois cents roubles par an, de moitié avec son collègue Hippolytytch, le professeur d'histoire et géographie. Cet Hippolytytch, un homme encore jeune, à la barbe rousse, au nez camus, les traits grossiers et peu intellectuels d'un contremaître, mais le visage bienveillant, était assis à sa table de travail et corrigeait les cartes de ses élèves quand Nikitine entra. Il estimait que l'indispensable et l'essentiel était, en géographie, de dessiner des cartes, et, en histoire, de savoir les dates ; il passait des nuits entières à corriger au crayon bleu les cartes de ses élèves, garçons et filles, ou à dresser des tableaux chronologiques.

« Quel temps magnifique il a fait aujourd'hui ! dit Nikitine en entrant chez son collègue. Je m'étonne que vous puissiez rester dans votre chambre. »

Hippolytytch n'était pas loquace ; ou il ne disait rien, ou il parlait de ce que tout le monde savait depuis longtemps. Il répondit :

« Oui, un temps magnifique. On est en mai,

bientôt ce sera vraiment l'été. Et l'été ce n'est pas la même chose que l'hiver. En hiver il faut faire du feu, en été on a chaud sans feu. En été on ouvre les fenêtres la nuit et on a quand même chaud. En hiver, on met des doubles fenêtres et on a quand même froid. »

Nikitine n'était pas assis auprès de lui depuis une minute que l'ennui le prit.

« Bonne nuit ! dit-il en se levant et en bâillant. Je voulais vous raconter une histoire romanesque qui me concerne, mais vous êtes tout à la géographie ! Qu'on vous parle d'amour, tout de suite vous demandez : "En quelle année a eu lieu la bataille de la Kalka[1] ?" Au diable vous et vos batailles et vos caps de Tchoukotsk[2] !

— Pourquoi vous fâchez-vous ?

— C'est agaçant ! »

Et, furieux de ne pas avoir encore fait sa déclaration à Macha et de n'avoir personne à qui parler de son amour, il gagna son cabinet et s'étendit sur un canapé. La pièce était noire et silencieuse. Étendu sur le canapé et les yeux scrutant les ténèbres, Nikitine se mit à penser que, dans deux ou trois ans, il se rendrait à Pétersbourg pour quelque raison vague, que Macha l'accompagnerait à la gare et pleurerait ; qu'à Pétersbourg il recevrait d'elle une longue lettre où elle le supplierait de revenir au plus vite. Et il lui écrirait... Il commencerait ainsi : « Mon cher petit rat... »

« Justement, mon cher petit rat », dit-il en riant.

Il était mal installé. Il mit les mains sous sa tête et passa la jambe gauche sur le dossier du canapé.

Il trouva la position à son goût. Là-dessus, derrière la fenêtre le ciel commença à pâlir et les coqs ensommeillés à s'égosiller. Nikitine, poursuivant son rêve, imaginait qu'il reviendrait de Pétersbourg, que Macha irait l'attendre à la gare, et qu'elle lui sauterait au cou avec un cri de joie ; ou, encore mieux, qu'il lui ferait une ruse : il reviendrait de nuit en cachette, la cuisinière lui ouvrirait, il entrerait dans la chambre à coucher sur la pointe des pieds, se déshabillerait sans bruit et — plouf au lit ! Elle se réveillerait et — ô joie !

Le ciel était tout blanc. Le cabinet et la fenêtre avaient disparu. Assise sur le perron de la brasserie devant laquelle on était passé le jour même, Macha racontait une histoire. Puis elle prit Nikitine par le bras et ils allèrent au jardin public. Il y aperçut des chênes et des nids de corbeaux, pareils à des chapeaux. L'un des nids oscillait, il en vit sortir la tête de Chebaldine qui lui cria d'une voix forte : « Vous n'avez pas lu Lessing ! »

Nikitine tressaillit et ouvrit les yeux. Devant le canapé se tenait Hippolytytch, la tête rejetée en arrière, en train de nouer son nœud de cravate.

« Levez-vous, c'est l'heure d'aller au lycée, disait-il. Il ne faut pas dormir tout habillé. Cela abîme les vêtements. Il faut dormir dans son lit, déshabillé… »

Et, comme de coutume, il se mit à parler longuement, posément, de ce que tout le monde savait depuis longtemps.

Le premier cours de Nikitine était un cours de russe en 6e. Lorsque à neuf heures précises il entra dans sa classe, il aperçut au tableau, écrit à la craie, en majuscules : M. C. Cela voulait dire sans doute Macha Chelestov.

« Ils ont déjà flairé la chose, les vauriens, pensa Nikitine. Et d'où savent-ils tout ça ? »

Son deuxième cours était un cours de littérature en 3e. Dans cette classe aussi M. C. était écrit au tableau et lorsque, son cours terminé, il quitta la salle, une clameur retentit derrière lui, pareille à celle du poulailler au théâtre :

« Hourrah ! Macha Chelestov ! »

D'avoir dormi tout habillé, il avait la tête lourde, le corps recru de paresse. Les élèves, qui attendaient chaque jour les congés qui précèdent les examens, ne faisaient rien, se morfondaient, polissonnaient d'ennui, Nikitine, lui aussi, se morfondait, ne remarquait pas leurs espiègleries et allait à tout instant à la fenêtre. Il apercevait la rue violemment éclairée par le soleil, au-dessus des maisons le ciel bleu transparent, des oiseaux, et bien loin, par-delà les jardins verdoyants et les maisons, l'espace infini avec ses bosquets teintés de bleu, et la fumée d'un train qui passait…

Voici dans la rue, à l'ombre des acacias, deux officiers en tunique blanche, qui passent, jouant de la badine. Voici, dans l'omnibus municipal, un tas de juifs à barbe blanche, coiffés de casquettes. Voici la gouvernante qui promène la petite fille du proviseur… Som, en compagnie de deux corniauds, file on ne sait où… Et voici, en simple robe grise et bas rouges, Varia qui passe, le *Messager de l'Europe*[1] à la main. Elle doit venir de la bibliothèque municipale…

Et il est loin d'avoir terminé ses cours de la journée : à trois heures seulement ! Après, au lieu de rentrer ou de se rendre chez les Chelestov, il devra aller donner une leçon chez Wolf. Ce Wolf, un riche israélite converti au luthéranisme, n'envoie pas ses enfants au lycée, il leur fait donner des leçons par les professeurs du lycée, à cinq roubles la leçon…

« Qu'on s'ennuie, qu'on s'ennuie, qu'on s'ennuie ! »

À trois heures il alla chez Wolf et y demeura, à ce qu'il lui parut, toute une éternité. Il en partit à cinq heures et il devait revenir au lycée avant sept heures pour un conseil pédagogique : il fallait établir l'horaire des examens oraux de 4e et de 2nde !

Il était déjà tard lorsqu'il quitta le lycée pour se rendre chez les Chelestov : il avait le cœur battant et le visage en feu. Depuis cinq semaines, chaque fois qu'il s'était apprêté à faire sa déclaration, il avait préparé un long discours avec préambule et conclusion, mais cette fois-ci il n'avait rien de prêt, tout était embrouillé dans sa tête et il savait seulement qu'il se déclarerait aujourd'hui *sans faute* et qu'il ne pouvait plus attendre.

« Je l'inviterai à faire un tour au jardin, songeait-il, on se promènera un peu et je lui ferai ma déclaration… »

Il n'y avait personne dans le vestibule ; il entra au salon, puis dans la salle à manger… Personne non plus. On entendait en haut, au premier, Varia discuter avec quelqu'un et, dans la chambre des enfants, le bruit des ciseaux d'une couturière à la journée.

Il y avait dans la maison une petite pièce que l'on appelait de trois noms différents : la petite chambre, le passage et le cabinet noir. Il s'y trouvait une grande et vieille armoire où l'on mettait les médicaments, la poudre et les accessoires de chasse. De là un étroit escalier de bois, où dormaient toujours des chats, menait au premier. Il y avait deux portes : l'une donnait dans la chambre d'enfants, l'autre dans la salle à manger. Au moment où Nikitine y entra pour monter à l'étage supérieur, la porte de la chambre d'enfants s'ouvrit et claqua si fort que l'escalier et l'armoire en tremblèrent ; Macha, en robe sombre, un morceau d'étoffe bleue à la main, entra en courant et, sans remarquer la présence de Nikitine, fila vers l'escalier.

« Attendez… l'arrêta Nikitine. Bonjour, Marie Godefroy… Permettez-moi… »

Il haletait, ne savait que dire ; d'une main il retenait Macha par le bras, de l'autre il agrippait l'étoffe bleue. Elle, moitié effrayée, moitié étonnée, le regardait de ses grands yeux.

« Permettez… reprit Nikitine, craignant qu'elle ne partît. J'ai quelque chose à vous dire… Seulement… ici on n'est pas bien. Je ne peux pas, je ne suis pas en état… Vous comprenez, Marie Godefroy, je ne peux pas… voilà tout… »

L'étoffe bleue tomba et Nikitine saisit l'autre bras de Macha. Elle pâlit, remua les lèvres, puis recula et se retrouva dans le coin de la pièce, entre le mur et l'armoire.

« Parole d'honneur, je vous assure… dit-il doucement. Macha, parole d'honneur… »

Elle renversa la tête, et il l'embrassa sur les lèvres et, pour que le baiser durât plus longtemps, il lui prit les joues dans les mains ; finalement, ce fut lui qui se trouva entre l'armoire et le mur et ce fut elle qui lui passa les bras autour du cou et qui appuya sa tête sur son menton.

Puis tous deux coururent au jardin.

Le jardin des Chelestov était un grand jardin de quatre hectares. Il s'y trouvait une vingtaine de vieux érables et de vieux tilleuls, un unique sapin, tout le reste n'était qu'arbres fruitiers : merisiers, pommiers, poiriers, marronniers sauvages, oliviers argentés… Il y avait aussi beaucoup de fleurs.

Nikitine et Macha couraient sans parler par les allées, riaient, se posaient de temps à autre de brèves questions auxquelles ils ne répondaient ni l'un ni l'autre, au-dessus du jardin brillait le croissant de la lune et, sur l'herbe sombre, sous cette faible clarté, pointaient les tiges des tulipes et des iris endormis, implorant elles aussi, semblait-il, une déclaration d'amour.

Lorsqu'ils rentrèrent, les officiers et les demoiselles étaient déjà réunis et dansaient une mazurka. À nouveau Polianski conduisit la farandole à travers tout l'appartement ; à nouveau, après avoir dansé, on joua au « destin ». Avant le souper, au moment où les invités passèrent à la salle à manger, Macha, restée seule avec Nikitine, se serra contre lui et dit :

« Parle toi-même à papa et à Varia. Moi, j'ai honte… »

Après souper Nikitine parla au vieux Chelestov. Ce dernier l'écouta jusqu'au bout, réfléchit et dit :

« Je vous suis très reconnaissant de l'honneur que vous nous faites à ma fille et à moi, mais permettez-moi de vous parler en ami. Je vais vous parler non en père, mais de gentleman à gentleman. Dites-moi, je vous prie, quelle envie vous prend de vous marier si jeune ? Il n'y a que les moujiks qui se marient si jeunes, mais eux, c'est bien connu, ce sont des goujats, mais vous, pourquoi le faire ? Quel plaisir de se mettre les fers aux pieds si jeune ?

— Je ne suis pas jeune du tout ! repartit Nikitine blessé. J'ai plus de vingt-six ans.

— Papa, voilà le vétérinaire ! » cria Varia de la pièce voisine.

Et leur entretien fut coupé. Varia, Marie et Polianski raccompagnèrent Nikitine. Devant le portillon de sa maison Varia dit :

« Pourquoi votre mystérieux Metropolitytch ne se montre-t-il nulle part ? Il devrait venir nous voir. »

Le mystérieux Hippolytytch était assis sur son lit, en train de quitter ses pantalons, lorsque Nikitine entra.

« Ne vous couchez pas, mon cher ! dit ce dernier, tout essoufflé. Attendez, ne vous couchez pas ! »

Hippolytytch remit vivement ses pantalons et demanda d'une voix inquiète :

« Qu'y a-t-il ?

— Je me marie ! »

Nikitine s'assit à côté de son camarade et, le regardant avec étonnement, comme s'il n'en croyait pas ses propres oreilles, il ajouta :

« Figurez-vous que je me marie ! Avec Macha Chelestov ! J'ai fait ma demande aujourd'hui.

— Pourquoi pas ? C'est une bonne fille, je crois. Seulement, elle est bien jeune.

— Oui, elle est jeune, soupira Nikitine en levant les épaules d'un air soucieux. Elle est très jeune, très !

— Elle a été mon élève. Je la connais. En géographie, elle travaillait assez bien, mais mauvaise en histoire. Et distraite en classe, avec ça. »

Nikitine se sentit soudain saisi de pitié pour son collègue et eut envie de lui dire quelque chose de gentil, de consolant.

« Mon cher, pourquoi ne vous mariez-vous pas ? lui demanda-t-il. Hippolytytch, pourquoi n'épousez-vous pas Varia, par exemple ? C'est une jeune fille étonnante, remarquable. Il est vrai qu'elle aime beaucoup la discussion mais elle a un cœur… quel cœur ! Elle vient de me parler de vous. Épousez-la, mon cher ! Non ? »

Il savait très bien que Varia n'épouserait pas cet ennuyeux personnage au nez camus, il essayait cependant de le convaincre de l'épouser. Pourquoi ?

« Le mariage est un sérieux pas, répondit Hippolytytch après un temps de réflexion. Il faut tout jauger, tout peser, ce n'est pas possible autrement. La raison n'est jamais de trop, surtout en matière de mariage, quand l'homme, cessant d'être célibataire, commence une nouvelle vie. »

Et il se mit à parler de ce que tout le monde savait depuis longtemps. Nikitine lui dit au revoir et passa dans sa chambre sans l'écouter. Il se déshabilla et se coucha rapidement pour penser plus vite à son bonheur, à Macha, à l'avenir, sourit et se souvint tout à coup qu'il n'avait pas encore lu Lessing.

« Il va falloir le lire… songea-t-il. Au reste, pourquoi le lire ? Qu'il aille au diable ! »

Et, fatigué par son bonheur, il s'endormit sur-le-champ et sourit jusqu'au matin.

Il rêva qu'il entendait des sabots de chevaux sur un plancher ; il rêva qu'on faisait sortir de l'écurie le moreau comte Nouline, puis le blanc Vélikane, puis la sœur de ce dernier, Maïka…

II

« À l'église ç'a été une cohue bruyante, quelqu'un a même poussé un cri, l'archiprêtre qui nous a mariés, Macha et moi, a regardé l'assistance par-dessus ses lunettes et dit sévèrement :

» “Ne vous promenez pas à travers l'église et ne

faites pas de bruit, tenez-vous tranquilles et priez. Il faut respecter Dieu.”

» J’avais comme garçons d’honneur deux collègues ; Macha, le capitaine en second Polianski et le lieutenant Guernet. Le chœur de l’évêché a été magnifique. Le crépitement des cierges, l’éclat des lumières, les toilettes, les officiers, tant de visages gais, heureux, l’air en quelque sorte particulier, éthéré, de Macha, tout le cadre et les paroles des prières nuptiales m’ont ému jusqu’aux larmes et empli de solennité. Je pensais : comme ma vie s’est épanouie, avec quelle beauté, quelle poésie, elle s’est arrangée ces derniers temps ! Il y a deux ans j’étais encore étudiant, j’habitais un malheureux hôtel meublé passage Neglinny. Je n’avais ni argent, ni parents et, me semblait-il alors, pas d’avenir. Maintenant me voilà professeur de lycée dans un des meilleurs chefs-lieux de province, à l’abri du besoin, aimé, choyé. C’est pour moi, pensais-je, que s’est réunie cette foule, que brûlent ces trois lampadaires, que s’égosille l’archidiacre, que s’évertuent les choristes, et c’est pour moi aussi que se montre si jeune, si élégant, si joyeux, cet être juvénile qui, dans quelques instants, s’appellera ma femme. Je me suis rappelé nos premières rencontres, nos promenades à la campagne, ma déclaration et le temps qui, comme un fait exprès, avait été merveilleusement beau tout l’été ; et ce bonheur qui, passage Neglinny, ne me paraissait possible que dans les romans et les nouvelles, maintenant je l’éprouvais réellement, je croyais le tenir entre les mains.

» Après la cérémonie l'assistance est venue se bousculer autour de Macha et de moi, nous a exprimé sa sincère satisfaction, nous a félicités et nous a présenté ses vœux de bonheur. Un général de brigade, vieillard de près de soixante-dix ans, a félicité Macha seule et lui a dit d'une voix sénile, éraillée, et si fort que toute l'église en a résonné :

» "J'espère, ma chère, qu'une fois mariée vous resterez la rose que vous êtes."

» Les officiers, le proviseur et tous les professeurs ont souri par politesse et moi aussi j'ai senti s'épanouir sur mon visage un charmant sourire hypocrite. L'excellent Hippolytytch, le professeur d'histoire et de géographie, qui dit toujours ce que chacun sait depuis longtemps, m'a vigoureusement serré la main et m'a affirmé, avec émotion :

» "Jusqu'alors vous étiez garçon et viviez seul, maintenant vous êtes marié et allez vivre à deux."

» De l'église nous nous sommes rendus à la maison surélevée d'un étage, en pierres apparentes, que Macha a reçue en dot. Outre cette maison, elle m'apporte une vingtaine de milliers de roubles et une lande appelée Mélitonovski avec une bicoque où il y a, dit-on, une quantité de poules et de canards qui, abandonnés à eux-mêmes, reviennent à l'état sauvage. Au retour de l'église, je me suis étiré, je me suis allongé sur le sofa de mon nouveau cabinet de travail et je me suis mis à fumer ; j'avais une impression de douceur, d'aise, de confort, comme jamais de ma vie ; pendant ce temps, les invités criaient "hourrah !" et, dans le vestibule, un mauvais orchestre jouait des bans et diverses fadaises. Varia, la sœur de Macha, est entrée en coup de vent dans mon cabinet, une coupe à la main, avec un air si étrange, si tendu, qu'on aurait dit qu'elle avait la bouche pleine d'eau ; apparemment elle voulait aller plus loin mais, soudain, elle s'est mise à rire, à sangloter et la coupe a roulé par terre et s'est brisée. On a pris Varia sous les bras et on l'a emmenée.

» "Personne ne peut me comprendre ! bredouillait-elle ensuite, étendue sur le lit de sa vieille nourrice, dans la chambre la plus retirée. Personne, personne ! Mon Dieu, personne ne peut me comprendre !"

» Mais tout le monde comprenait bien qu'étant de quatre ans l'aînée de Marie et pas encore mariée, elle pleurait non de jalousie mais de sentir tristement que son temps passait et, peut-être, était même déjà passé. Au moment où l'on a dansé le quadrille elle était déjà revenue au salon, le visage bouffi de larmes, violemment poudré, et j'ai aperçu le capitaine Polianski qui tenait devant elle une soucoupe où se trouvait une glace qu'elle mangeait à la cuillère...

» Il est déjà cinq heures passées. Je me suis mis à mon journal pour décrire la plénitude, la variété de mon bonheur et je pensais écrire cinq ou six pages et les lire demain à Macha, mais, chose étrange, tout s'est brouillé dans ma tête, s'est confondu comme un songe, seul m'est revenu à l'esprit avec netteté l'épisode de Varia et j'ai envie d'écrire : pauvre Varia ! Je passerais tout le temps à écrire : pauvre Varia ! Voici justement que les arbres se mettent à frissonner : il va pleuvoir ; les corneilles croassent et ma Macha, qui vient de s'endormir à l'instant, a, je ne sais pourquoi, une expression de tristesse ! »

Puis de longtemps Nikitine ne toucha pas à son journal. Aux premiers jours d'août commencèrent les examens de passage et d'entrée et, après l'Assomption, les classes reprirent. D'habitude il partait pour le lycée entre huit et neuf et, dès neuf heures, il commençait à s'ennuyer de Macha, de sa maison neuve, et à regarder sa montre. Dans les petites classes il faisait faire la dictée par un élève et, pendant que les enfants écrivaient, il s'asseyait sur l'appui de la fenêtre, les yeux clos, et rêvait ; rêvait-il à l'avenir, se remémorait-il le passé, tout lui paraissait uniformément splendide, pareil à un conte. Dans les grandes classes on lisait du Gogol ou des œuvres en prose de Pouchkine et cela l'incitait à la rêverie, dans son imagination surgissaient des gens, des arbres, des champs, des chevaux, et il disait avec un soupir, comme s'il admirait l'auteur :

« Que c'est beau ! »

Pendant la grande récréation Macha lui envoyait son petit déjeuner plié dans une serviette blanche comme neige, il le mangeait lentement, avec des temps d'arrêt, pour faire durer son plaisir, et Hippolytytch, qui déjeunait ordinairement d'un unique petit pain, le regardait avec respect et envie et avançait quelque vérité première du genre de :

« On ne peut pas vivre sans manger. »

En sortant du lycée Nikitine allait donner des leçons particulières et, lorsqu'il rentrait enfin à la maison, à cinq heures passées, il éprouvait la même joie et la même inquiétude que s'il avait été absent une année entière. Le souffle court il montait l'escalier quatre à quatre, cherchait Macha, la serrait dans ses bras, l'embrassait, lui jurait qu'il l'aimait, qu'il ne pouvait pas vivre sans elle, l'assurait qu'il s'était horriblement ennuyé et lui demandait avec terreur si elle allait bien et pourquoi elle avait l'air si triste. Puis ils dînaient en tête à tête. Après il allait s'allonger sur le sofa de son cabinet de travail en fumant, elle s'asseyait à côté de lui et lui parlait à mi-voix.

Ses jours les plus heureux étaient les dimanches et les jours de fête où il restait à la maison du matin au soir. Ces jours-là il participait à une vie naïve mais extraordinairement agréable qui lui rappelait les pastorales. Il ne se lassait pas de regarder sa femme, personne raisonnable et sensée, arranger leur nid, et lui-même, pour montrer qu'il n'était pas de trop à la maison, entreprenait quelque travail inutile, comme de sortir de la remise le cabriolet et de l'examiner sous tous ses angles. Macha avait monté, avec trois vaches, une véritable laiterie, et dans sa cave et sa resserre il y avait une quantité de pots pleins de lait et de crème qu'elle conservait pour faire du beurre. Quelquefois, pour plaisanter, Nikitine lui demandait un verre de lait ; elle prenait un air effrayé, parce que ce n'était pas dans l'ordre, mais il la serrait dans ses bras en riant et lui disait :

« Allez, allez, je plaisantais, mon trésor ! Je plaisantais ! »

Ou il se moquait de ses airs pédants lorsque, par exemple, découvrant dans le buffet un morceau de saucisson ou de fromage dur comme de la pierre, elle disait d'un air important :

« Cela se mangera à la cuisine. »

Il lui faisait remarquer qu'un si petit morceau était tout juste bon pour une souricière, mais elle lui expliquait avec feu que les hommes n'entendent rien au métier de maîtresse de maison et qu'on n'étonnerait pas les domestiques en leur donnant cent livres de nourriture à la cuisine ; il en convenait et l'embrassait avec transport. Ce qu'elle disait de juste lui paraissait extraordinaire, surprenant ; ce qui ne concordait pas avec ses convictions était, à son avis, naïf et attendrissant.

Parfois il lui prenait la lubie de philosopher et il se mettait à raisonner sur quelque thème abstrait, elle l'écoutait en le dévisageant avec curiosité.

« Je suis infiniment heureux avec toi, ma joie, disait-il en jouant avec les doigts de sa femme ou en défaisant puis retressant sa natte. Mais ce bonheur, je ne le tiens pas pour un événement fortuit, tombé du ciel. C'est un phénomène naturel, une résultante logique. Je crois que l'homme est l'artisan de son bonheur et, maintenant, je cueille les fruits de ce que j'ai créé. Je te le dis en toute simplicité, il est juste que je l'aie. Tu connais mon passé. La perte de mes parents, la pauvreté, une enfance malheureuse, une jeunesse chagrine, tout cela a été la lutte, la voie que je me frayais vers le bonheur... »

En octobre le lycée fit une lourde perte : Hippolytytch contracta un érysipèle de la face et en mourut. Les deux derniers jours il perdit conscience et délira, mais dans son délire il ne disait que des choses que tout le monde savait.

« La Volga se jette dans la mer Caspienne... Les chevaux se nourrissent d'avoine et de foin... »

Le jour de son enterrement, il n'y eut pas classe. Ses collègues et ses élèves portèrent le cercueil et son couvercle, la chorale du lycée chanta tout le long du chemin du cimetière *Dieu saint*. Dans le cortège figuraient trois prêtres, des diacres, tout le lycée de garçons et le chœur de la cathédrale en caftan d'apparat. Et, en voyant ce pompeux enterrement, les passants se signaient et disaient :

« Dieu donne à tout le monde de mourir comme ça. »

Rentré chez lui, Nikitine, très ému, sortit son journal de son tiroir et écrivit : « On vient de porter Hippolytytch en terre.

» Paix à tes cendres, modeste travailleur ! Macha, Varia et toutes les femmes qui assistaient aux obsèques versaient des larmes sincères, peut-être parce qu'elles savaient qu'aucune femme n'avait jamais aimé cet homme sans intérêt, qui avait l'air d'un chien battu. Je voulais prononcer quelques paroles chaleureuses sur la tombe de mon collègue, mais on m'a prévenu que cela risquait de déplaire au proviseur, qui n'aimait pas le défunt.

C'est, je crois, le premier jour depuis mon mariage où j'ai le cœur gros… »

Puis de tout le reste de l'année scolaire, il n'y eut aucun événement notoire.

L'hiver était mou, sans fortes gelées, il tombait une neige humide ; la nuit de l'Épiphanie, par exemple, le vent ne cessa de geindre comme en automne et l'eau dégoutta des toits. Le matin, au moment de la bénédiction des eaux, la police interdit l'accès de la rivière parce que, disait-on, la glace s'était soulevée et avait noirci. Mais, en dépit du mauvais temps, Nikitine était aussi heureux qu'en été. Il eut même une distraction de plus : il apprit à jouer au whist. Une seule chose le troublait, le mettait en colère et l'empêchait, à ce qui lui semblait, d'être complètement heureux : c'étaient les chiens et chats qui faisaient partie de la dot de sa femme. Il traînait toujours dans l'appartement, surtout le matin, une odeur de ménagerie que rien ne pouvait dissiper ; souvent les chats se battaient avec les chiens. On donnait à manger à la méchante Mouchka dix fois par jour ; comme avant, elle ne reconnaissait pas Nikitine et grondait contre lui :

« Rrr… gneu-gneu-gneu… »

Un soir, à minuit, pendant le grand carême, il revenait du cercle où il avait été jouer aux cartes. Il pleuvait, il faisait noir, il y avait de la boue. Il se sentait dans l'âme une lie fort déplaisante sans pouvoir comprendre d'où elle venait : était-ce parce qu'il venait de perdre douze roubles au cercle ou parce qu'un de ses partenaires lui avait dit, au moment de faire les comptes, qu'il roulait sur l'or, voulant faire évidemment allusion à la dot de sa femme ? Les douze roubles, il ne les regrettait pas, et dans les propos de son partenaire il n'y avait rien de blessant, néanmoins il éprouvait une impression désagréable. Il n'avait même pas envie de rentrer.

« Pouah ! Ça ne va pas ! » dit-il en s'arrêtant près d'un réverbère.

Il songea tout d'un coup que s'il ne regrettait pas les douze roubles, c'est qu'ils ne lui avaient rien coûté. S'il avait été simple ouvrier, il aurait su le prix de chaque kopek et ne serait pas resté indifférent à ses gains ou à ses pertes. D'ailleurs tout son bonheur ne lui avait rien coûté, lui était échu gratuitement et constituait en réalité un luxe comparable à un médicament administré à un homme en bonne santé ; si, comme l'immense majorité des gens, il avait été harcelé par le souci de gagner son pain, s'il avait dû lutter pour son existence, si le travail lui avait rompu le dos et la poitrine, alors le souper, l'appartement douillet et tiède et le bonheur familial auraient été un besoin, une récompense, et la parure de son existence ; à l'heure présente tout cela avait un sens bizarre, mal défini.

« Pouah ! Ça ne va pas ! » répéta-t-il, comprenant parfaitement que ces réflexions étaient déjà un mauvais signe en elles-mêmes.

Quand il arriva chez lui, Macha était couchée. Elle avait la respiration égale, souriait et, apparemment, éprouvait, à dormir, une profonde jouissance. Près d'elle, roulé en boule, un chat blanc ronronnait. Tandis qu'il allumait la bougie et une cigarette, Macha se réveilla et but un verre d'eau avec avidité.

« J'ai trop mangé de marmelade, dit-elle en riant. Tu viens de chez mes parents ? demanda-t-elle après un instant de silence.

— Non. »

Nikitine savait que le capitaine Polianski, sur lequel Varia comptait beaucoup ces derniers temps, venait d'être muté dans une garnison de l'Ouest et faisait déjà ses visites d'adieu, aussi était-on triste dans la maison de son beau-père.

« Varia est venue ce soir, dit Macha en s'asseyant sur son lit. Elle n'a rien dit mais on voyait bien sur sa figure la peine qu'elle avait, la pauvre. Je ne peux pas souffrir Polianski. Il est gros, bouffi, et quand il marche ou danse, ses joues tremblent… Ce n'est pas mon genre de héros. Je le tenais quand même pour un homme comme il faut.

— Je le tiens encore pour tel.

— Pourquoi s'est-il si mal conduit avec Varia ?

— Pourquoi mal ? repartit Nikitine, que commençait à irriter le chat blanc qui s'étirait en faisant le gros dos. Autant que je sache, il ne lui a jamais demandé sa main ni fait de promesse.

— Et pourquoi venait-il si souvent à la maison ? Quand on n'a pas l'intention d'épouser, on ne vient pas. »

Nikitine éteignit et se coucha, mais il n'avait envie ni de dormir, ni de rester couché. Il avait l'impression que sa tête était énorme et vide comme une grange et qu'il y errait, sous forme d'ombres allongées, des idées nouvelles singulières. Il songeait qu'en dehors de la douce clarté de la veilleuse qui souriait au paisible bonheur familial, qu'en dehors de ce petit monde, où le chat blanc et lui vivaient une vie si paisible, si agréable, il en existait un autre… Et il éprouva soudain une envie folle, angoissante, d'aller dans cet autre monde, de travailler de ses propres mains dans une usine ou un grand atelier, de parler du haut d'une chaire, d'écrire, d'être édité, de faire parler de lui, de se fatiguer, de souffrir… Il eut envie de se sentir empoigné par quelque chose qui l'amènerait à s'oublier lui-même, à devenir indifférent à son bonheur personnel, dont le sentiment est si monotone. Et dans son imagination se dressa soudain, comme vivant, le glabre Chebaldine qui lui disait avec horreur :

« Vous n'avez même pas lu Lessing ! Que vous retardez ! Mon Dieu, que vous vous êtes laissé aller ! »

Macha but un second verre d'eau. Il jeta un regard sur le cou, les épaules rondes, la poitrine ferme de sa femme et se souvint du mot que le général de brigade avait naguère prononcé à l'église : une rose.

« Une rose », murmura-t-il et il sourit.

En réponse, Mouchka grogna sous le lit à travers son sommeil : « Rrrr… gneu-gneu-gneu… »

Un mouvement de colère, lourd comme un marteau glacé, s'empara de lui et il eut envie de dire une grossièreté à sa femme et même de se lever et de la frapper. Son cœur se mit à battre.

« Alors, dit-il, en faisant un effort pour se contenir, si je fréquentais chez vous, je devais absolument t'épouser ?

— Bien sûr. Tu le comprends parfaitement toi-même.

— Charmant. »

Et une minute après il répéta : « Charmant. »

Pour ne pas en dire trop et laisser son cœur se calmer, il passa dans son cabinet et s'étendit sur son sofa, sans oreiller, puis il se coucha par terre, sur le tapis.

« Quelle sottise ! se disait-il pour se tranquilliser. Tu es professeur, ton champ d'activité est des plus honorables... Quel besoin as-tu d'un autre monde ? Ça ne tient pas debout ! »

Mais aussitôt il se répondait avec conviction qu'il n'était pas un professeur mais un fonctionnaire aussi dénué de talent et de personnalité que le Tchèque qui enseignait le grec ; il n'avait jamais eu la vocation professorale, il n'entendait rien à la pédagogie et ne s'y était jamais intéressé, il ne savait pas s'y prendre avec les enfants ; le sens de ce qu'il enseignait lui échappait et peut-être même enseignait-il ce qu'il ne fallait pas. Feu Hippolytytch était franchement borné, tous ses collègues et tous les élèves savaient qui il était et ce qu'on pouvait attendre de lui ; tandis que lui, Nikitine, comme le Tchèque, il savait masquer sa stupidité et trompait habilement tout le monde en laissant croire que pour lui, grâce à Dieu, tout allait bien. Ces nouvelles pensées l'effrayèrent, il les repoussait, les qualifiait de stupides, croyait que tout cela provenait de ses nerfs et qu'il rirait de lui-même quand ce serait passé.

Effectivement, sur le matin, il riait de sa nervosité et se traitait de femmelette, mais il se rendait parfaitement compte qu'il avait désormais perdu sa quiétude, probablement à jamais et que, dans la maison en pierres apparentes, surélevée d'un étage, le bonheur n'était plus possible. Il devinait que l'illusion était dissipée et que commençait une nouvelle existence, inquiète, consciente, nullement au diapason de la paix et du bonheur personnels.

Le lendemain, un dimanche, il alla à la chapelle du lycée et y rencontra le proviseur et ses collègues. Il lui sembla qu'ils étaient tous uniquement occupés à cacher soigneusement leur ignorance et leur mécontentement de l'existence, et lui-même, pour ne pas leur laisser voir son inquiétude, se répandait en sourires agréables et parlait de futilités. Puis il se rendit à la gare, assista à l'arrivée et au départ d'un train postal, et il lui fut agréable d'être seul et de n'avoir à parler à personne.

Il trouva chez lui son beau-père et Varia, venus dîner. Varia avait les yeux rouges et se plaignait d'avoir mal à la tête, Chelestov mangeait beaucoup et parlait des jeunes gens d'aujourd'hui sur lesquels on ne peut pas compter et qui sont si peu gentlemen.

« Vous êtes un goujat ! disait-il. Je le lui dirai carrément : vous êtes un goujat, monsieur ! »

Nikitine sourit d'un air affable et aida Macha à prendre soin de ses invités, mais, après le repas, il se retira dans son cabinet et s'y enferma.

Le soleil de mars brillait avec éclat et, à travers les vitres, ses rayons brûlants tombaient sur la table. On n'était encore que le vingt, mais déjà les voitures avaient remplacé les traîneaux et les sansonnets faisaient entendre leur ramage dans le jardin. Il lui semblait que Macha allait entrer, lui passer un bras autour du cou, lui dire que les chevaux de selle ou le cabriolet attendaient à la porte et lui demander ce qu'il fallait mettre pour ne pas prendre froid. Le printemps s'annonçait, aussi merveilleux que l'année précédente, prometteur des mêmes joies... Mais Nikitine songeait au plaisir qu'il aurait eu à prendre un congé, à aller à Moscou et à descendre passage Neglinny, dans sa vieille chambre. Dans la pièce voisine on prenait le café et l'on parlait du capitaine Polianski. Nikitine essayait de ne pas écouter et écrivait dans son journal : « Où suis-je, mon Dieu ? Autour de moi, tout n'est que banalité. Des gens ennuyeux, des nullités, des pots de crème, des brocs de lait, des cafards, des sottes... Il n'y a rien de plus effroyable, de plus humiliant, de plus angoissant, que la banalité. Fuir d'ici, fuir aujourd'hui même, sinon je deviendrai fou ! »

En tombereau

On avait quitté la ville à huit heures et demie du matin.

La chaussée était sèche, un très beau soleil d'avril répandait une vive chaleur, mais dans les fossés et les bois il y avait encore de la neige. Après un mauvais hiver, sombre, long, encore tout proche, le printemps était venu d'un coup, mais Maria Vassilièvna, assise en ce moment dans sa charrette, ne trouvait rien de neuf ou d'intéressant ni à la chaleur, ni aux bois clairsemés, alanguis, réchauffés par l'haleine du printemps, ni aux bandes noires d'oiseaux qui volaient au-dessus des énormes flaques, pareilles à des étangs, ni à ce ciel, merveilleux, insondable, où on aurait eu tant de joie à disparaître. Cela faisait treize ans qu'elle était institutrice et l'on ne saurait compter le nombre de fois où, en ces treize années, elle s'était rendue à la ville pour toucher son traitement; que ce fût le printemps, comme aujourd'hui, ou une pluvieuse soirée d'automne ou bien l'hiver, cela lui était absolument indifférent et elle ne souhaitait invariablement qu'une chose : arriver au plus vite chez elle.

Elle avait le sentiment d'avoir vécu longtemps, longtemps, un siècle, dans ces parages, et il lui semblait que, sur tout le parcours de la ville à son école, elle connaissait chaque pierre, chaque arbre. C'est là qu'étaient son passé, son présent; et elle ne pouvait s'imaginer d'autre avenir que l'école, le trajet aller et retour à la ville, à nouveau l'école, à nouveau le trajet à la ville…

Le temps où elle n'était pas encore institutrice, elle avait perdu l'habitude de l'évoquer, et elle l'avait presque complètement oublié. Elle avait eu un père et une mère autrefois; ils habitaient Moscou, près de la Porte Rouge[1], dans un grand appartement, mais de toute cette vie, il ne restait dans sa mémoire qu'un souvenir vague, inconsistant, une sorte de rêve. Son père était mort quand elle avait dix ans, bientôt suivi par sa mère… Elle avait un frère officier, au début ils s'étaient écrit, puis il avait cessé de répondre à ses lettres, il s'était déshabitué. Des souvenirs d'autrefois, subsistaient seulement la photographie de sa mère, mais, exposée à l'humidité de l'école, elle s'était estompée et l'on ne distinguait plus maintenant que les cheveux et les sourcils.

Au bout de trois verstes environ, le vieux Sémione qui conduisait se retourna et dit :

« On a arrêté un fonctionnaire en ville. On l'a emmené. Le bruit court qu'il aurait tué le maire Alexéiev à Moscou, avec l'aide des Allemands.

— Qui t'a dit ça ?

— On l'a lu dans les journaux chez Ivan Ionov, au cabaret. »

Il y eut encore un long silence. Maria Vassilièvna pensait à son école, aux examens tout proches où elle présenterait quatre garçons et une fille. Et, juste au moment où elle pensait aux examens, sa voiture fut dépassée par la calèche à quatre chevaux de Khanov, le propriétaire terrien, celui-là même qui avait fait passer les examens l'année précédente dans son école. Arrivé à sa hauteur, il la reconnut et la salua.

« Bonjour, dit-il. Vous rentrez chez vous ? »

Ce Khanov, un homme d'une quarantaine d'années, au visage flétri et veule, commençait visiblement à vieillir, mais était encore bel homme et plaisait aux femmes. Il habitait seul dans son grand domaine, n'avait jamais eu d'emploi et l'on disait de lui qu'il n'avait d'autre occupation que de faire les cent pas en sifflotant ou de jouer aux échecs avec son vieux domestique. On disait aussi qu'il buvait beaucoup. Effectivement, l'année dernière, aux examens, même les papiers qu'il avait apportés avec lui sentaient les parfums et le vin. Il était alors tout habillé de neuf et avait beaucoup plu à Maria Vassilièvna qui, assise à ses côtés, s'était continuellement sentie gênée. Elle avait l'habitude d'examinateurs froids, réfléchis, tandis que celui-ci ne se souvenait d'aucune prière, ne savait pas ce qu'il devait demander, s'était montré extrêmement poli et délicat et n'avait mis que des cinq sur cinq.

« Je vais chez Bakvist, dit-il à Maria Vassilièvna, mais il paraît qu'il n'est pas chez lui ? »

Ils quittèrent la grand-route pour un chemin vicinal, Khanov devant, Sémione derrière. Les quatre chevaux de Khanov suivaient le chemin au pas, arrachant avec effort la lourde calèche à la boue. Sémione louvoyait hors du chemin, tantôt gravissant un monticule, tantôt prenant à travers prés, sautant fréquemment à bas de la charrette pour aider son cheval. Maria Vassilièvna pensait toujours à son école, au problème qui serait donné à l'examen : serait-il difficile ou non ? Elle était mécontente du *zemstvo*[1] où, la veille, elle n'avait trouvé personne. Quel désordre ! Cela faisait deux ans qu'elle demandait le renvoi du concierge qui ne faisait rien, lui manquait de respect et battait les enfants, mais personne ne l'écoutait. Il était difficile de rencontrer le président, et si, d'aventure, on le trouvait, il vous disait, les larmes aux yeux, qu'il n'avait pas le temps ; l'inspecteur venait à l'école une fois tous les trois ans et ne comprenait rien à son affaire parce qu'il était auparavant employé des contributions indirectes et avait obtenu son poste d'inspecteur par protection ; le conseil de l'école se réunissait très rarement et on ne savait jamais où ; le curateur était un homme de la campagne sans instruction, propriétaire d'une tannerie, un être inintelligent et grossier, très lié d'amitié avec le concierge, et Dieu seul savait à qui il fallait adresser les requêtes et les demandes d'attestations…

« C'est vrai qu'il est beau », se dit-elle en jetant un coup d'œil à Khanov.

Le chemin était de plus en plus mauvais… On entra dans la forêt. Là, plus moyen d'éviter la percée creusée d'ornières profondes où l'eau coulait en murmurant. Et des branches piquantes vous cinglaient le visage.

« Qu'est-ce que vous dites de ce chemin ? » demanda Khanov en riant.

L'institutrice le regarda, se demandant pourquoi cet original vivait ici. Que pouvaient lui rapporter dans ce trou perdu, dans cette boue, dans cet ennui, son argent, son physique séduisant et son éducation raffinée ? Il n'avait aucun des avantages de la vie et, tout comme Sémione, menait ses chevaux au pas, par un chemin affreux, subissant les mêmes incommodités. Pourquoi vivre ici, quand on avait la possibilité de vivre à Pétersbourg, à l'étranger ? Et puis que lui aurait-il coûté, avec sa fortune, de mettre ce mauvais chemin en état pour ne pas en souffrir ni voir le désespoir peint sur le visage de son cocher et de Sémione ; mais il se contentait de rire et, apparemment, cela lui était égal, il n'avait pas besoin d'une vie meilleure. Il était bon, doux, naïf, il ne comprenait pas cette vie grossière, l'ignorait même, tout comme au jour de l'examen il ignorait les prières. Le seul don qu'il fît aux écoles consistait en globes terrestres, mais il se prenait sincèrement pour un citoyen utile et pour un promoteur avéré de l'instruction populaire. Mais qui donc en avait besoin, de ses globes !

« Tiens-toi bien, Vassilièvna », dit Sémione.

La charrette pencha fortement, prête à verser ; quelque chose de lourd tomba sur les pieds de Maria Vassilièvna : c'était son paquet d'emplettes. On gravissait une pente raide, argileuse ; dans des fossés sinueux l'eau ruisselait bruyamment, elle semblait avoir rongé le chemin, comment rouler là-dessus ! Les chevaux s'ébrouaient. Khanov descendit de voiture et marcha sur le côté de la route dans son long pardessus. Il avait chaud.

« Qu'est-ce que vous dites de ce chemin ? redemanda-t-il en riant. Il n'y en aurait pas pour longtemps à briser cette calèche.

— Et qui vous force à sortir par un temps pareil ! articula Sémione d'une voix rude. Vous n'aviez qu'à rester chez vous.

— Chez soi, grand-père, on s'ennuie. Je n'aime pas rester chez moi. »

Auprès du vieux Sémione il paraissait élancé, alerte, mais dans sa démarche quelque chose d'à peine perceptible dénotait un être intoxiqué, affaibli, près de sa perte. Et, soudain, de la forêt, sembla comme émaner une odeur de vin. Maria Vassilièvna fut prise d'horreur et de pitié pour cet homme qui se perdait sans savoir pourquoi et il lui vint à l'idée que, si elle était sa femme ou sa sœur, elle aurait, peut-être, donné toute sa vie pour le sauver. Être sa femme ? La vie est ainsi faite qu'il vit seul dans sa grande demeure, qu'elle vit seule dans un hameau perdu, mais l'idée même qu'ils pourraient être intimes et égaux lui paraît impossible, absurde. Au fond, toute la vie est ainsi faite et les relations humaines sont devenues si incompréhensiblement compliquées que, quand on y pense, l'angoisse vous prend et que le cœur vous manque.

« On ne comprend même pas, songeait-elle, pourquoi Dieu donne cette beauté, cette gentillesse, ces yeux tristes et doux à des hommes faibles, malheureux, inutiles, pourquoi ils ont tant de charme. »

« Ici, nous tournons à droite, dit Khanov en reprenant place dans sa calèche. Au revoir ! Bonne chance ! »

Elle se remit à penser à ses élèves, à l'examen, au concierge, au conseil de l'école ; et, tandis que le vent lui apportait, à sa droite, le bruit de la calèche qui s'éloignait, ces pensées se mêlaient à d'autres. Elle voulait penser à de beaux yeux, à l'amour, à un bonheur qui n'existerait jamais...

Être sa femme ? Le matin il faisait froid, personne pour allumer le poêle, le concierge était allé on ne sait où ; les écoliers arrivaient avant le jour, apportant neige et boue, faisant du tapage ; tout était si incommode, si inconfortable. Son appartement comprenait une seule pièce où elle faisait également la cuisine. Tous les jours, après la classe, elle avait mal à la tête et, après déjeuner, elle souffrait de brûlures à l'estomac. Il fallait demander aux élèves de l'argent pour le bois de chauffage, pour le concierge, remettre cet argent au curateur et supplier ensuite ce paysan gavé, insolent, d'envoyer du bois au nom du ciel ! La nuit, elle rêvait des examens, des paysans, des congères. À vivre cette vie elle avait vieilli, ses traits étaient devenus grossiers, laids, elle était anguleuse, gauche comme si on lui avait infusé du plomb, elle avait peur de tout, et, en présence des membres de la commission ou du curateur, elle se levait, n'osait pas se rasseoir, et quand elle parlait de l'un d'eux, elle le faisait respectueusement à la troisième personne. Personne ne l'aimait, sa vie s'écoulait dans l'ennui, sans tendresse, sans amitié, sans relations intéressantes. Dans sa situation, c'eût été affreux de tomber amoureuse !

« Tiens-toi bien, Vassilièvna ! »

À nouveau, on gravit un raidillon.

Elle s'était faite institutrice par nécessité, sans nulle vocation ; la vocation, l'utilité de l'instruction, elle n'y avait jamais pensé, il lui avait toujours semblé que l'essentiel, dans son métier, ce n'étaient ni les élèves ni l'instruction, mais les examens. Et où trouver le temps de penser à la vocation, à l'utilité de l'instruction ? Les instituteurs, les médecins pauvres, les infirmiers, accablés de travail, n'ont même pas la consolation de penser qu'ils servent une idée, le peuple, parce qu'ils ont toujours la tête pleine de pensées concernant le pain quotidien, le bois, les mauvais chemins, les maladies. Vie pénible, dépourvue d'intérêt que seuls supportaient au long des années les chevaux de trait muets dans le genre de cette Maria Vassilièvna ; les gens vifs, nerveux, impressionnables, qui parlaient de vocation, de servir une idée, étaient vite fatigués et abandonnaient la partie.

Pour passer par le chemin le plus court et le plus sec, Sémione prenait tantôt par les prés, tantôt par-derrière les maisons ; mais ici, méfie-toi, les moujiks ne te laisseraient pas passer, là c'était le lopin du pope, défense de le traverser, là Ivan Ionov avait acheté une parcelle au barine et l'avait entourée d'un fossé. Sans arrêt il fallait revenir sur ses pas.

Ils arrivèrent à Nijni-Gorodichtché. Près du cabaret, sur la terre encore enneigée et couverte de fumier, se trouvaient des charrettes : c'était un convoi de bonbonnes d'acide sulfurique. Il y avait beaucoup de monde au cabaret, rien que des rouliers, et cela sentait la vodka, le tabac et la peau de mouton. On parlait bruyamment, la porte à poulie claquait. Derrière la cloison un accordéon n'arrêtait pas de jouer. Maria Vassilièvna buvait du thé ; à la table voisine des rouliers, que le thé déjà avalé et l'atmosphère surchauffée faisaient ruisseler de sueur, buvaient de la vodka et de la bière.

« T'entends, Kouzma ! faisaient des voix désordonnées. Jamais de la vie ! Seigneur, bénissez-nous ! Ivan Démentytch, je peux faire ça pour toi ! Regarde, mon vieux ! »

Un moujik de petite taille, avec une barbiche noire, le visage tout grêlé, déjà ivre depuis longtemps, lâcha sous l'effet d'un étonnement soudain un gros juron.

« Qu'est-ce que t'as à jurer toi là-bas ? l'interpella, d'une voix coléreuse, Sémione, qui était assis assez loin à l'écart. Tu vois pas qu'y a une demoiselle ?

— Une demoiselle... le singea quelqu'un dans un coin.

— Sale corbeau !

— On ne fait rien... dit le petit moujik perdant contenance. Pardon excuse. Moi, j'en prends pour mon argent, et la demoiselle pour le sien... Bonjour !

— Bonjour, répondit l'institutrice.

— Je vous remercie profondément. »

Maria Vassilièvna se régalait de son thé, elle était devenue aussi rouge que les rouliers et pensait à nouveau au bois, au concierge...

« Hé, mon vieux, attends ! dit une voix à la table voisine. C'est l'institutrice de Viazoviè... je la connais ! C'est une brave demoiselle.

— Quelqu'un de comme il faut. »

La porte à poulie claquait sans arrêt, les uns entraient, les autres sortaient. Maria Vassilièvna, sur son banc, pensait toujours à la même chose, l'accordéon, derrière la cloison, jouait sans trêve. Les taches de soleil passèrent du plancher sur le comptoir, sur le mur, puis disparurent ; il était donc midi passé. Les rouliers de la table voisine se préparèrent à partir. Le petit moujik, qui titubait légèrement, s'approcha de Maria Vassilièvna et lui tendit la main ; en le voyant faire, les autres lui tendirent aussi la main pour lui dire adieu et sortirent les uns derrière les autres, la porte à poulie grinça et claqua neuf fois.

« Vassilièvna, prépare-toi ! » lui cria Sémione.

Ils repartirent. Et toujours au pas.

« Y a pas longtemps, on a construit une école ici, dans leur Nijni-Gorodichtché, dit Sémione en se retournant. Si c'est pas péché !

— Comment ça ?

— On dit que le président a mis mille roubles dans sa poche, le curateur mille aussi et l'instituteur cinq cents.

— L'école tout entière ne coûte pas plus de mille roubles. C'est mal de calomnier les gens, grand-père. Tout ça, c'est des racontars.

— Je sais pas… Moi, je répète ce qu'on dit. »

Mais il était clair qu'il ne la croyait pas. Les paysans non plus ne la croyaient pas ; ils avaient toujours pensé qu'elle touchait un gros traitement — vingt et un roubles par mois quand cinq auraient suffi — et qu'elle gardait pour elle la majeure partie de l'argent qu'elle recevait des élèves pour le bois et le concierge. Le curateur pensait de même, en bon moujik ; lui aussi, il faisait de la gratte sur le bois et recevait pour la curatelle des appointements versés par les paysans à l'insu des autorités.

On était, Dieu merci, sorti de la forêt, et, maintenant, jusqu'à Viazoviè, ce serait la plaine. On n'était pas loin : il y avait à traverser la rivière, la voie ferrée, et on arriverait à Viazoviè.

« Par où passes-tu ? demanda Maria Vassilièvna. Passe à droite par le pont.

— Pourquoi ? Nous passerons bien ici. C'est pas très profond.

— Prends garde que le cheval ne se noie.

— Pourquoi ?

— Regarde Khanov sur le pont, dit Maria Vassilièvna qui avait aperçu au loin, à droite, la voiture à quatre chevaux. C'est bien lui, il me semble ?

— Ou-oui. Il n'a pas dû trouver Bakvist. Quel imbécile, Seigneur, aie pitié de lui, d'être allé passer par là-bas, et pour quoi faire ? Par ici c'est plus court de trois bonnes verstes[1]. »

Ils arrivèrent au bord de la rivière. En été, c'était un petit ruisseau qu'on passait facilement à gué et qui était habituellement à sec vers le mois d'août, mais pour l'instant, en période de grandes eaux, c'était une rivière large de six toises[2], rapide, trouble, froide ; sur la berge et au bord de l'eau on apercevait des ornières récentes : une voiture avait donc passé.

« Hue, cria Sémione furieux et inquiet, en tirant résolument sur les rênes et en agitant les coudes comme un oiseau bat des ailes. Hue ! »

Le cheval entra dans l'eau jusqu'au ventre et s'arrêta, mais il repartit aussitôt, bandant toutes ses forces, et Maria Vassilièvna sentit un froid vif qui lui coupait les jambes.

« Hue ! cria-t-elle en se soulevant elle aussi sur son siège. Hue ! »

Ils abordèrent sur la berge.

« Qu'est-ce que c'est, Seigneur, bougonnait Sémione tout en remettant les harnais en ordre. C'est une vraie malédiction, ce *zemstvo*… »

Les caoutchoucs et les chaussures de Maria Vassilièvna étaient pleins d'eau, le bas de son manteau et de sa jupe et une de ses manches étaient trempés et faisaient des rigoles ; le sucre et la farine étaient mouillés — c'était là le plus grand dommage — et Maria Vassilièvna, levant les bras de désespoir, disait :

« Ah, Sémione, Sémione… Quel homme, vraiment ! »

Au passage à niveau la barrière était baissée : le rapide avait quitté la gare. Elle attendait qu'il passât, debout devant la barrière, grelottant de tous ses membres. On apercevait Viazoviè, l'école avec son toit vert et l'église dont les croix étincelaient, réfléchissant le soleil du soir ; les fenêtres de la gare étincelaient elles aussi et une fumée rose montait de la locomotive… Maria Vassilièvna avait l'impression que tout tremblait de froid.

Il arrivait, le train ; les vitres chatoyaient de la vive lumière, comme les croix de l'église, cela vous aveuglait. Sur la plate-forme d'un wagon de première classe se tenait une dame sur laquelle Maria Vassilièvna leva un regard fugitif : sa mère ! Quelle ressemblance ! Sa mère avait la même chevelure opulente, exactement le même front, le même port de tête. Et pour la première fois en treize ans, elle revit avec une netteté et une vivacité stupéfiante sa mère, son père, son frère, leur appartement de Moscou, les poissons de l'aquarium, tout jusqu'au moindre détail, elle entendit soudain les accords du piano, la voix de son père, se sentit, comme alors, jeune, belle, élégante, dans une chambre claire, chaude, au milieu du cercle de famille ; la joie et le bonheur l'envahirent soudain, dans son élan elle se serra les tempes dans les mains et appela d'une voix tendre, suppliante :

« Maman ! »

Elle fondit en larmes, sans savoir pourquoi. Juste à ce moment, arrivait la calèche de Khanov et, en le voyant, elle imagina un bonheur qu'elle n'avait jamais eu, sourit, lui adressa un signe de tête d'égal à égal, d'intime, et il lui sembla que partout, dans le ciel, aux fenêtres, sur les arbres, rayonnait son bonheur, son triomphe. Non, jamais son père ni sa mère n'étaient morts, jamais elle n'avait été institutrice, c'était un long rêve, pénible, étrange, mais, maintenant, elle venait de se réveiller…

« Monte, Vassilièvna ! »

Et soudain tout disparut. La barrière se soulevait lentement. Maria Vassilièvna, grelottante, engourdie, reprit sa place dans la charrette. La calèche traversa la voie, suivie de Sémione. Le garde-barrière ôta son bonnet.

« Voilà Viazoviè. Nous sommes arrivés. »

Les Groseilliers

Dès le matin, de gros nuages de pluie avaient recouvert le ciel ; le temps était doux, tiède et ennuyeux comme par ces grises et maussades journées où depuis longtemps les nuages s'étendent au-dessus de la plaine et où l'on attend une pluie qui ne vient pas. Ivan Ivanytch, le vétérinaire, et Bourkine, le professeur, étaient fourbus et la plaine leur semblait infinie. À peine percevaient-ils au loin les moulins à vent de Mironossitskoïé ; à droite s'étendait une rangée de collines qui disparaissait à l'horizon derrière le village, ils savaient tous deux que c'était le bord de la rivière, qu'il y avait là-bas des prairies, des saules verts, des maisons seigneuriales et que, du haut d'une de ces collines, on apercevait une autre plaine aussi immense, des poteaux télégraphiques, un train qui ressemblait, de loin, à une chenille rampante, et même, par beau temps, qu'on verrait la ville. Aujourd'hui, le temps était calme, toute la nature semblait douce et pensive, Ivan Ivanytch et Bourkine étaient pénétrés d'amour pour cette plaine, tous deux songeaient à la beauté et à la grandeur de ce pays.

« La dernière fois, quand nous étions dans la grange du maire Prokofi, dit Bourkine, vous vous disposiez à me raconter une histoire.

— Oui, je voulais vous raconter celle de mon frère. »

Ivan Ivanytch poussa un long soupir et alluma sa pipe pour commencer son récit, mais, juste à ce moment, il se mit à pleuvoir. Et cinq minutes après il tombait une pluie violente, serrée, dont il était difficile de prévoir la fin. Les deux hommes s'arrêtèrent, se demandant quel parti prendre ; leurs chiens, déjà trempés, immobiles, la queue entre les pattes, les regardaient d'un air attendri.

« Il faut nous abriter quelque part, dit Bourkine. Allons chez Aliokhine. C'est tout près.

— Allons-y. »

Ils tournèrent de côté, traversant des éteules sans discontinuer, tantôt prenant au droit, tantôt appuyant à droite jusqu'à ce qu'ils débouchent sur un chemin. Bientôt ils aperçurent des peupliers, un jardin, puis des toits rouges de granges ; la rivière miroita et leur regard découvrit un vaste plan d'eau avec un moulin et une baignade blanche. C'était Sophino, la demeure d'Aliokhine.

Le moulin tournait, couvrant le bruit de la pluie ; la digue vibrait. Près des chariots, des chevaux attendaient, immobiles, trempés, la tête basse, tandis que des gens allaient et venaient, un sac sur la tête pour se protéger de la pluie. Tout cela était humide, boueux, inhospitalier, l'eau semblait froide, mauvaise. À présent, Ivan Ivanytch et Bourkine sentaient qu'ils étaient trempés, crottés, qu'ils avaient les membres raides et les jambes alourdies par la boue et ils longèrent la digue et remontèrent vers les granges, sans se parler, comme s'ils s'étaient fâchés.

Dans l'une des granges tournait une machine à vanner ; la poussière s'envolait par la porte ouverte. Sur le seuil se tenait Aliokhine en personne, un homme d'une quarantaine d'années, grand et gros, aux cheveux longs, qui ressemblait plus à un professeur ou à un peintre qu'à un propriétaire terrien. Il portait une chemise blanche, qui avait bien besoin d'être lavée, une ceinture de corde, des caleçons en guise de pantalons, et ses bottes, à lui aussi, étaient enduites de boue et de paille. Il avait le nez et les yeux noirs de poussière. Il reconnut Ivan Ivanytch et Bourkine et sembla très heureux de les voir.

« Entrez, messieurs, je vous prie, dit-il avec un sourire. Je suis à vous tout de suite. »

C'était une grande maison à un étage. Aliokhine habitait au rez-de-chaussée dans deux pièces voûtées, à petites fenêtres, l'ancien appartement des régisseurs ; l'intérieur était simple et sentait le pain de seigle, la vodka à bon marché et le harnais. Il se tenait rarement au premier, dans les pièces de réception, uniquement lorsqu'il avait des visites. Ivan Ivanytch et Bourkine furent accueillis par la femme de chambre, une femme jeune et si belle que tous deux s'arrêtèrent ensemble et se regardèrent.

« Vous ne pouvez vous imaginer comme je suis heureux de vous voir, messieurs, disait Aliokhine en les rejoignant dans le vestibule. Je ne vous attendais vraiment pas. Pélaguéïa, dit-il à la femme de chambre, donnez à ces messieurs de quoi se changer. Et moi aussi, je vais en profiter pour le faire. Seulement, il faut d'abord que j'aille me laver, j'ai l'impression de ne pas avoir fait ma toilette depuis le printemps. Voulez-vous aller prendre un bain à la rivière pendant qu'on prépare ce qu'il faut ? »

La belle Pélaguéïa, si fine et si douce à regarder, apporta des draps de bain et du savon, et Aliokhine et ses hôtes prirent le chemin de la baignade.

« Oui, ça fait longtemps que je ne me suis pas lavé, dit-il en se déshabillant. J'ai une belle baignade, comme vous le voyez : c'est mon père qui l'a fait installer, mais je n'ai jamais le temps de m'en servir. »

Il s'assit sur une marche, savonna ses longs cheveux, son cou, et autour de lui, l'eau devint marron.

« Ma foi… dit Ivan Ivanytch en regardant la tête d'Aliokhine d'un air significatif.

— Ça fait longtemps que je ne me suis pas lavé… » répéta celui-ci, confus, en se resavonnant, et autour de lui, l'eau devint bleu-noir comme de l'encre.

Ivan Ivanytch sortit du bain, se jeta bruyamment à la rivière et nagea à grandes brasses sous la pluie, provoquant des vagues sur lesquelles oscillaient les nénuphars blancs ; il nagea jusqu'au milieu du plan d'eau, plongea, réapparut un instant plus tard à un autre endroit, repartit, plongeant à tout instant pour atteindre le fond. « Ah, Seigneur Dieu… répétait-il avec délices. Ah, Seigneur Dieu… » Il alla jusqu'au moulin, échangea quelques mots avec les paysans, revint, fit la planche en plein milieu de la rivière, le visage exposé à la pluie. Bourkine et Aliokhine, déjà rhabillés, étaient prêts à partir qu'il nageait et plongeait encore.

« Ah, Seigneur Dieu… disait-il. Ah, Seigneur, aie pitié de nous !

— Vous vous êtes assez baigné », lui cria Bourkine.

Ils regagnèrent la maison. Et c'est seulement lorsqu'on eut allumé la lampe du grand salon du premier, que Bourkine et Ivan Ivanytch, vêtus de robes de chambre en soie et chaussés de pantoufles chaudes, eurent pris place dans un fauteuil, qu'Aliokhine, lavé, peigné, en redingote neuve, se fut mis à arpenter la pièce, jouissant visiblement de se sentir propre, au chaud, au sec, en chaussures légères, que la belle Pélaguéïa, marchant son bruit sur le tapis, un doux sourire aux lèvres, eut apporté sur un plateau du thé et des confitures, c'est alors seulement qu'Ivan Ivanytch commença son récit, que semblaient écouter non seulement Bourkine et Aliokhine mais aussi les dames, vieilles et jeunes, et les officiers qui, dans leurs cadres dorés, avaient un air à la fois paisible et sévère.

« Nous sommes deux frères, commença-t-il, moi,

Ivan, et Nicolaï, mon cadet de deux ans. Moi, j'ai fait mes études, je suis devenu vétérinaire, Nicolaï, dès l'âge de dix-neuf ans, était fonctionnaire des finances. Notre père, qui s'appelait Tchimcha-Himalaïski, était un ancien enfant de troupe, mais, devenu officier, il nous laissa la noblesse héréditaire et un pauvre petit bien. Si, après sa mort, les dettes et la chicane nous l'ont fait perdre, nous n'en avons pas moins passé notre enfance à la campagne, au grand air. Tout comme les enfants des paysans nous passions nos jours et nos nuits dans les champs, dans les bois, nous gardions les chevaux, nous ramassions de l'écorce fraîche, nous pêchions, et autres occupations semblables. Et vous le savez, quiconque, ne serait-ce qu'une fois dans sa vie, a pris une grémille ou aperçu, à l'automne, un vol de grives passant au-dessus d'un village par une claire et fraîche journée, celui-là n'est plus un habitant des villes et, jusqu'à sa mort, il ressentira l'appel du grand air. Mon frère s'ennuyait dans son bureau. Les années s'écoulaient, il était toujours à la même place, remplissant toujours les mêmes papiers, ne pensant qu'à une seule et même chose : partir à la campagne. Et cette nostalgie se mua peu à peu en un désir précis, en un rêve : s'acheter une petite propriété n'importe où, au bord d'une rivière ou d'un lac.

» C'était un homme bon, doux, je l'aimais, mais je n'avais jamais souscrit à ce rêve de s'enfermer pour la vie dans un domaine. On prétend qu'un homme n'a besoin que de trois archines[1] de terre.

Mais trois archines, c'est la part d'un cadavre, non d'un homme. Et on dit aussi, à l'heure présente, que si notre classe éclairée se sent attirée par la terre et aspire à vivre à la campagne, c'est une bonne chose. Mais cette campagne, ce sont ces mêmes trois archines. Quitter la ville, la lutte, le tumulte de l'existence pour aller s'enterrer dans un domaine, ce n'est pas une vie, c'est de l'égoïsme, de la paresse, c'est une sorte de retraite monacale, mais une retraite dont tout exploit est absent. Ce qu'il faut à l'homme, ce n'est ni trois arpents de terre, ni un domaine, mais la Terre et la nature tout entières, pour que puissent se manifester sans entraves toutes les qualités et toutes les singularités d'un esprit libre.

» Assis dans son bureau, mon frère rêvait qu'il mangerait les choux de son jardin, dont le fumet embaumerait toute la cour, qu'il mangerait sur l'herbe, qu'il dormirait au soleil, qu'il passerait des heures entières, assis sur un banc devant sa porte, à regarder les champs et les bois. Les livres d'agriculture et tous ces conseils que donnent les almanachs faisaient sa joie, constituaient sa nourriture spirituelle préférée ; il aimait aussi lire les journaux mais il n'y cherchait que les annonces de la vente de tant d'arpents de terre à labour et de prairie avec habitation, rivière, jardin d'agrément, moulin et étang à déversoir. Et dans son esprit se dessinaient des allées de jardin, des fleurs, des fruits, des nichoirs à sansonnets, des carassins dans des étangs, enfin toutes les choses de ce genre, vous voyez ? Ces tableaux imaginaires variaient selon les annonces qui lui tombaient sous les yeux, mais, quoi qu'il arrive, il y avait toujours des groseilliers[1]. Il ne pouvait s'imaginer un domaine, un coin poétique, sans ces groseilliers-là.

» "La vie à la campagne a ses avantages, disait-il parfois. On prend le thé assis sur son balcon, vos canards nagent sur l'étang, cela sent divinement bon, et... et les groseilliers poussent."

» Il esquissait un plan de sa propriété et c'était chaque fois la même chose : *a*) la maison des maîtres, *b*) les communs, *c*) le potager, *d*) les groseilliers. Il vivait chichement : il ne mangeait ni ne buvait son content, s'habillait Dieu sait comment, comme un gueux, il ne faisait qu'économiser et porter son argent à la banque. Il était terriblement près de ses sous. Il me faisait peine à voir, je lui donnais un peu d'argent et lui faisais des cadeaux pour les fêtes, mais cela aussi, il le mettait de côté. Quand un homme s'est mis une idée en tête, il n'y a rien à faire.

» Les années passèrent, il fut muté dans une autre province, il avait déjà quarante ans passés mais il continuait à lire les annonces de journaux et à économiser. Puis j'appris qu'il se mariait. Toujours avec la même idée, acheter un domaine avec des groseilliers, il épousait une veuve vieille et laide, sans éprouver le moindre sentiment pour elle, uniquement parce qu'elle avait des sous. Une fois marié, il continua à vivre chichement, lui donnant à peine de quoi manger, et il plaça l'argent de sa femme à la banque, à son propre nom. Elle avait été mariée en premières noces à un directeur des postes et s'était habituée, avec lui, aux gâteaux et aux liqueurs, tandis qu'avec son second mari elle n'avait même pas suffisamment de pain noir ; à ce régime elle se mit à dépérir et, au bout de deux ou trois ans, elle rendit son âme à Dieu. Bien entendu mon frère ne pensa pas un instant qu'il était responsable de sa mort. L'argent, comme la vodka, fait des gens des êtres à part. Tenez, un marchand dans notre ville vient de décéder : à l'article de la mort il s'est fait apporter une assiette de miel et il a avalé avec le miel tout son argent et ses billets à lot pour que personne n'en profite. Un jour, dans une gare, j'inspectai du bétail : un maquignon tombe sous la locomotive, qui lui sectionne la jambe. Nous le portons à l'hôpital, le sang coulait, c'était affreux à voir, et lui, il ne cessait de demander qu'on aille chercher sa jambe : ce qui le tracassait, c'est qu'il y avait vingt roubles dans sa botte et qu'il avait peur de les perdre[1].

— Ça, c'est une autre histoire, observa Bourkine.

— Sa femme morte, reprit Ivan Ivanytch après trente secondes de réflexion, mon frère se mit à chercher une propriété. Naturellement, on a beau passer cinq ans à chercher, au bout du compte on se trompe quand même et on n'achète pas du tout ce dont on avait rêvé. Il acheta, par l'entremise d'un homme d'affaires, avec transfert de dette, une propriété de cent douze déciatines[2] comprenant maison de maître, communs, parc, mais sans verger, sans groseilliers épineux, sans étang ni canards ; il y avait une rivière mais son eau était couleur de café parce que d'un côté de la propriété il y avait une briqueterie et de l'autre une brûlerie d'os. Mais cela le chagrinait peu ; il fit venir vingt pieds de groseilliers, les fit planter et se mit à vivre en propriétaire.

» Je suis allé le voir l'année dernière. “Allons voir ce qui se passe”, m'étais-je dit. Dans ses lettres, mon frère appelait sa terre “la lande à Tchoumbaroklov, *alias* Himalaïskoïé”. J'arrivai à “*alias* Himalaïskoïé” l'après-midi. Il faisait chaud. Partout, des caniveaux, des palissades, des haies vives, des rangées de sapins, à ne pas savoir comment entrer dans la cour ni où laisser son cheval. Je me dirigeai vers la maison, un gros chien roux qui ressemblait à un cochon s'avança vers moi. Il avait envie d'aboyer mais la paresse l'en empêchait. La cuisinière sortit de sa cuisine, pieds nus, grasse, ressemblant à un cochon, elle aussi, et me dit que son maître faisait la sieste. J'entrai chez mon frère, il était assis sur son lit, une couverture sur les genoux ; il avait vieilli, forci, sa peau était devenue flasque ; ses joues, son nez, ses lèvres avançaient — pour un peu, il aurait grouiné sous sa couverture.

» Nous nous serrâmes dans nos bras et versâmes une larme de joie, puis de tristesse, à la pensée que nous avions jadis été jeunes et que nous avions maintenant tous deux les cheveux gris et un pied dans la tombe. Il s'habilla et m'emmena visiter sa propriété.

» “Alors, comment te trouves-tu ici ? demandai-je.

» — Pas mal, Dieu merci, il n'y a pas à se plaindre."

» Ce n'était plus le pauvre, l'humble fonctionnaire d'autrefois, mais un vrai propriétaire, un *barine*. Il s'était acclimaté, habitué, avait pris goût à cette vie ; il mangeait beaucoup, prenait des bains de vapeur, avait grossi, était déjà en procès avec la communauté paysanne et les deux usines, et se vexait à mort quand les paysans ne l'appelaient pas "Excellence". Il se souciait de son âme avec dignité, en véritable *barine*, et faisait le bien mais pas n'importe comment : d'un air important. Quel bien ? Il soignait toutes les maladies des paysans avec du bicarbonate de soude et de l'huile de ricin, et pour sa fête, faisait célébrer un service d'actions de grâces en plein village, puis faisait distribuer un demi-seau[1] de vodka, il pensait que c'était indispensable. Ah ! ces horribles demi-seaux ! Aujourd'hui, un propriétaire gras à lard traîne ses paysans chez le juge de paix sous l'accusation de déprédation dans ses terres, demain, c'est jour de fête, il leur offrira un demi-seau de vodka, ils le boiront en criant "hourra", et, une fois ivres, le salueront jusqu'à terre. Une vie meilleure, l'abondance, l'oisiveté développent chez le Russe la présomption la plus éhontée. Nicolaï qui, jadis, dans son bureau des finances, craignait d'avoir, même en son for intérieur, des opinions personnelles, n'énonçait plus maintenant que des vérités, avec l'aplomb d'un ministre : "L'instruction est nécessaire mais, pour le peuple, elle est prématurée", "les punitions corporelles sont généralement néfastes, mais, en certains cas, elles sont utiles et irremplaçables".

» "Je connais mes gens et je sais me comporter avec eux, disait-il. Ils m'aiment. Il me suffirait de remuer le petit doigt et mes gens feront tout ce que je voudrai."

» Et tout cela, remarquez-le, était dit avec un sourire plein d'intelligence et de bonté. Il répéta vingt fois : "Nous autres, les nobles", "Moi, en tant que noble" ; il ne se souvenait visiblement pas que notre grand-père était un paysan et notre père un soldat. Même notre nom de famille parfaitement incongru, Tchimcha-Himalaïski, lui paraissait maintenant ronflant, illustre et très plaisant.

» Mais il ne s'agit pas de lui, mais de moi. Je veux vous raconter le changement qui s'opéra en moi durant les quelques heures que je passai dans sa propriété. Le soir, au moment du thé, la cuisinière posa sur la table une pleine assiette de groseilles. On ne les avait pas achetées, elles venaient du jardin, c'était la première récolte que donnaient les groseilliers. Nicolaï commença par rire, puis, pendant une bonne minute, contempla les groseilles, silencieusement, les larmes aux yeux — l'émotion l'empêchait de parler — puis il mit une baie dans sa bouche, me regarda de l'air triomphant d'un enfant qui a enfin reçu un jouet très aimé et dit :

» "Que c'est bon !"

» Il mangeait avec avidité, répétant sans cesse :

» "Ah ! que c'est bon ! Goûte-les !"

» Les groseilles étaient dures et acides mais,

comme l'a dit Pouchkine, "un leurre qui exalte nous est plus cher que mille vérités[1]". Je voyais un homme heureux qui avait manifestement réalisé son rêve secret, qui avait atteint le but de sa vie, avait obtenu ce qu'il voulait, était satisfait de son sort et de lui-même. À mes pensées sur le bonheur humain se mêlait toujours obscurément un je-ne-sais-quoi de triste, mais maintenant, à la vue de cet homme heureux, ce qui s'empara de moi fut un sentiment pénible, proche du désespoir. Ce qui se montra particulièrement pénible fut la nuit. On m'avait dressé un lit dans la chambre voisine de celle de mon frère et je l'entendais qui ne dormait pas, se levait, s'approchait de l'assiette, y prenant une seule groseille à la fois. Je me représentais combien il y a, au fond, de gens satisfaits, heureux ! Quelle masse écrasante ! Regardez cette vie : les forts sont insolents et oisifs, les faibles ignares, semblables à des bêtes ; alentour une invraisemblable pauvreté, des pièces surpeuplées, la dégénérescence, l'ivrognerie, l'hypocrisie, le mensonge… Pourtant, dans toutes les maisons et dans les rues, le calme et la tranquillité règnent : sur cinquante mille habitants d'une ville pas un qui crie ou s'indigne à haute voix. Nous voyons ceux qui vont faire leur marché, qui mangent le jour, dorment la nuit, qui disent leurs fadaises, qui se marient, qui vieillissent, qui traînent benoîtement leurs morts au cimetière ; mais nous ne voyons pas et n'entendons pas ceux qui souffrent, et tout ce qu'il y a d'horrible dans l'existence se passe quelque part en coulisse. Tout est calme, tranquille, seule proteste la statistique muette : tant de fous, tant de seaux de vodka bus, tant d'enfants morts de faim… Et un tel ordre est sans doute nécessaire ; sans doute l'homme heureux ne se sent-il bien que parce que les malheureux portent leur fardeau en silence, car sans ce silence le bonheur serait impossible. C'est une anesthésie générale. Il faudrait que derrière la porte de chaque homme satisfait, heureux, s'en tînt un autre qui frapperait sans arrêt du marteau pour lui rappeler qu'il existe des malheureux, que, si heureux soit-il, tôt ou tard la vie lui montrera ses griffes, qu'un malheur surviendra — maladie, pauvreté, perte — et que nul ne le verra, ne l'entendra, pas plus que maintenant il ne voit ni n'entend les autres. Mais l'homme au marteau n'existe pas, l'homme heureux vit en paix et les menus soucis de l'existence l'agitent à peine, comme le vent agite le tremble, et tout est bien.

» Cette nuit-là je compris que, moi aussi, j'étais satisfait et heureux, poursuivit Ivan Ivanytch en se levant. Moi aussi, à table et à la chasse, je disais doctement comment il faut vivre, croire, guider le peuple. Moi aussi j'affirmais que l'instruction est la lumière, qu'elle est indispensable, mais qu'en attendant il suffira au menu peuple de savoir lire et écrire. La liberté est un bien, disais-je, on ne peut pas s'en passer, non plus que d'air, mais il faut attendre. Oui, je parlais ainsi, mais aujourd'hui je vous le demande : au nom de quoi doit-on attendre ? dit-il en regardant Bourkine d'un air furieux. Au nom de quoi attendre, je vous le demande ? Au nom de quelles considérations ? On me dit que rien ne se fait d'un seul coup, que, dans la vie, toute idée se réalise progressivement, en son temps. Mais qui dit cela ? Où est-il prouvé que c'est exact ? Vous vous fondez sur l'ordre naturel des choses, sur la loi des phénomènes, mais existe-t-il un ordre et une loi qui m'obligent, moi, un homme vivant, pensant, à rester debout au bord d'un fossé à attendre qu'il se comble de lui-même ou que la vase vienne le remplir alors que je pourrais peut-être le franchir ou jeter un pont par-dessus ? Encore une fois, je vous le demande, au nom de quoi faut-il attendre ? Attendre qu'on n'ait plus la force de vivre, alors qu'il le faut cependant, qu'on a envie de vivre !

» Je partis de chez mon frère de grand matin ; depuis, la vie des villes m'est devenue insupportable. Leur calme et leur tranquillité m'oppressent, j'ai peur de lever les yeux vers leurs fenêtres, car il n'est pas pour moi de spectacle plus pénible que celui d'une famille heureuse en train de prendre le thé autour d'une table. Je suis vieux à présent et incapable de me battre, je suis même incapable de haïr. Je me borne à souffrir, m'irriter, regretter ; la nuit, le front me brûle de trop penser et je ne peux pas dormir… Ah, si j'étais jeune ! »

Sous le coup de l'émotion, Ivan Ivanytch se mit à arpenter la pièce et répéta :

« Si j'étais jeune ! »

Il s'approcha soudain d'Aliokhine et, lui serrant tantôt une main, tantôt l'autre :

« Mon ami, proféra-t-il d'une voix suppliante, ne vous tenez pas pour satisfait, ne vous laissez pas endormir ! Tant que vous êtes jeune, fort, alerte, ne vous lassez pas de faire le bien ! Le bonheur n'existe pas et ne doit pas être, et si la vie a un sens et un but, ils ne sont nullement dans notre bonheur, mais dans quelque chose de plus sensé et de plus grand. Faites le bien ! »

Tout cela fut dit avec un sourire pitoyable, suppliant, comme s'il demandait quelque chose pour lui-même.

Puis tous trois demeurèrent assis dans leur fauteuil, chacun dans son coin, sans ouvrir la bouche. Le récit d'Ivan Ivanytch n'avait satisfait ni Bourkine ni Aliokhine. Écouter l'histoire d'un pauvre fonctionnaire qui mangeait des groseilles, quand des généraux et des dames qui semblaient vivants dans la pénombre vous contemplaient du haut de leurs cadres dorés, était bien ennuyeux. On avait plutôt envie de parler et d'entendre parler de gens élégants, de femmes. Et leur présence dans le salon où tout — les lustres dans leur housse, les fauteuils, les tapis sous leurs pieds — disait que jadis, ici, allaient et venaient, s'asseyaient, prenaient le thé ces mêmes gens qui les contemplaient maintenant du haut de leurs cadres dorés, la belle Pélaguéïa qui se mouvait silencieusement, dans la pièce, tout cela valait mieux que n'importe quel récit.

Aliokhine éprouvait une violente envie de dormir ; il s'était levé de grand matin, pour travailler, avant trois heures, et, maintenant, ses paupières se collaient, mais, craignant que ses hôtes ne racontassent, en son absence, quelque chose d'intéressant, il restait. Était-ce sensé, était-ce juste, ce que venait de dire Ivan Ivanytch ? Aliokhine ne cherchait pas à l'approfondir ; ses hôtes ne parlaient ni de gruau, ni de foin, ni de goudron, mais de quelque chose qui n'avait pas de rapport direct avec sa vie à lui, il en était heureux et souhaitait les entendre encore…

« Allons, il est quand même l'heure d'aller se coucher, dit Bourkine en se levant. Permettez-moi de vous souhaiter une bonne nuit. »

Aliokhine leur dit bonsoir et descendit, ses hôtes restèrent au premier. On leur avait donné une grande chambre où se dressaient deux lits en bois sculpté, dans un coin se trouvait un crucifix d'ivoire ; de ces lits larges, frais, qu'avait faits la belle Pélaguéïa, s'exhalait une agréable odeur de linge propre.

Ivan Ivanytch se déshabilla en silence et se coucha.

« Seigneur, pardonne-nous, pauvres pécheurs ! » dit-il, et il remonta sa couverture sur sa tête.

Sa pipe, posée sur la table, sentait violemment le culot et Bourkine fut long à s'endormir, ne pouvant comprendre d'où venait cette désagréable odeur.

La pluie tambourina contre les vitres toute la nuit.

Ionytch

I

Quand les voyageurs arrivant à S..., ville de province, se plaignaient de l'ennui et de la monotonie de l'existence, les habitants répondaient, comme pour se justifier, qu'au contraire on y était très bien, qu'il y avait une bibliothèque, un théâtre, un cercle, qu'on y donnait des bals, qu'enfin il y avait des familles douées d'esprit, intéressantes, agréables, avec lesquelles il était facile de lier connaissance. Et ils citaient la famille Tourkine comme la plus cultivée et la plus riche de talents.

Cette famille habitait un hôtel particulier dans la grande rue, près de celui du gouverneur. Ivan Tourkine, un beau brun corpulent au visage orné de favoris, organisait des spectacles d'amateurs à buts philanthropiques et jouait lui-même les vieux généraux en toussant d'une façon fort drôle. Il connaissait une quantité d'histoires, de charades, de dictons, aimait les plaisanteries et les traits d'esprit, et l'on ne savait jamais, à son expression, s'il plaisantait ou parlait sérieusement. Sa femme Véra, une dame plutôt maigre, gracieuse, le nez chaussé d'un pince-nez, écrivait des nouvelles et des romans qu'elle lisait volontiers à ses invités. Leur fille, Ekatérina, jouait du piano. Bref, chacun des membres de la famille avait un don. Les Tourkine étaient des hôtes courtois et donnaient le spectacle de leur talent dans une atmosphère de gaieté et de simplicité cordiale. Leur grande demeure de pierre était spacieuse et fraîche en été, la moitié des fenêtres donnait sur un vieux parc ombragé où, au printemps, les rossignols chantaient ; quand ils recevaient, la cuisine retentissait du bruit des couteaux, la cour fleurait l'oignon roussi, ce qui promettait à chaque fois un copieux et succulent dîner.

Et lorsque le docteur Dmitri Ionytch Startsev, qui venait d'être nommé médecin de district, s'installa à Dialij à neuf verstes de S..., il s'entendit dire qu'un membre de l'intelligentsia comme lui se devait de faire la connaissance des Tourkine. Un jour d'hiver on le leur présenta dans la rue ; ils parlèrent du temps, du théâtre, du choléra, une invitation suivit. Un jour de fête, au printemps — c'était l'Ascension — après sa consultation Startsev se rendit en ville pour se distraire un peu et y faire quelques achats. Il s'y rendit à pied, sans se presser (il n'avait pas encore de voiture), fredonnant sans arrêt :

Je n'avais pas encore bu à la coupe amère[1].

Il déjeuna en ville, alla se promener au jardin public, puis l'invitation des Tourkine lui revint à l'esprit et il décida d'aller chez eux, pour voir quelles gens c'étaient.

« Bien le jour bon, cher monsieur, dit Tourkine en l'accueillant sur le perron. Enchanté de voir un hôte aussi aimable. Entrons, je vais vous présenter à ma fidèle moitié. Je lui dis, Véra, poursuivit-il tout en présentant le docteur à sa femme, je lui dis que le droit canon lui interdit formellement de mariner à l'hôpital, qu'il doit consacrer ses loisirs à la société. N'est-ce pas, ma chérie ?

— Asseyez-vous ici, dit Mme Tourkina, en installant son hôte à côté d'elle. Vous pouvez me faire la cour. Mon mari est jaloux, c'est un véritable Othello, mais nous essaierons de faire en sorte qu'il ne s'aperçoive de rien.

— Ma mignonne, mon enfant... murmura tendrement Tourkine en l'embrassant sur le front. Vous êtes arrivé fort à propos, dit-il en s'adressant à nouveau à son hôte, ma fidèle moitié a écrit un énorme roman et va nous le lire aujourd'hui.

— *Mon petit Jean*, dit-elle à son mari, *dites que l'on nous donne du thé*[1]. »

On présenta Ekatérina, qu'on appelait Kotik, à Startsev : c'était une demoiselle de dix-huit ans qui ressemblait beaucoup à sa mère, maigrelette et aussi gracieuse qu'elle. Son expression était encore enfantine, sa taille svelte, délicate ; et sa poitrine virginale, déjà développée, belle, respirant la santé, parlait de printemps, d'un printemps véritable. Puis ils prirent du thé, accompagné de confitures, de miel, de bonbons et de petits gâteaux exquis qui fondaient dans la bouche. Vers le soir, peu à peu, les invités arrivèrent et Tourkine disait à chacun d'eux en tournant vers lui son regard rieur :

« Bien le jour bon, cher monsieur. »

Puis ils s'installèrent tous au salon avec des airs très graves et Véra lut son roman. Il commençait ainsi : « Le gel redoublait… » Les fenêtres étaient grandes ouvertes, on entendait le bruit des couteaux à la cuisine d'où montait l'odeur de l'oignon roussi… Dans les fauteuils doux et profonds on savourait le repos, les bougies jetaient des lueurs tendres dans la pénombre de la salle à manger ; et par ce soir d'été, tandis que de la rue montaient des voix et des rires et que de la cour s'exhalait un parfum de lilas, on comprenait mal que le gel redoublât et que le soleil éclairât de ses froids rayons une plaine enneigée et un voyageur qui cheminait tout seul sur la route ; Mme Tourkina disait l'histoire d'une jeune et belle comtesse qui avait fait bâtir dans ses villages des écoles, des hôpitaux, des bibliothèques, et qui était tombée amoureuse d'un peintre ambulant. Elle lisait une histoire comme il ne s'en passe jamais dans la vie, mais elle était agréable, facile à entendre, et dans la tête se pressaient de bonnes et reposantes pensées — on n'avait pas envie de se lever…

« C'est beltourné… », dit Tourkine à voix basse.

Et un des invités, emporté loin, très loin, par sa songerie, dit d'une voix à peine perceptible :

« Oui… c'est vrai… »

Une heure s'écoula, puis une autre. Tout près

de là, au jardin public, on entendait un orchestre et un chœur populaire. Quand Mme Tourkina eut fermé son cahier, il y eut cinq minutes de silence pendant lesquelles on entendit « Ma douce chandelle » chanté par le chœur, et cette chanson disait tout ce que le roman taisait, et qui se trouve dans la vie.

« Vous publiez vos œuvres en revue ? demanda Startsev.

— Non, répondit-elle. Je ne me fais pas éditer. J'écris et enferme mes œuvres dans une armoire. À quoi bon se faire éditer ? expliqua-t-elle. Nous avons les moyens de vivre. »

Et tout le monde soupira sans raison.

« Joue-nous quelque chose, maintenant », dit Tourkine à sa fille.

On souleva le couvercle du piano, on ouvrit la partition déjà préparée. Kotik s'assit et, des deux mains, elle plaqua un accord, puis aussitôt après encore un, de toutes ses forces, puis encore et encore ; ses épaules et sa poitrine tressautaient, elle frappait avec obstination les mêmes touches et il semblait qu'elle ne s'arrêterait pas tant qu'elle n'aurait pas renfoncé ces touches dans le piano. Un bruit de tonnerre remplissait le salon ; tout résonnait : le plancher, le plafond, les meubles… Elle jouait un passage difficile, intéressant précisément par sa difficulté, long et monotone, et Startsev, en l'écoutant, imaginait des pierres roulant sans trêve du haut d'une montagne, et il avait envie qu'elles cessent au plus tôt de rouler ; cependant Kotik, rouge d'efforts, énergique, vigoureuse, une mèche sur le front, lui plaisait beaucoup. Après un hiver passé à Dialij au milieu des malades et des paysans, se trouver dans un salon à contempler cet être jeune, élégant et probablement pur, à écouter ces sons bruyants, ennuyeux, néanmoins imprégnés de culture, c'était si agréable, si nouveau…

« Tu as joué comme jamais, Kotik, lui dit son père, les larmes aux yeux, quand elle s'arrêta et se leva. Tu peux mourir, Denis, tu n'écriras rien de mieux. »

Tous l'entourèrent, la félicitèrent, lui témoignèrent leur admiration, assurèrent que, depuis longtemps, ils n'avaient entendu pareille musique, elle écoutait en silence, souriant à peine, et de toute sa personne émanait un sentiment de triomphe.

« Magnifique ! Excellent !

— Magnifique ! dit Startsev, cédant à l'entraînement général. Où avez-vous appris à jouer ? demanda-t-il à Kotik. Au Conservatoire ?

— Non, je vais seulement y entrer, en attendant j'ai travaillé ici, chez Mme Zavlovskaïa.

— Vous avez fait vos études au lycée ?

— Oh non, répondit sa mère à sa place. Nous avons fait venir des précepteurs ; vous conviendrez qu'au lycée ou à la pension, on peut subir de mauvaises influences ; tant qu'une jeune fille grandit elle doit se trouver sous la seule influence de sa mère.

— J'irai quand même au Conservatoire, dit Kotik.

— Non, Kotik aime sa maman, Kotik ne fera pas de peine à papa et maman.

— Si, j'irai, j'irai », dit-elle en tapant du pied, à la fois espiègle et capricieuse.

Au cours du dîner, ce fut à Tourkine de montrer ses talents. Ne riant que des yeux, il raconta des histoires drôles, fit des traits d'esprit, proposa des devinettes comiques qu'il résolut lui-même, s'exprimant continuellement dans la langue extraordinaire à base de facéties qu'il s'était constituée au prix de longs efforts et qui lui était devenue habituelle : c'est majoral, c'est beltourné, je vous remercie humiliment…

Mais ce ne fut pas tout. Lorsque ses hôtes, rassasiés et contents, se pressèrent dans le vestibule pour tâcher de retrouver dans le nombre leur pardessus et leur canne, Pava, le domestique, un gamin de quatorze ans, au crâne rasé et aux joues rebondies, s'affaira à leur service :

« Allez, Pava, en place ! » lui dit Tourkine.

Pava prit la pose, leva le bras et dit d'un ton tragique :

« Meurs, malheureuse ! »

Et tous éclatèrent de rire.

« Amusant », songea Startsev en sortant.

Il entra encore dans un café où il but une chope de bière, puis repartit à pied pour son Dialij. Tout en marchant, il chantonnait :

Ta voix, à mes oreilles, langoureuse et tendre[1].

Il parcourut ses neuf verstes et se mit en devoir de se coucher : il ne ressentait pas la moindre fatigue, il lui semblait au contraire qu'il en aurait fait avec plaisir une vingtaine de plus.

« C'est beltourné… ! » réentendit-il en s'endormant, et il rit doucement.

II

Startsev avait toujours envie d'aller chez les Tourkine, mais il y avait beaucoup à faire à l'hôpital et il ne trouvait pas une heure de liberté. Il passa ainsi plus d'un an dans le travail et la solitude ; mais un jour il reçut de la ville une lettre dans une enveloppe bleue…

Mme Tourkina souffrait depuis longtemps de migraines mais, ces temps derniers, où Ekatérina l'avait effrayée chaque jour en déclarant qu'elle entrerait au Conservatoire, les accès s'étaient faits de plus en plus fréquents. Tous les médecins de la ville s'étaient succédé chez les Tourkine ; c'était enfin le tour du médecin de district. Mme Tourkina lui écrivit une lettre touchante où elle le priait de venir et de soulager ses souffrances. Startsev y alla, après quoi il revint souvent, très souvent… Il soulagea effectivement un peu Mme Tourkina et elle disait à présent à tous ses hôtes que c'était un médecin extraordinaire, étonnant. Mais s'il allait chez les Tourkine ce n'était plus pour les migraines de Madame…

C'était un dimanche. Ekatérina avait fini ses

longs et fatigants exercices au piano. Puis on resta un long moment à la salle à manger, devant une tasse de thé, tandis que Tourkine racontait une histoire drôle. Mais voici qu'on sonna : il fallut aller accueillir le visiteur dans le vestibule ; Startsev profita de cette minute de confusion pour souffler, tout ému, à Kotik :

« Au nom du ciel, je vous en supplie, ne me torturez plus, allons au jardin ! »

Elle haussa les épaules comme si elle ne saisissait pas ce qu'il attendait d'elle, mais elle se leva et sortit.

« Vous faites des trois, quatre heures de piano, dit-il en lui emboîtant le pas, puis vous restez à côté de maman et il n'y a pas moyen de vous parler. Accordez-moi au moins un quart d'heure, je vous en supplie. »

L'automne approchait, le vieux jardin était calme, mélancolique, les allées étaient jonchées de feuilles mortes. Déjà la nuit tombait de bonne heure.

« Je ne vous ai pas vue de toute la semaine, poursuivit Startsev, et si vous saviez comme j'en souffre. Asseyons-nous. Écoutez-moi. »

Ils avaient un coin de prédilection au jardin : un banc sous un vieil érable au vaste feuillage. Et ils s'y assirent.

« Que voulez-vous ? demanda Kotik d'un ton sec, comme pour traiter une affaire.

— Je ne vous ai pas vue de toute la semaine, pendant tout ce temps, je ne vous ai pas entendue. J'ai un désir passionné, une soif ardente d'entendre votre voix. Parlez. »

Elle le ravissait par la fraîcheur, la naïveté de son regard et de ses joues. Même la façon dont lui allait sa robe lui semblait avoir quelque chose de particulièrement charmant, de touchant, une grâce simple et naïve. Mais en même temps, malgré sa naïveté, elle lui paraissait très intelligente et plus mûre que son âge. Il pouvait lui parler de littérature, d'art, de tout ce qui lui passait par la tête, il pouvait se plaindre à elle de la vie, des gens, mais il arrivait parfois à Ekatérina, au milieu des conversations les plus sérieuses, d'éclater de rire hors de propos ou d'aller se réfugier dans la maison. Comme presque toutes les jeunes filles de S… elle lisait beaucoup (d'une manière générale à S… on lisait très peu et les bibliothécaires de la ville disaient que, n'étaient les demoiselles et les jeunes juifs, on aurait pu fermer la bibliothèque) ; cela faisait un plaisir infini à Startsev, chaque fois il lui demandait avec émotion ce qu'elle avait lu ces jours-ci et il écoutait avec ravissement ce qu'elle lui en disait.

« Qu'avez-vous lu durant cette semaine, depuis que nous nous sommes vus ? lui demanda-t-il. Dites-le-moi, je vous en prie.

— Du Pissemski.

— Quoi au juste ?

— *Mille âmes*[1], répondit Kotik. Et que le nom patronymique de Pissemski est comique : Alexéï Féofilaktytch.

— Où allez-vous ? dit Startsev d'un air effrayé

en la voyant brusquement se lever pour rentrer. Il faut absolument que je vous parle, il faut que je vous explique… Restez au moins cinq minutes ! Je vous en conjure. »

Elle s'arrêta, comme pour dire quelque chose, puis elle lui glissa gauchement un billet dans la main et courut à la maison où elle se remit au piano.

« Ce soir à onze heures, lut Startsev, trouvez-vous au cimetière, près du monument à la Demetti. »

« C'est absolument insensé, se dit-il en reprenant ses esprits. Qu'est-ce que le cimetière vient faire là ? À quoi cela rime-t-il ? »

C'était clair : Ekatérina faisait l'espiègle. Non mais vraiment, qui aurait sérieusement l'idée de donner un rendez-vous la nuit, loin en banlieue, dans un cimetière, quand il était facile de le fixer dans la rue, au jardin public ? Et il lui allait bien, à lui, un médecin de district, un homme sensé, sérieux, de soupirer, de recevoir des poulets, de hanter les cimetières, de faire des sottises dont les lycéens eux-mêmes se moquent aujourd'hui ? Où mènerait cette aventure ? Que diraient ses confrères lorsqu'ils le sauraient ? Voilà ce que pensait Startsev en tournant en rond autour des tables du cercle, et à dix heures et demie, sans faire ni une ni deux il se rendit au cimetière.

Il avait maintenant deux chevaux et un cocher en gilet de velours, nommé Pantéléïmon. Il faisait clair de lune. Le temps était calme, tiède, mais d'une tiédeur d'automne. Dans le faubourg, près des abattoirs, les chiens hurlaient, Startsev fit arrêter sa voiture à la sortie de la ville, dans une petite rue, et gagna le cimetière à pied. « Chacun a ses bizarreries, songeait-il. Kotik a aussi les siennes et — qui sait ? — peut-être qu'elle ne plaisante pas et qu'elle viendra », et il se laissa aller à ce faible et vain espoir qui l'enivra.

Il parcourut une demi-verste à travers la campagne. Au loin le cimetière dessinait une bande sombre comme une forêt ou un grand parc. La clôture de pierre blanche, le portail apparurent... Au clair de lune on pouvait lire sur le portail : « L'heure sonnera de venir en ces lieux... » Startsev entra par le portillon et la première chose qu'il aperçut ce furent des croix et des stèles blanches des deux côtés d'une vaste allée, leurs ombres noires et celles des peupliers ; partout alentour du blanc et du noir, des arbres endormis inclinant leurs rameaux sur le blanc. On avait l'impression d'y voir plus clair que dans la campagne ; les feuilles des érables, pareilles à des pattes, se découpaient sur le sable jaune des allées et sur les dalles, et l'on voyait nettement les inscriptions sur les stèles. Au premier moment Startsev fut stupéfait par ce spectacle qu'il voyait pour la première fois de sa vie et qu'il ne lui arriverait sans doute plus de revoir : un monde qui ne ressemblait à rien d'autre, un monde où le clair de lune était si beau et si doux, à croire qu'il était là dans son berceau, un monde où il n'y avait pas de vie, absolument aucune, mais où dans chaque peuplier noir, dans chaque tombe, on sentait la présence d'un mystère qui promettait une vie paisible, magnifique, éternelle. Des dalles et des fleurs fanées montait, en même temps que la senteur des feuilles d'automne, un parfum de pardon, de tristesse et de paix…

Le monument à la Demetti représentait une chapelle surmontée d'un ange ; autrefois une troupe d'opéra italien était passée à S…, une des chanteuses y était morte, on l'y avait enterrée et on lui avait élevé ce monument. Personne en ville ne se souvenait plus d'elle mais une veilleuse placée au-dessus de l'entrée reflétait le clair de lune et semblait allumée.

Il n'y avait personne. Et qui viendrait ici à minuit ? Mais Startsev attendait et on aurait dit que le clair de lune réchauffait son emportement, il attendait passionnément et imaginait des baisers, des étreintes. Il attendit une demi-heure environ près du monument, puis fit les cent pas dans les allées latérales, le chapeau à la main, attendant, et pensant à toutes ces femmes et ces jeunes filles qui avaient été belles, séduisantes, qui avaient aimé, connu des nuits ardentes, s'étaient abandonnées aux caresses, et gisaient maintenant dans ces tombes. Au fond, comme notre mère la Nature se joue méchamment de l'homme, qu'il est humiliant d'en convenir ! Telles étaient les pensées de Startsev et en même temps il avait envie de crier qu'il désirait, qu'il attendait l'amour, à n'importe quel prix ; ce qu'il avait devant lui, éclatant de blancheur, ce n'étaient plus des blocs de marbre mais des corps magnifiques, il apercevait des formes pudiquement dissimulées dans l'ombre des arbres, en sentait la tiédeur, et cette angoisse lui devenait douloureuse…

Comme un rideau tombe, la lune disparut derrière un nuage et soudain tout fut plongé dans l'obscurité. Il eut du mal à retrouver le portail — il faisait maintenant noir comme par une vraie nuit d'automne —, puis il erra une heure et demie à la recherche de la ruelle où il avait laissé sa voiture.

« Je suis fatigué, je tiens à peine sur mes jambes », dit-il à Pantéléïmon.

Et, tout en s'asseyant avec délices dans sa voiture, il songea : « Je ne devrais pas grossir ! »

III

Le lendemain soir il se rendit chez Tourkine pour faire sa demande. Mais le moment apparut mal choisi car Kotik était dans sa chambre, aux mains du coiffeur. Elle allait à une soirée dansante au cercle.

Il lui fallut attendre un long moment dans la salle à manger, devant une tasse de thé. Tourkine, voyant que son hôte était rêveur et s'ennuyait, sortit de la poche de son gilet une lettre comique d'un régisseur allemand qui rapportait que « toutes les cachotteries de la propriété avaient subi des dommages et que tous les murs étaient décontenancés ».

« Sans compter que la dot doit être coquette« ,

songeait Startsev en l'écoutant d'une oreille distraite.

Après une nuit d'insomnie il se trouvait dans un état vague, comme si on lui avait administré un breuvage doux et soporifique ; il avait sur le cœur comme une brume, mais gaie, tiède, cependant qu'un petit coin de son cerveau, froid et dur, le raisonnait.

« Arrête-toi avant qu'il soit trop tard ! Êtes-vous assortis ? C'est une enfant gâtée, capricieuse, elle reste au lit jusqu'à des deux heures de l'après-midi, toi, tu es un fils de pope, un médecin de district... »

« Et alors ? songeait-il. Tant pis. »

« Et puis, si tu l'épouses, poursuivait le petit coin de cervelle, sa famille t'obligera à abandonner le *zemstvo* et à t'installer en ville. »

« Et alors ? songeait-il. Va pour la ville. Elle aura une dot, on achètera du mobilier... »

Kotik arriva enfin, en robe de bal et décolleté, jolie, proprette et Startsev éprouva une telle admiration, un tel ravissement qu'il ne put articuler un mot et se contenta de la contempler et de rire.

Elle lui dit au revoir et Startsev — il n'avait plus de raison de rester — se leva, disant qu'il était obligé de rentrer : ses malades l'attendaient.

« Il n'y a rien à faire, dit Tourkine, partez, vous en profiterez pour déposer Kotik au cercle. »

Dehors la pluie commençait à tomber, il faisait noir et seule la toux rauque de Pantéléïmon permettait de deviner où se trouvait la calèche, dont la capote était relevée.

« Je déambule, tu noctambules, dit Tourkine en installant sa fille dans la voiture… Il somnambule. Fouette, cocher ! Bien le revoir ! »

La voiture s'ébranla.

« Je suis allé au cimetière hier, commença Startsev. Ce n'est ni grand ni miséricordieux de votre part…

— Vous êtes allé au cimetière ?

— Oui, et je vous y ai attendue deux heures. J'ai souffert…

— Eh bien ! souffrez, si vous ne comprenez pas la plaisanterie. »

Kotik, heureuse de s'être si adroitement moquée de son soupirant et d'être tant aimée, éclata de rire, mais poussa soudain un cri d'effroi parce qu'au même instant les chevaux avaient décrit un virage serré pour entrer au cercle et que la calèche avait sérieusement penché. Startsev la prit par la taille ; toute à sa frayeur, elle se serra contre lui et il ne put s'empêcher de l'embrasser passionnément sur les lèvres, sur le menton et de la serrer plus encore dans ses bras.

« Assez », dit-elle sèchement.

Un instant après elle avait disparu de la calèche et l'agent en faction devant le perron illuminé du cercle criait d'une voix hideuse à Pantéléïmon :

« Qu'est-ce que tu fais là, corbeau ? Va plus loin ! »

Startsev rentra chez lui mais ne tarda pas à revenir. Vêtu d'un habit emprunté, portant une cravate blanche raide, indocile, qui semblait vouloir se séparer du col, il était à minuit dans le salon du cercle en train de dire à Kotik avec transport :

« Ah, qu'ils savent peu de chose ceux qui n'ont jamais aimé ! Il me semble que personne n'a encore dépeint l'amour tel qu'il est ; d'ailleurs je doute qu'on puisse dépeindre ce sentiment tendre, joyeux, torturant, et quiconque l'a ressenti, ne serait-ce qu'une fois, n'ira pas le traduire par des mots. À quoi bon les préambules, les descriptions ? À quoi bon cette éloquence inutile ? Mon amour est infini... Je vous en prie, je vous en supplie, finit par dire Startsev, soyez ma femme !

— Dmitri Ionytch, répondit Kotik d'un air très grave, après un moment de réflexion, Dmitri Ionytch, je vous suis très reconnaissante de cet honneur, je vous respecte, mais... elle se leva et poursuivit debout, mais, excusez-moi, je ne puis être votre femme. Parlons sérieusement. Vous savez que j'aime l'art plus que tout au monde, je l'aime à la folie, j'adore la musique, je lui ai voué ma vie. Je veux être une artiste, j'ai soif de gloire, de succès, de liberté, et vous voulez que je continue à vivre dans cette ville, que je continue à mener cette vie creuse, inutile, qui m'est devenue insupportable. Devenir une épouse, oh non, pardonnez-moi ! L'être humain doit aspirer au but le plus haut, le plus brillant, et la vie de famille m'enchaînerait à jamais. Dmitri Ionytch (elle sourit imperceptiblement, car, en prononçant ce nom, elle s'était souvenue d'« Alexéï Féofilaktytch »), Dmitri Ionytch, vous êtes un homme bon, noble, intelligent, le meilleur de tous... — les larmes lui vinrent aux yeux — je compatis de toute mon âme, mais… mais vous me comprendrez… »

Et, pour ne pas fondre en larmes, elle se détourna et sortit.

L'inquiétude avait cessé d'agiter le cœur de Startsev. En sortant il commença par enlever sa cravate raide et respira à pleine poitrine. Il avait un peu honte et son amour-propre était blessé — il ne s'attendait pas à un refus — et il ne pouvait croire que tous ces rêves, ces angoisses et ces espérances avaient abouti à une fin aussi stupide, comme dans une saynète de spectacle d'amateurs. Et il avait regret de son sentiment, de son amour, tellement regret que, pour un peu, il aurait éclaté en larmes ou aurait frappé à coups redoublés de son parapluie sur le large dos de Pantéléïmon. Pendant trois jours, tout lui tomba des mains, il ne mangea pas, ne dormit pas, mais quand il apprit que Kotik était allée à Moscou pour entrer au Conservatoire il retrouva son calme et se remit à vivre comme avant.

Plus tard, se rappelant parfois comme il avait erré à travers le cimetière ou couru la ville à la recherche d'un habit, il s'étirait paresseusement et disait :

« Que de tracas, quand même ! »

IV

Quatre années s'étaient écoulées. Startsev avait maintenant une grosse clientèle en ville. Chaque matin il expédiait sa consultation à Dialij puis il allait voir ses malades en ville, non plus dans un cabriolet à deux chevaux, mais dans une troïka ornée de grelots, et il rentrait à une heure avancée de la nuit. Il avait forci, pris de l'embonpoint, était devenu indulgent et n'aimait pas aller à pied parce qu'il avait le souffle court. Pantéléïmon avait pris de l'embonpoint aussi, et plus il devenait large, plus il soupirait tristement et se plaignait de son sort : le métier l'avait épuisé !

Startsev fréquentait différentes familles et voyait beaucoup de monde mais ne se liait avec personne. Les gens de la ville l'agaçaient par leurs conversations, leur conception de la vie et même leur apparence. L'expérience lui avait peu à peu enseigné que tant qu'on joue aux cartes ou qu'on s'attable autour d'un en-cas avec eux, ce sont des gens tranquilles, bienveillants et même pas bêtes, mais que, dès qu'on leur parle de produits non comestibles, mettons de politique ou de science, ils restent bouche bée ou débitent une philosophie si stupide et si méchante qu'il ne vous reste plus qu'à lever les bras au ciel et à vous en aller. Lorsque Startsev essayait de parler, même avec un libéral, par exemple des progrès que fait, Dieu merci, l'humanité, de la suppression future des passeports et de la peine de mort, l'homme le regardait en coin, d'un air incrédule, et lui demandait : « Alors, n'importe qui pourra égorger dans la rue qui il voudra ? » Et si, en société, au cours d'un dîner ou d'un thé, il disait qu'il faut se donner du mal, qu'on ne peut pas vivre sans travailler, chacun prenait cela pour un reproche, se mettait en colère et contestait ses propos avec insistance. En outre les gens ne faisaient rien, absolument rien, ne s'intéressaient à rien, et l'on ne pouvait trouver matière à s'entretenir avec eux. Startsev évitait les conversations, se contentait de participer aux lunchs et de jouer au whist et quand, dans une maison, il tombait sur une fête de famille et qu'on l'invitait à déjeuner, il prenait place et mangeait en silence, les yeux fixés sur son assiette ; tout ce qui se disait entre-temps était sans intérêt, injuste, bête, il en éprouvait de l'irritation, s'énervait, mais il ne disait mot et du fait qu'il observait toujours un silence rébarbatif et contemplait son assiette, on l'avait surnommé le « Polonais boudeur » bien qu'il n'eût jamais été polonais.

Il fuyait les distractions telles que le théâtre ou le concert mais jouait au whist tous les soirs, trois heures durant, avec délectation. Il avait encore une autre distraction à laquelle il s'était habitué insensiblement, progressivement : le soir, il sortait les billets de banque de sa recette — qu'il avait fourrés en vrac dans toutes ses poches —, des jaunes, des verts, qui sentaient le parfum, le vinaigre, l'encens, l'huile de poisson — il lui arrivait d'en avoir pour soixante-dix roubles ; et, quand il en avait entassé quelques centaines, il allait les déposer à son compte courant du Crédit Mutuel.

Durant les quatre années qui suivirent le départ de Kotik, il n'alla chez les Tourkine que deux fois, sur la demande de Mme Tourkina, qui se soignait toujours pour ses migraines. Chaque été Kotik venait faire un séjour chez ses parents mais il ne la vit jamais : l'occasion ne s'en présenta pas.

Mais voilà qu'on arriva au terme de ces quatre années. Par un matin doux et tiède on apporta une lettre à l'hôpital. Mme Tourkina écrivait à Startsev qu'elle s'ennuyait beaucoup de lui et le priait de lui rendre sans faute visite, afin de soulager ses souffrances; de plus, c'était aujourd'hui son anniversaire. Il y avait un post-scriptum : « Je joins ma prière à celle de maman. K. »

Startsev réfléchit et se rendit chez les Tourkine sur le soir.

« Bien le jour bon, cher monsieur, lui dit Tourkine en riant rien que des yeux. Bonjourons ensemble. »

Mme Tourkina, qui avait beaucoup vieilli et dont les cheveux étaient tout blancs, lui serra la main, laissa échapper un soupir maniéré et dit :

« Docteur, vous n'avez pas envie de me faire la cour, vous ne venez jamais chez nous, je suis trop vieille pour vous. Mais il est arrivé une jeune personne, peut-être aura-t-elle plus de chance. »

Et Kotik ? Elle avait maigri, pâli, embelli et minci, mais elle était devenue Ekatérina Tourkina, et non plus Kotik; elle n'avait plus sa fraîcheur de naguère et son expression de naïveté enfantine. Dans son regard comme dans ses manières, il y avait quelque chose de nouveau, de timide et de coupable, comme si, dans la maison des Tourkine, elle ne se fût plus sentie chez elle.

« Cela fait des éternités que nous ne nous sommes pas vus », dit-elle en tendant la main à Startsev, et l'on voyait que son cœur battait d'inquiétude ; et, le regardant dans les yeux, fixement, avec curiosité, elle ajouta : « Que vous avez grossi ! Votre teint a bronzé, vous vous êtes étoffé, mais au total, vous avez peu changé. »

Maintenant encore, elle lui plaisait, elle lui plaisait beaucoup, mais il lui manquait quelque chose, ou elle avait quelque chose de trop — il eût été incapable de dire quoi au juste, mais quelque chose l'empêchait d'éprouver les mêmes sentiments qu'autrefois. Il n'aimait ni sa pâleur, ni sa nouvelle expression, ni son sourire à peine esquissé, ni sa voix, quelques instants plus tard ce furent sa robe, le fauteuil où elle était assise, le souvenir du passé, de l'époque où il avait failli l'épouser. Il se souvint de son amour, des rêves et des espoirs qui l'avaient agité quatre ans plus tôt, et il se sentit mal à l'aise.

Ils prirent le thé, accompagné d'un gâteau. Puis Mme Tourkina leur lut un roman, une histoire comme il n'en arrive jamais dans la vie. Startsev écoutait, contemplait sa belle tête blanche et attendait qu'elle eût fini.

« Ce qui est médiocre, se disait-il, ce n'est pas de ne pas savoir écrire des nouvelles, mais d'en écrire et de ne pas savoir le cacher. »

« C'est beltourné », dit Tourkine.

Puis Ekatérina joua un long morceau bruyant et, quand elle eut fini, on la remercia et on s'extasia longuement.

« J'ai rudement bien fait de ne pas l'épouser », songea Startsev.

Elle le regardait et attendait visiblement qu'il lui proposât une promenade au jardin, mais il n'en fit rien.

« Parlons, voulez-vous, dit-elle en s'approchant de lui. Comment vivez-vous ? Que devenez-vous ? Comment cela va-t-il ? Tous ces jours-ci, j'ai pensé à vous, poursuivit-elle nerveusement, je voulais vous écrire, je voulais aller moi-même à Dialij et le voyage était déjà décidé puis j'ai changé d'avis, Dieu sait quelles sont vos dispositions à mon égard maintenant. J'étais bien émue aujourd'hui en vous attendant. Au nom du ciel, allons au jardin. »

Ils y allèrent et s'assirent sur le banc à l'ombre du vieil érable comme quatre ans plus tôt. Il faisait nuit.

« Comment allez-vous ? lui demanda-t-elle.

— Pas mal, ça va à peu près », répondit-il.

Et il ne put rien trouver à ajouter. Ils restèrent un moment silencieux.

« Je suis émue, dit Ekatérina en se couvrant le visage de ses mains, mais n'y faites pas attention. Je suis tellement bien à la maison, tellement heureuse de voir tout le monde, je ne peux m'y habituer. Que de souvenirs ! Il me semblait que nous allions parler tous les deux sans arrêt, jusqu'au matin. »

Maintenant il voyait de près son visage, ses yeux étincelants, et dans le noir, elle paraissait plus jeune qu'au salon et semblait même avoir retrouvé son expression enfantine d'autrefois. Et vraiment, elle le regardait avec une curiosité naïve, comme si elle avait voulu examiner de plus près, comprendre cet homme qui l'avait jadis si ardemment aimée, avec une telle tendresse et d'un amour si malheureux ; ses yeux le remerciaient de cet amour. Et il se souvint de tout ce qui s'était passé, des moindres détails, de ses allées et venues dans le cimetière, de son retour chez lui au matin, accablé de fatigue, et soudain il éprouva de la tristesse et le regret du passé. Une petite flamme vacilla dans son cœur.

« Vous rappelez-vous le jour où je vous ai accompagnée au cercle, dit-il. Il faisait noir, il pleuvait... »

La petite flamme prenait de la force, il avait envie de parler, à présent, de se plaindre de la vie...

« Ah, dit-il avec un soupir. Vous me demandez comment je vais. Comment nous vivons ici ? Nous ne vivons pas du tout. Nous vieillissons, nous grossissons, nous nous laissons aller. Un jour chasse l'autre, la vie s'écoule terne, sans impressions, sans pensées... Le jour, c'est le gagne-pain, le soir le cercle, la société de joueurs, d'alcooliques, de braillards que je ne peux pas souffrir. Qu'y a-t-il de bon dans tout cela ?

— Mais vous avez votre travail, un but noble dans l'existence. Vous aimiez tant parler de votre hôpital. J'étais bizarre alors, je me croyais une grande pianiste. Aujourd'hui, toutes les demoiselles jouent du piano, moi aussi j'en jouais, comme les autres, je n'avais rien de particulier ; je suis aussi pianiste que maman écrivait. Et, bien sur, je ne vous comprenais pas, mais par la suite, à Moscou, j'ai souvent pensé à vous. Je ne pensais même qu'à vous. Quel bonheur d'être médecin de campagne, de soulager les souffrances, de servir le peuple. Quel bonheur ! répéta-t-elle avec fougue. Quand je pensais à vous à Moscou, vous m'apparaissiez si idéal, si sublime… »

Startsev pensa aux billets de banque qu'il sortait le soir de ses poches avec tant de satisfaction et la petite flamme s'éteignit.

Il se leva pour rentrer. Elle le prit par le bras.

« Vous êtes le meilleur de tous ceux que j'ai rencontrés dans ma vie, poursuivit-elle. Nous nous reverrons, nous parlerons, n'est-ce pas ? Promettez-le-moi. Je ne suis pas une pianiste, je ne me trompe plus sur mon propre compte et je ne jouerai plus et ne parlerai plus de musique en votre présence. »

Quand ils furent rentrés dans la maison et qu'à la lueur des bougies il aperçut, tournés vers lui, le visage et les yeux tristes, reconnaissants, interrogateurs, d'Ekatérina, il se sentit inquiet et se répéta : « J'ai rudement bien fait de ne pas l'épouser. »

Il prit congé.

« Le droit canon vous interdit formellement de partir sans dîner, disait Tourkine en l'accompagnant. C'est absolument perpendiculaire de votre part. Allez, en place ! » dit-il à Pava, dans le vestibule.

Pava, qui n'était plus un gamin mais un jeune homme avec des moustaches, prit la pose, leva un bras et dit d'une voix tragique :

« Meurs, malheureuse ! »

Tout cela avait irrité Startsev. Tandis qu'il prenait place dans sa voiture et qu'il regardait la maison sombre et le jardin qu'il trouvait si charmants et qu'il avait tant aimés jadis, tout lui remonta en même temps à la mémoire : les romans de Mme Tourkina, le jeu bruyant de Kotik, les calembours de Tourkine, la pose tragique de Pava, et il se demanda ce qu'il devait en être de la ville si les gens les plus doués y manquaient à ce point de talent.

Trois jours plus tard Pava apporta une lettre d'Ekatérina.

« Vous ne venez pas. Pourquoi ? écrivait-elle. J'ai peur que vous n'ayez changé de sentiments à notre égard ; cette seule pensée m'épouvante. Rassurez-moi, venez nous dire que tout va bien.

» Il faut absolument que je vous parle. Votre E. »

Il lut la lettre, réfléchit et dit à Pava :

« Mon ami, tu diras que je ne peux pas venir aujourd'hui, que je suis très occupé. Et que je viendrai d'ici trois ou quatre jours. »

Mais trois jours, une semaine passèrent sans qu'il y allât. Une fois, en passant devant la maison des Tourkine, il se souvint qu'il devrait aller leur dire bonjour ne serait-ce qu'une minute, mais il réfléchit et... s'abstint.

Et il n'y retourna jamais.

V

Quelques autres années ont passé. Startsev encore plus gros, bardé de lard, souffre d'emphysème et marche à présent la nuque renversée en arrière. Quand il passe, bouffi et rouge, dans sa troïka à grelots et que Pantéléïmon, aussi bouffi et rouge, la nuque charnue, assis sur son siège, tend ses bras raides comme des piquets, et crie aux passants : « Tiens ta droite ! » cela fait un tableau imposant et l'on croirait voir passer non pas un homme mais un dieu païen. Startsev a une clientèle énorme, ne trouve pas le temps de souffler, possède maintenant une propriété et deux maisons en ville, il en guigne une troisième, d'un rapport meilleur, et lorsqu'on lui parle, au Crédit Mutuel, d'une mise aux enchères, il s'y rend sans cérémonie et, traversant toutes les pièces sans prêter attention aux femmes en petite tenue et aux enfants qui le regardent avec un étonnement mêlé de crainte, il brandit sa canne vers toutes les portes en disant :

« C'est le bureau ? C'est la chambre à coucher ? Et ici ? »

Et, ce faisant, il respire avec peine et essuie son front en sueur.

Il a beaucoup de soucis, il n'abandonne cependant pas son poste au *zemstvo* ; la cupidité l'a emporté, il veut courir les deux lièvres à la fois. À Dialij et en ville on l'appelle Ionytch tout court[1].

« Où va Ionytch ? » ou « On fait venir Ionytch en consultation ? »

Et, probablement parce que la graisse a envahi sa gorge, sa voix a changé. Elle est devenue grêle et cassante. Son caractère aussi a changé : il est devenu pénible, irritable. Quand il reçoit ses malades, il se met en colère, frappe impatiemment le plancher de sa canne et crie de sa voix détestable :

« Contentez-vous de répondre à mes questions ! Ne parlez pas tout le temps ! »

Il vit en solitaire. Il s'ennuie, rien ne l'intéresse.

Depuis qu'il habite Dialij son amour pour Kotik a été son unique et probablement sa dernière joie. Le soir il va faire sa partie de whist au club, puis il s'assied, tout seul, devant sa grande table et dîne. C'est Ivan, le garçon le plus ancien et le plus respectable, qui le sert, on lui apporte du château-lafite n° 17. Tous, directeur du cercle, cuisinier, garçon, savent ce qu'il aime et ce qu'il n'aime pas, font tous leurs efforts pour lui donner satisfaction, de crainte qu'il ne se mette en colère et ne vienne à envoyer de grands coups de canne par terre.

Pendant qu'il mange, il se retourne parfois et se mêle à une conversation.

« De quoi parlez-vous ? Hein ? Qui ? »

Et quand, parfois, à une table voisine on se met à parler des Tourkine, il demande :

« De quels Tourkine voulez-vous parler ? De ceux dont la fille joue du piano ? »

Voilà tout ce qu'on peut dire de lui.

Et les Tourkine ? Lui, il n'a pas vieilli, pas changé et, comme autrefois, il passe son temps à faire des jeux de mots et à raconter des histoires ; Mme Tourkina lit ses romans à ses hôtes avec la même bonne grâce et la même simplicité cordiale qu'autrefois. Ekatérina fait chaque jour quatre heures de piano. Elle a visiblement vieilli. Sa santé est chancelante, elle passe chaque automne en Crimée avec sa mère. Tourkine les accompagne à la gare et, au moment où le train s'ébranle, il essuie ses larmes et crie :

« Bien le revoir ! »

Et il agite son mouchoir.

DOSSIER

CHRONOLOGIE

(1860-1904)

1860. Le 17 janvier (calendrier julien) : naissance d'Anton Pavlovitch Tchékhov à Taganrog, port de la mer d'Azov. Son père, Paul Iégorovitch, a été serf jusqu'en 1841. Sa mère, Eugénie Yakolevna Morozova, est fille de commerçant. Anton a quatre frères et une sœur. Le père tient une épicerie, en même temps bistrot plus ou moins clandestin.

1867-1879. Études dans une école grecque, puis au lycée. Mais Anton et ses frères doivent aussi travailler à l'épicerie et chanter à l'église dans un chœur religieux. « Dans mon enfance, écrit-il, je n'ai pas eu d'enfance. »

1876. Paul Iégorovitch fuit à Moscou pour éviter la prison pour dettes. Sa famille l'y rejoint, sauf Anton qui reste à Taganrog pour terminer ses études. Il vit en donnant des leçons particulières.

1879. Il rejoint sa famille à Moscou. Il s'inscrit à la faculté de Médecine.

1880. Comme ses frères aînés, Alexandre, humoriste et journaliste, et Nicolas, dessinateur et caricaturiste, il gagne un peu d'argent en collaborant à différentes feuilles, sous plusieurs pseudonymes. « Il faut donner à manger à Papa et à Maman », répètent comme une plaisanterie les jeunes Tchékhov.

1881. Assassinat d'Alexandre II. Avènement d'Alexandre III.

1882. Tchékhov a écrit un drame (la pièce que l'on appelle

aujourd'hui *Platonov*, du nom du personnage principal) qui est refusé par le théâtre Maly de Moscou. Une autre pièce, *Sur la grand-route*, est interdite par la censure.

1884. Tchékhov termine ses études de médecine. Il commence à exercer à Moscou et, l'été, dans les petites villes de Voskressensk et Zvenigorod. Il publie, à compte d'auteur, son premier recueil de nouvelles, *Les Contes de Melpomène*. Première hémoptysie.

1886. Tchékhov commence à écrire dans *Temps Nouveau*, quotidien de Saint-Pétersbourg, de tendance réactionnaire, dont le directeur, Souvorine, personnage intelligent et cynique, devient l'éditeur et le confident d'Anton.
Le 25 mars, il reçoit une lettre du vieil écrivain Grigorovitch qui l'admoneste : (...) « vous êtes destiné, j'en suis sûr, à écrire quelques œuvres excellentes, vraiment artistiques. Vous serez moralement très coupable si vous ne répondez pas à ces espérances. » Cette lettre est un choc pour lui et marque le début d'une création littéraire plus ambitieuse.

1887. Son drame *Ivanov*, représenté le 19 novembre au théâtre Korch de Moscou, suscite de nombreuses controverses.

1888. *La Steppe*, premier long récit. Mais aussi des petites pièces comiques en un acte : *Le Chant du cygne*, *Une demande en mariage*, *L'Ours*. En octobre, il reçoit le prix Pouchkine à l'unanimité pour son recueil *Dans le crépuscule*.

1889. Fin janvier : succès de la nouvelle version d'*Ivanov*, au théâtre Alexandrinski de Saint-Pétersbourg. En juin, mort de son frère Nicolas. Insuccès de *L'Esprit des bois*, au théâtre Abramova de Moscou.

1890. Le 21 avril, Tchékhov entreprend, à travers la Sibérie, un long et pénible voyage qui le mène à l'île de Sakhaline, où sont détenus des forçats. Il se livre à une enquête sur le bagne d'une incroyable minutie. Il entreprend un recensement de la population et remplit dix mille fiches individuelles. Il reste dans ce « lieu de souffrances insupportables » jusqu'en octobre. Il rentre par mer, *via* Vladivostok, Ceylan, le canal de Suez, Constantinople, Odessa.

Il remanie entièrement *L'Esprit des bois* qui devient *Oncle Vania,* publié en 1897 et joué en 1899.

1891. En mars-avril, voyage à l'étranger : Vienne, Venise, Florence, Rome, Naples, Nice, Monte-Carlo, Paris. En décembre, il organise des secours pour les victimes de la famine qui touche une grande partie de la Russie.

1892. Janvier : la publication de *La Cigale* le brouille avec quelques modèles de cette nouvelle, en particulier le peintre Lévitan. Achat d'une propriété à Mélikhovo, au sud de Moscou, où il vivra avec ses parents et sa sœur Marie. Parmi les visiteurs les plus assidus, la belle Lika Mizinova, avec qui Anton jouera longtemps au jeu de l'amitié amoureuse. Elle est en grande partie l'inspiratrice de *La Mouette.* En juillet, Tchékhov participe activement à la lutte contre l'épidémie de choléra, dans la région de Mélikhovo.

1893. Publication de *L'Île de Sakhaline.*

1894. Avènement de Nicolas II. En septembre-octobre, deuxième voyage à l'étranger : Trieste, Fiume, Venise, Gênes, Nice, Paris.

1895. Réconciliation avec Lévitan. Le 8 août, Tchékhov va rendre visite à Tolstoï. Il reste deux jours à Iasnaïa Poliana. À Moscou, il a pour maîtresse l'actrice Lydia Iavorskaïa.

1896. Le 6 octobre, échec retentissant de *La Mouette* au théâtre Alexandrinski de Saint-Pétersbourg. Mais le succès vient à la deuxième représentation.

1897. Le 22 mars, grave hémoptysie. En septembre, Tchékhov part pour l'étranger : Paris, Biarritz, Bayonne, Nice où il s'installe à la Pension Russe. Il se passionne pour l'affaire Dreyfus, admire surtout l'attitude de Zola, rompt avec Souvorine dont le journal est antidreyfusard.

1898. Révolution théâtrale : Stanislavski et Nemirovitch-Dantchenko fondent le Théâtre d'Art de Moscou. Mai : Tchékhov rentre en Russie. Août : publication de *De l'amour.* Septembre : Tchékhov s'installe à Yalta pour l'hiver. Le 12 octobre, son père meurt. Il décide alors de vendre Mélikhovo et fait construire une maison à

Yalta. Le 17 décembre, le Théâtre d'Art joue *La Mouette* à Moscou et c'est un triomphe.

1899\. Juillet : l'actrice Olga Knipper, qui avait joué Arkadina dans *La Mouette*, vient à Yalta. 26 octobre : première à Moscou d'*Oncle Vania* au Théâtre d'Art.

1900\. Tchékhov académicien d'honneur de la section Belles-Lettres de l'Académie des Sciences. Avril : le Théâtre d'Art se rend en tournée à Yalta et à Sébastopol, ce qui permet à Tchékhov de voir ses pièces. Mai-juin : voyage dans le Caucase avec Gorki et Olga Knipper. 22 juillet : mort de Lévitan. Novembre : Moscou. Décembre : Vienne, Nice où il passe l'hiver.

1901\. 31 janvier : première des *Trois Sœurs* au Théâtre d'Art. 25 mai : mariage de Tchékhov et d'Olga Knipper, mais les époux restent le plus souvent séparés, elle à Moscou pour sa carrière, lui à Yalta pour sa santé.

1902\. Juin : voyage dans l'Oural. 25 août : Tchékhov et Korolenko démissionnent de l'Académie russe parce que le tsar a refusé l'élection de Gorki.

1903\. Dernières œuvres : *La Fiancée*, *La Cerisaie*.

1904\. 17 janvier : première de *La Cerisaie* à Moscou, en présence de l'auteur. À cette occasion, un hommage solennel lui est rendu. 8 février : début de la guerre russo-japonaise. Mai : nouveau séjour à Moscou. Juin : départ avec Olga Knipper pour Berlin, où Tchékhov consulte le professeur Ewald. Puis il va « en convalescence » à Badenweiler, station thermale de la Forêt-Noire, non loin de Mulhouse. Il meurt le 2 juillet, à 3 heures du matin. 9 juillet : Tchékhov est enterré à Moscou, au cimetière du monastère des Nouvelles-Vierges.

BIBLIOGRAPHIE

PRINCIPALES ÉDITIONS DE TCHÉKHOV EN RUSSE

Sobraniye sochineniy, sélection d'œuvres choisies par l'auteur, Marx éditeur, 1899-1902, 10 volumes.

Polnoye sobraniye sochineniy, premier essai d'édition critique complète, 1929, 12 volumes.

Polnoye sobraniye sochineniy i pisem, première édition critique complètes des œuvres, correspondance et autres écrits, 1944-1951, 20 volumes.

Polnoye sobraniye sochineiy i pisem, édition de l'Institut Gorki de Littérature Mondiale de l'Académie des Sciences de l'U.R.S.S., 1974-1983, 30 volumes, 18 pour les œuvres, 12 pour les lettres.

PRINCIPALES ÉDITIONS DE TCHÉKHOV EN FRANÇAIS

Œuvres, Gallimard, Bibliothèque de la Pléiade, trois tomes, 1967-1971, traductions d'Elsa Triolet, Madeleine Durand, André Radiguet et Édouard Parayre, révision de Lily Denis, introduction et notes de Claude Frioux.

Œuvres complètes, Plon, 1922-1924, 18 volumes, traduction de Denis Roche.

Œuvres de A. Tchékhov, Les Éditeurs Français Réunis, 1963-1971, 21 volumes.

Correspondance, Plon, 1934-1956, 2 volumes, traduction de Denis Roche.

Un drame à la chasse, Plon, 1936, traduction de Denis Roche.

Quatre nouvelles. Carnet de notes, Calmann-Lévy, 1957, traduction de Génia Cannac.

Théâtre, Denoël, 1958, traductions d'André Barsacq, Pierre-Jean Jouve, Georges et Ludmilla Pitoëff, Antoine Vitez.

L'Esprit des bois, Gallimard, Le Manteau d'Arlequin, 1958, traduction d'Arthur Adamov.

Tchékhov, J'ai Lu, « L'Essentiel », 1963, introduction de Roger Grenier, traduction de Claude N. Thomas.

Correspondance Tchékhov-Gorki, Les Éditeurs Français Réunis, 1972, présentation et traduction de Jean Pérus.

Théâtre complet I : La Mouette, Ce fou de Platonov, Ivanov, Les Trois Sœurs, Gallimard, Folio classique nº 393, 1973, préface de Roger Grenier, traductions de Génia Cannac, Nina Gourfinquel, Jacques Mauclair, Georges Perros et Pol Quentin.

Théâtre complet II : La Cerisaie, Le Sauvage, Oncle Vania, suivis de neuf pièces en un acte, Gallimard, Folio classique nº 521, 1974, préface de Renaud Matignon, traductions de Génia Cannac et Georges Perros.

Le Duel et autres nouvelles, Gallimard, Folio classique nº 1433, 1982, préface de Roger Grenier, traduction d'Édouard Parayre revue par Lily Denis.

Correspondance avec Olga, Albin Michel, 1991, traduction de Monica Constandache.

La Cerisaie, Actes-Sud, Babel, 1992, traduction d'André Markowicz et Françoise Morvan.

La Dame au petit chien, L'Évêque, La Fiancée, Gallimard, Folio Bilingue nº 31, 1993. Préface de Roger Grenier, traductions d'Édouard Parayre et Lily Denis, notes de Lily Denis.

La Dame au petit chien, Un royaume de femmes, et autres nouvelles, Gallimard, Folio classique nº 3266, 1999, traductions de Madeleine Durand et Édouard Parayre revues par Lily Denis, préface de Roger Grenier.

L'amour est une région bien intéressante, correspondance et notes de Sibérie, Éditions Cent pages, 2000.

L'Île de Sakhaline, Gallimard, Folio classique, n° 3547, 2001, préface de Roger Grenier, traduction et notes de Lily Denis.
La Steppe, Salle 6, L'Évêque, Gallimard, Folio classique n° 3847, 2003, édition de Roger Grenier, traduction d'Édouard Parayre revue par Lily Denis.
Une banale histoire, Gallimard, Folio 2 euros, n° 4105, 2004.
Le Malheur des autres, Gallimard, Du monde entier, 2004, choix de nouvelles et traduction de Lily Denis.
Premières nouvelles, 10/18, 2004, traduction de Madeleine Durand, avec la collaboration de E. Lotar, Wladimir Pozner et André Radiguet.
Carnets, Christian Bourgois, 2005, traduction de Macha Zonina et Jean-Pierre Thibaudat.
Des larmes invisibles au monde, Éd. des Syrtes, 2006, choix de nouvelles et traduction de Lily Denis.

BIOGRAPHIES ET ESSAIS CRITIQUES

CHESTOV, Léon, *Pages choisies,* Gallimard, collection blanche, 1931, traduction par Boris de Schloezer.
GORKI, Maxime, *Trois Russes : L. N. Tolstoï, A. P. Tchékhov, Leonid Andréïev,* collection blanche, Gallimard, 1935, traduction de M. Dumesnil de Gramont.
NEMIROVSKI, Irène, *La Vie de Tchékhov,* Albin Michel, 1946.
TRIOLET, Elsa, *L'Histoire d'Anton Tchékhov,* Les Éditeurs Français Réunis, 1954.
BRISSON, Pierre, *Tchékhov et sa vie,* Sauret, 1955.
CELLI, Rose, *L'Art de Tchékhov,* Del Duca, 1958.
1860-1960, Essais sur Anton Tchékhov, Éditions en Langues Étrangères, Moscou, 1960, présentation de V. Kalganov, traduction d'Alexei Sezeman et Mikhail Chtchetinski.
EHRENBOURG, Ilya, *À la rencontre de Tchékhov,* John Didier, 1962, traduction d'Édouard Boborwski et Victor Galande.
RITZEN, Quentin, *Anton Tchékhov,* Éditions Universitaires, 1962.
LAFFITTE, Sophie, *Tchékhov,* 1860-1904, Hachette, 1963.
GILLÈS, Daniel, *Tchékhov,* Julliard, 1967.
Tchékhov vu par ses contemporains, Gallimard, Hors série littérature, 1970, traduction de Génia Cannac.

ALEXANDRE, Aimée, *À la recherche de Tchékhov, essai de biographie intérieure*, Buchet-Chastel, 1971.
TROYAT, Henri, *Tchékhov*, Flammarion, 1984.
GRENIER, Roger, *Regardez la neige qui tombe*, Gallimard, L'un et l'autre, 1992 ; folio n° 2947, 1997.

NOTES

RÉCIT D'UN INCONNU

Cette nouvelle a paru dans *La Pensée russe*, 1893, nº 2 et 3.

Page 20.

1. Déciatine : 1,09 ha.

Page 22.

1. *L'Arbitre :* collection d'éditions populaires, où ont été reprises plusieurs œuvres de Tchékhov.

Page 30.

1. Conseiller d'État actuel : la quatrième des quatorze classes de la table des rangs.

Page 33.

1. *Kozma Proutkov :* hétéronyme de trois poètes des années 1850, A. K. Tolstoï et ses cousins A. et V. Jemtchoujnikov. Parmi les œuvres qu'ils prêtent à leur créature, il y a une série célèbre d'*Aphorismes* burlesques.

Page 34.

1. « Que m'apportera cette aurore ? » : dans la scène du duel de l'opéra de Tchaïkovski, inspiré de Pouchkine, *Eugène Onéguine.*

Page 48.

1. *Trois Rencontres :* nouvelle de Tourguéniev, publiée en 1852 dans le nº 2 du *Contemporain.*

2. *« Vieni pensando a me segretamente »* : « Viens en pensant à moi secrètement. »

3. « Si j'ai un jour envie de libérer la Bulgarie, je n'aurai pas besoin de la compagnie d'une dame » : allusion au roman de Tourguéniev *À la veille,* écrit à Vichy et à Spasskoïe, paru dans le numéro de janvier 1860 du *Messager russe,* et qui lui avait été inspiré par une jeune fille ayant suivi par amour un révolutionnaire bulgare.

Page 99.

1. Samson soulève sur ses épaules les portes de Gaza et les hisse au sommet de la montagne dans le livre des Juges (XVI).

Page 100.

1. « Dans un roman de Dostoïevski un vieillard piétine le portrait de sa fille bien-aimée parce qu'il est en faute devant elle » : allusion ici au roman *Humiliés et offensés,* I, XIII (Gallimard, Folio classique nº 3951, p. 145-146).

Page 115.

1. La tombe de Canova se trouve dans l'église *dei Frari.*

2. Marino Falier : (1274-1355), doge de Venise décapité pour avoir conspiré contre les chefs de la seigneurie et voulu renverser l'antique constitution. Son histoire a inspiré des œuvres à Byron, Swinburne et Hoffmann.

Page 123.

1. « Oui, il y eut bataille à Poltava... » : vers d'une ballade de Pouchkine. Poltava est une célèbre victoire de Pierre le Grand sur les Suédois, le 8 juillet 1709.

LA PEUR

Cette nouvelle a paru dans *Temps Nouveau,* décembre 1892, nº 6045.

Page 159.

1. « Que le sommeil du clair de lune sur ce banc est doux » : voir *Le Marchand de Venise* (acte V, scène 1).

L'ÉTUDIANT

Ce texte a paru dans *Les Nouvelles russes,* 1894, nº 104, sous le titre de *Au soir.*

Page 166.

1. Rurik : ou Riourik, chef varègue, fondateur du premier État russe, mort en 879, dont la dynastie, les Riourikovitchi, régna du IXe à la fin du XVIe siècle.

Page 167.

1. L'ancienne nourrice Vassilissa cite une croyance populaire selon laquelle ne pas reconnaître quelqu'un était comme un présage de richesse pour celui qui n'avait pas été reconnu.
2. L'office du Vendredi saint, dit des Saintes souffrances du Christ, traditionnellement célébré le jeudi soir, comporte douze lectures de l'Évangile.

LE PROFESSEUR DE LETTRES

Le chapitre I a paru dans *Temps Nouveau,* 1889, nº 4940, sous le titre « Des gens ordinaires ». Le chapitre II a paru dans *Les Nouvelles russes,* 1894, nº 188.

Page 182.

1. La Troisième section de la chancellerie était celle de la police politique.

Page 184.

1. *La Pécheresse :* poème d'Alexis Konstantinovitch Tolstoï (1817-1875) : voir *Kozma Proutkov.*

Page 185.

1. *Dramaturgie de Hambourg :* cet ouvrage de G. E. Lessing (1729-1781), le critique rationaliste allemand, est le journal du théâtre dont il était le directeur et contient ses théories sur l'art dramatique.

Page 189.

1. Il est fait allusion à la bataille qui se déroula en 1222 sur les bords de la Kalka au cours de laquelle Subotaï, un général de Gengis Khan, défit à la fois Cumans et Russes.
2. Caps de Tchoukotsk : à l'extrême nord-est, au bord du détroit de Béring.

Page 191.

1. *Messager de l'Europe :* revue littéraire de Saint-Pétersbourg. Fondée en 1866, elle parut jusqu'en 1918.

EN TOMBEREAU

Ce texte a paru dans *Les Nouvelles russes,* 1897, n° 352.

Page 216.

1. La Porte Rouge : arc de triomphe érigé en 1742 en l'honneur de l'impératrice Élisabeth, dans un quartier central de Moscou.

Page 218.

1. *Zemstvo :* assemblée provinciale.

Page 226.

1. Verste : 1 066 m.
2. Toise : 1,949 m.

LES GROSEILLIERS

Cette nouvelle a paru dans la revue *La Pensée russe,* 1898, n° 8.

Page 236.

1. Archine : 0,71 m.

Page 238.

1. Il s'agit ici de groseilliers épineux, autrement dit groseilliers à maquereau.

Page 239.

1. On retrouve cette anecdote dans les *Carnets.*
2. Déciatine : 1,09 ha.

Page 241.

1. Un seau : 1,22 décal.

Page 243.

1. « Un leurre qui nous exalte nous est plus cher que mille vérités » : vers tiré du poème de Pouchkine *Le Héros* (1831).

IONYTCH

Cette nouvelle a paru dans le *Complément littéraire mensuel de la revue Niva,* 1898, nº 9.

Page 252.

1. « Je n'avais jamais bu à la coupe amère » : *Élégie,* du baron Anton Delvig (1798-1831), mise en musique (1823) par L. M. Jakovlev.

Page 253.

1. « Mon petit Jean… » : en français dans le texte.

Page 257.

1. « Ta voix, à mes oreilles, langoureuse et tendre… » : Startsev cite de travers *La Nuit,* de Pouchkine (1823), poème mis plusieurs fois en musique, notamment par Anton Rubinstein, Rimski-Korsakov, Moussorgski et Grétchaninov.

Page 260.

1. *Mille âmes :* roman de style balzacien qui a le courage de peindre la campagne sans fard (1858). Pissemski (1820-1881) a apporté dans la littérature russe une note âpre, voire grossière.

Page 277.

1. « On l'appelle Ionytch tout court » : l'emploi du seul patronyme, sans le prénom, est familier et même méprisant.

DOSSIER

DU MÊME AUTEUR

Dans la même collection

THÉÂTRE COMPLET I : LA MOUETTE, CE FOU DE PLATONOV, IVANOV, LES TROIS SŒURS. *Présentation de Roger Grenier. Traductions de Pol Quentin, Nina Gourfinkel, Jacques Mauclair, Génia Cannac et Georges Perros.*

THÉÂTRE COMPLET II : LA CERISAIE, LE SAUVAGE, ONCLE VANIA, *suivis de neuf pièces en un acte. Préface de Renaud Matignon. Traductions de Génia Cannac et Georges Perros.*

LE DUEL, *suivi de* LUEURS, UNE BANALE HISTOIRE, MA VIE, LA FIANCÉE. *Préface de Roger Grenier. Traduction d'Édouard Parayre revue par Lily Denis.*

LA DAME AU PETIT CHIEN, UN ROYAUME DE FEMMES *et autres nouvelles. Préface de Roger Grenier. Traductions de Madeleine Durand et Édouard Parayre revues par Lily Denis.*

L'ÎLE DE SAKHALINE. *Préface de Roger Grenier. Traduction et notes de Lily Denis.*

LA STEPPE, SALLE 6, L'ÉVÊQUE. *Édition de Roger Grenier. Traduction d'Édouard Parayre revue par Lily Denis.*

RÉCIT D'UN INCONNU *et autres nouvelles. de Roger Grenier. Traduction d'Édouard Parayre, revue par Lily Denis.*

Dans la collection Folio théâtre

PLATONOV. *Édition de Roger Grenier. Traduction d'Elsa Triolet.*

LA MOUETTE. *Édition de Roger Grenier. Traduction d'Elsa Triolet.*

LA CERISAIE. *Édition de Roger Grenier. Traduction d'Elsa Triolet.*

Composition Interligne
Impression Maury Imprimeur
45330 Malesherbes
le 2 septembre 2018.
Dépôt légal : septembre 2018.
1er dépôt légal dans la collection : février 2008 .
Numéro d'imprimeur : 230364.

ISBN 978-2-07-034557-1. / Imprimé en France.

344643